「私はお傍に居られません。でも、
私にも何かできないかと考えたんです」

リヒト・アルスター
アルヴィスの友人
アルヴィス・ルベリア・ベルフィアス
従弟の尻拭いで王太子に
エリナ・ルベリア・リトアード
ルベリア王国王太子妃

テルミナ・フォン・ミンフォッグ
ミンフォッグ子爵家令嬢
シーノルド・セリアン
マラーナ王国宰相
グレイズ・リィン・ザイフォード
ザーナ帝国皇太子

……エリナ……

ルベリア王国物語 7

～従弟の尻拭いをさせられる羽目になった～

紫音【Shion】

イラスト：凪かすみ【Kasumi Nagi】

ルベリア王国物語
～従弟の尻拭いをさせられる羽目になった～

登場人物紹介

アルヴィス・ルベリア・ベルフィアス
従弟の尻拭いで王太子に。

エリナ・ルベリア・リトアード
婚約破棄された公爵令嬢。

ルベリア王家

ギルベルト・ルベリア・ヴァリガン
ルベリア王国国王。

シルヴィ・ルベリア・フォーレス
ルベリア王国王妃。

キュリアンヌ・ルベリア・ザクセン
ルベリア王国側妃。

リティーヌ・ルベリア・ヴァリガン
ルベリア王国第一王女。

キアラ・ルベリア・ヴァリガン
ルベリア王国第二王女。

ベルフィアス公爵家

ラクウェル・ルベリア・ベルフィアス
ベルフィアス公爵。アルヴィスの父。

オクヴィアス・フォン・ベルフィアス
ベルフィアス公爵夫人。
アルヴィスの実母。

レオナ・フォン・ベルフィアス
ベルフィアス公爵ラクウェルの第二夫人。

マグリア・フォン・ベルフィアス
ベルフィアス公爵家嫡男。
アルヴィスの異母兄。

ラナリス・フォン・ベルフィアス
ベルフィアス公爵家令嬢。
アルヴィスの実妹。

ミント・フォン・ベルフィアス
ベルフィアス公爵家嫡男マグリアの妻。

リトアード公爵家

ナイレン・フォン・リトアード
リトアード公爵。エリナの父。

ユリーナ・フォン・リトアード
リトアード公爵夫人。

ライアット・フォン・リトアード
リトアード公爵家嫡男。

ルーウェ・フォン・リトアード
リトアード公爵家次男。

ルベリア王国関係者

リードル・フォン・ザクセン
ルベリア王国宰相。

レックス・フォン・シーリング
ルベリア王国近衛隊所属。
王太子専属。

マキシム・フォン・ヘクター
ルベリア王国騎士団団長。

サラ・フォン・タナー
エリナの専属侍女。

アンナ・フィール
アルヴィスの専属侍女。

ティレア・フォン・グランセ
アルヴィス付きの筆頭侍女。

シオディラン・フォン・ランセル
ランセル侯爵家嫡男。
アルヴィスの友人。

ハーバラ・フォン・ランセル
ランセル侯爵家令嬢。エリナの友人。

リリアン・チェリア
元男爵令嬢。

ルーク・アンブラ
ルベリア王国近衛隊隊長。

ハーヴィ・フォン・フォークアイ
ルベリア王国近衛隊副隊長。

ディン・フォン・レオイアドゥール
ルベリア王国近衛隊所属。
王太子専属。

エドワルド・ハスワーク
アルヴィスの専属侍従。

ナリス・ベルフェンド
アルヴィスの専属侍女。

イースラ・ハスワーク
アルヴィスの専属侍女。

リヒト・アルスター
王立研究所職員。
アルヴィスの友人。

ジラルド
廃嫡された元王太子。

ノルド
元ヴェーダ幹部。

ザーナ帝国

グレイズ・リィン・ザイフォード
ザーナ帝国皇太子。

テルミナ・フォン・ミンフォッグ
ミンフォッグ子爵家令嬢。

マラーナ王国

シーノルド・セリアン
マラーナ王国宰相。

ガリバース・ギルティ・マラーナ
マラーナ王国王太子。

CONTENTS

プロローグ

これは遥《はる》か昔の記憶。この先も続くと疑っていなかった幸せ。両親と友人たちと過ごしたときのものだ。

『アル、どうかしたのですか?』

『なんでもないですよ、母さん』

あの頃の僕は何もわかっていなかった。何も見えていなかった。この幸せが何を犠牲にして作られているのかを。その根底にいる存在を。時折悲し気に空を見上げる母の横顔が、何を意味しているのかも。何もわからず、ただ笑って享受していた。


今の身体《からだ》を見下ろしながら、僕はただその違いに気づき鼻で笑う。明らかに別人のそれは、己が過去の存在であることを認識させられる。ここに在るのは、ただの残り香に過ぎない。同じ匂いに誘《いざな》われて引き込まれた。何を求めているのかを知りながら、それが大切だった人たちを悲しませる結果だとわかっていても尚《なお》、もう止めることはできない。僕はそれを叶《かな》えるために顕現したのだから。

純粋な想《おも》いとは裏腹に、僕を映した人は口元に弧を描き、その瞳は鋭く憎しみを抱いていた。

「本当に、そうすればこの国は救われるのだろうな?」

自ら発せられた言葉に、僕は頷《うなず》く。

「そうだよ。この国が不運な道を辿《たど》ってきたのも全てルシオラの策略だ。彼女がここを見捨てたからこそ、その恩恵は受けられない。何より、この国に女神信仰が根付いていないのがその証拠じゃないか」

「あぁ、その通りだ」

この人物の思考が流れて来る。悲しさと怒り。この国の為政者や特権階級の人間への憎しみ。根底にあるのは、理不尽な世界で失われた矜持《きょうじ》と命。この人物にとって大切だった世界だ。

同じ想いをかつての己も感じていた。だから共感し、引き合ったのだろう。あの時の選択が間違っていたと、ルシオラに突きつけるためにも利用できる者は利用する。それがどのような立場の人間であろうとも。結果として何を招こうとも。既にこの世界に未練などないのだから。

暫しの日常

翌朝、目が覚めたアルヴィスは身体《からだ》を起こす。すると弱々しい力で左腕を引っ張られた。隣へと視線を向ければ、そこにはアルヴィスの腕に手を掛けながら眠るエリナの姿。まだ夢の中にいるエリナに微笑《ほほえ》みを向け、そっと頬を撫《な》でる。

「ん……」

どうやら起きる様子はなさそうだ。起こさないように気を遣いながらエリナの傍《そば》から離れると、アルヴィスは寝室を出て自室へと向かった。

「おはようございます、アルヴィス様」

「おはよう」

いつものようにそこにはエドワルドが待機していた。昨日の今日だというのに、遠征に出ていたことなど感じられない。

「もう少しお休みになられるかと思ったのですが、体調は大丈夫なのですか？」

「いつもの執務をする程度なら問題はないさ。言われずとも鍛錬は止《や》めておく」

「そうですか」

体調が優れないというわけではないが、墓所では不甲斐《ふがい》ない状態を見せてしまっているし、鍛錬に出向いたところで許可は下りないだろう。それに帰還が遅れた分の日程調整の方が優先だ。

「では本日の予定は？」

「帰還の報告がまだだ。先に伯父上へ報告に向かう。その後は、執務室だな。明日の予定だった城下の視察は問題ないだろう」

頭の中で予定を描く。元々遠征に出向くに当たって、余裕のある日程を組んでいた。ある程度の想定外は織り込み済みだ。大きな変更は必要ない。後は留守中の報告を受けてから決定すればいい。

「承知しました。各部には午前中に報告書を上げるよう通達しておきます」

「頼む」

頭を下げてエドワルドが出ていくのを見送ってから、アルヴィスは身支度を整える。まだ朝食の時間には早い。アルヴィスはソファーへと腰を下ろすと、エドワルドが用意したであろう書類を手に取った。アルヴィスが寝坊するとは微塵《みじん》も思っていないのか、それともじっとしていないアルヴィスの性分を理解しているからか。もしくはその両方か。

「随分と見透かされているが、それもエドらしいと言えばその通りか」

今更エドワルド相手にどうこう言っても意味のないことだ。それこそ、付き合いだけで言えばもう十五年以上になる。家族よりも身近な存在だったのはお互い様だ。というより、エドワルドが己の家族と共に居る姿などイースラ以外にはほとんど見かけたことがなかった。ベルフィアス公爵家で侍女長をしているのがエドワルドらの母だが、イースラと共に居る姿はよく見かけたものの、エドワルドと二人で話をしているのは見たことがない。

「あいつ……もしかしたら俺以上だったのか」

「何が、ですか？」

反応する声が届いて顔を上げると、そこにはティーセットを手にしたイースラが立っていた。

「イースラ？」

「おはようございますアルヴィス様。遅れてしまい申し訳ありません。本日は起床時間が遅れると連絡がありましたが、眠れませんでしたか？」

既に支度も終えている様子から、起きてから暫《しばら》く経《た》っていると思ったのだろう。支度を手伝えなかったことに対する謝罪は不要だが、口には出さない。アルヴィスがそう思っていることなどイースラならばよく知っているだろうから。

「そういうわけじゃない。ただ目が覚めただけだから気にしなくていい」

「左様でしたか。ところで、あいつとはエドワルドのことですよね？　何かありましたか？」

「あぁ」

アルヴィスはイースラに先ほどまで考えていたことを説明する。アルヴィス自身も幼い頃は家族を避けていた。エドワルドも同じだったのではないかと。するとイースラは肩を落としながらわざとらしい溜息《ためいき》を吐《つ》く。

「貴方《あなた》という方は、そういうところは鈍いですよね」

「……どういうことだ？」

「アルヴィス様がどう思っていらしたのかはわかりません。けれど、エドなりに貴方の傍にいることで何が必要なのかを考えた結果です」

エドワルドなりに考えた結果。つまりは、エドワルドは意図的に避けていたということなのだろうか。一体どうしてだろう。考えようにも、アルヴィスはハスワーク家について情報として知ってはいるものの、それ以上の事は知らない。個人個人との付き合いはあっても、家族という形でのハスワーク家を知らないのだ。

「私たちは元々、父が旦那様についていったことが始まりでした。どういうわけかは知りませんけれど、父は私たちよりも旦那様を優先します。きっと私たちに何かあったとしても、旦那様を優先するでしょう」

「それは何となくわかる、気がする」

イースラたちの父は、ベルフィアス公爵家の武を担う護衛官たちの総長だ。言葉は多くないものの、彼は王弟である父を尊敬でも羨望でもなく、何らかの特別な意味を持って仕えているように見えた。

「詳しいことは私も知りませんけれど、エドのアルヴィス様に対する心情も似たようなものだと思いますよ。父と旦那様との関係と」

互いに父子同士。納得できないわけではない。エドワルドの想《おも》いを疑ったことなどない。可能ならばエドワルド自身が望む道を進んでもらいたいと手を離したこともあった。だがそれでも今ここにいないことが考えられなかった。

「エドにとってはアルヴィス様が全てですから」

「俺が幸せであること、望むのはそれだけだと言われたことはあるな」

しかし、アルヴィスはそうではない。常に傍にいてくれたエドワルドだからこそ、己自身だけの幸せを見つけてもらいたい。脳裏に浮かんだのは、ハーバラとエドワルドである。エドワルドからハーバラへの想いはない。それはアルヴィスもわかっている。かといってハーバラからも恋情のような想いは感じられない。ハーバラがエドワルドへ求婚のような言葉を伝えた、というのはアルヴィスも聞いているが……。

「今更ですけどね。なので、両親や弟たちと疎遠だからといって、アルヴィス様が気になさる必要はありません。それはエド自身が望んだことですから」

アルヴィスが考えているのを余所《よそ》に、イースラが話しながらテキパキと紅茶の準備を進めていく。イースラの手の動きを追いかけながら、アルヴィスはそれを無意識に口に出していた。

「イースラは結婚しないのか？」

カチャリ。

動揺したのか、イースラは音を立ててしまう。何気なく思ったことを発しただけだが、殊《こと》の外《ほか》イースラには響いたようだ。

「失礼いたしました」

「いや俺が動揺させた所為《せい》だ。悪い」

「全く……何故《なぜ》、そのようなことをお聞きになるのですか？」

半ば呆《あき》れた様子のイースラはアルヴィスの前にティーカップを置いた。カップに注がれた紅茶を口に含むと、嗅《か》ぎなれた香りが届く。

「無意識だったんだ」

「無意識で発言なさるということは、それなりに関係があることが起きたということでしょう？」

痛いところを突く。だがこれはイースラ当人にはまだ言えないことだった。この件については、まだエドワルドと確認中なのだから。

「というか、それこそエドの了承がないと後が怖い」

「エド絡みというのであれば、二人の間で完結してください。私が何を言おうとも、エドは聞きません。アルヴィス様がいればエドは十分ですから」

「それはそれでどうかと思うんだが」

イースラが無関係な話ではないが、ここでそれを告げることは出来ないのでアルヴィスは口を噤《つぐ》むしかなかった。

イースラとエドワルド。二人ともアルヴィスにとって大切な幼馴染《おさななじみ》であり、もう一つの家族。目下気にしているのはエドワルドの件だが、イースラについても同じようなことは思っている。それでもこの姉弟にしてみればアルヴィスの考えはお節介な話にしかならないのかもしれない。

「……」

「アルヴィス様？」

「何でもない。そろそろエリナも起きる頃だ。朝食にしよう」

「承知しました」

もう一度カップを手に取り紅茶を口に含む。そしてカップをテーブルへ置き、立ち上がった。向かう先は寝室。扉を開けて中に入ると、既に身体を起こしているエリナの姿があった。

「おはようエリナ」

「……あ」

ゆっくりと顔を向けたエリナは、どこか彷徨《さまよ》う子どもの様だった。起きてアルヴィスの姿がないことに不安を覚えたのかもしれない。アルヴィスはベッドに腰を掛けて、エリナの手を握る。

「おはよう」

「おはよう、ございます」

「気分でも悪いのか？」

反応が鈍いエリナの顔色を窺《うかが》った。顔色は悪くない。だとすれば一体何だろうか。

「エリナ？」

もう一度声を掛ければ、ハッとしたように顔を上げてくる。その様子を見つめていると、エリナがトンとアルヴィスの胸に頭を預けてきた。

「夢だったのかと思ったのです。昨夜のこと、アルヴィス様がお帰りになったことが」

「すまない。よく眠っているようだったから起こさなかったんだが、声を掛ければよかったな」

「いいえ、大丈夫です。寝坊をしてしまったのは私の方ですから」

通常よりも遅い時間に目が覚めた。それはアルヴィスが傍に居ることで、落ち着いたからなのかもしれない。

「無理はしなくていい」

「はい、わかっています」

聞き飽きるほど聞かされた言葉だとしても言わずにはいられない。食堂で待っている旨を伝えて、アルヴィスは寝室を出る。

「どうかされましたか？」

各部へ連絡をしに行っていたエドワルドが戻ってきていた。あまりにも早い帰りだが、エドワルドが手を抜くなどあり得ない。それでも尋ねたくはなる。

「早いな」

「はい。途中でアンブラ隊長にお会いしまして、その時に宰相閣下が同行されていたのです」

「なるほど」

宰相は王城内の文官たちのトップだ。調整も伝達もまずは宰相に話を通すのが早い。エドワルドも宰相の執務室へ向かっていたのだが、途中で会えたのならば時間がかからなかったことに納得もできる。

「しかし、相変わらず宰相も登城するのが早いことだ」

「それを承知の上でのことでしょうに」

「まぁな」

でなければ、アルヴィスもこのような時間からエドワルドに遣いを頼まない。肩を竦《すく》めてアルヴィスは笑った。

エリナと共に朝食を終えたアルヴィスは、王城の執務室へ向かった。エドワルドと共に改めて報告書などの確認を行う。手を休めることなく目を通したが、特に問題が起きたという報告はなかった。

「問題なさそうだな。そっちはどうだ？」

「はい、こちらも問題ありません」

「そうか。エド、この資料を持ってきてくれ」

次に取り掛かるのは、建国祭に向けての準備作業だ。集中しつつペンを走らせる。王都内の警備体制だけでなく王都への出入り門も通常より強化しなければならない。そして建国祭期間中には、市場でも通常に比べて店舗数が増える。その申請もアルヴィスの下へと届いていた。王都外からやってくる商人たちも含めて、それなりの数になる。ざっと申請の数を確認し、思わず溜息を吐いてしまった。

「昨年よりも随分多いな」

「昨年は制限を設けたからでしょうか？」

「あぁ。他国の王族が来ることになったから、その辺りの規制はさせてもらっていたからだろう。今年はそれを無くした分増えたということだ」

申請件数が増えるということは、それについての確認作業も増えるということ。記載内容に不備がないかについては事前に確認されているため、アルヴィスが行うのは最終確認と承認だ。半分ほどの確認を終えたところで、アルヴィスはその申請者たちのリストを作成した。どの場所に誰が店舗を構えるのかという確認に必要なものだ。

「エド、これをジラルドに。近衛《このえ》隊に出すよう伝えてくれ」

「承知しました」

従僕としてアルヴィスの下についているジラルドは、王城内で働く者たちへと斡旋《あっせん》されている寄宿舎で寝食をしている。日中はアルヴィスの指示で働いているが、朝早くは寄宿舎の掃除などを行っている。ジラルドの肩書は従僕というのみで、公に王太子付きとはされていない。アルヴィスから直接指示をすることは少ないため、どちらかと言えばエドワルド付きの使用人か、騎士団の遣い走りと思われているかもしれない。尤《もっと》も、だとしても誤解を解くつもりは毛頭なかった。

この時間ならば、彼は清掃をしている頃だろう。

言うまでもなくジラルドの居場所がわかっているエドワルドは、頭を下げてから執務室を出ていき、アルヴィス自身は己の事務作業へと戻った。

そうしてどのくらいの時間が経ったのか。ふと、己の手元に影が出来たのを見て、アルヴィスは顔を上げる。

「ディン？」

「手を止めてしまい申し訳ありません」

「いや構わない」

ディンはアルヴィスの机の前に立っていた。こちらが集中しているうちに執務室へ入ってきたようだ。ノックをディンが忘れるとは思えないので、気が付かなかっただけだろう。

「どうかしたのか？」

「こちらをヘクター団長から預かってきました」

帰還してすぐだが、遠征に参加した近衛隊士たちは朝の鍛錬に参加している。そこへ騎士団長であるヘクターが顔を出したらしい。ディンから渡された内容は、建国祭の件とは別のもの。今年入団した騎士たちの報告書だった。

「そうか。ありがとう」

「はっ」

報告書の一枚目へと目を通す。各騎士たちの様子が堅苦しい言葉で列挙されていた。その次も各々の癖や、課題と部隊編成への異動などヘクターらしく短くまとめられている。

「騎士団は王都外に出ることが多いが、今年はその頻度が高いな。魔物の異常も書かれている」

「……遠征の時のような予想外の事態が起きた、ということですか？」

「そこまでは報告書からは見えないが……新人たちにしては実戦回数が多い、気もする」

負傷者も出ている。重傷者は出ていないし、現時点で退団している騎士もいない。例年より士気も高く、魔物の目撃情報も増えているため、建国祭期間中は王都外に出る隊の数を増やすらしい。

騎士団全体の士気が高いのは、先の叙勲式で騎士への褒賞が多かったことも関係しているかもしれないが、実戦経験が増えて気持ちが高揚している部分もあるのだろう。

「外についてはヘクター団長に任せるしかないが……なんともきな臭いな」

「えぇ」

騎士団の士気はヘクターが制御すべきこと。アルヴィスは口を出すつもりはない。目撃情報が多いのならば、魔物討伐のために動かす隊を増やすのも仕方がないだろう。ならば王都内の警備として、多少なりとも近衛隊の見回り隊を増やすべきかもしれない。

「さっき近衛に資料を渡しに行ってもらったが、変更しなければいけないことになりそうだ」

「隊長へお伝えしましょうか？」

「いや、もう一度精査してからにする」

ヘクターとルークならば、お互いの状況について既知のはず。わざわざアルヴィスから伝えずとも予想は出来る。ならば、確定したものを伝えた方がいい。

「承知しました」

「昼食後になるが、伯父上のところに顔を出す。それ以外はここに居る予定だから、ディンたちも今日は早めに切り上げるように」

「……」

肯定の言葉が出てこない。アルヴィスがジッと視線を逸《そ》らさずにいれば、ディンは溜息を吐く。

「交代で休暇を取るように調整しています。私共のことより、殿下ご自身が休養なさる方が効果的だとは思いますが？」

「別に俺は疲れが出ているわけじゃないし、無理はしてないんだ」

確かにアルヴィスが休養すれば、それはそのまま隊士たちの休養にも繋《つな》がりやすい。その理屈はわかる。しかし、昨夜はウォズと話を終えた後で眠ったが、スッキリと目が覚めたのだ。疲労感を感じることもないし、眠たいわけでもない。

「左様ですか」

と話をしているところへノックの音が届く。許可を出せば顔を出したのは、エドワルドだ。

「今戻りました。こちらへは用が済み次第、シーリング卿《きょう》と共に来るということです」

「わかった。ありがとう」

誰がとは言わないが、エドワルドが示しているのはジラルドだ。あまりその名前を口にしたくないようで、アルヴィスの前では殊更名を出さない。

「ところで、お二方は何のお話をしておられたのですか？　レオイアドゥール卿が呆れていらっしゃるようですが」

「お前、わかっていて言っているよな？」

「わかっていると言いますか、大方アルヴィス様が頑固さを発揮しているというだけでしょう」

さもそれ以外にないという言い方だ。確かに外れてはいないけれども、常にそうだと思われているのも心外だ。ディンからすれば年齢的にも子ども扱いになるのは仕方ないにしても。アルヴィスが眉を寄せていると、エドワルドがそれを見て笑い出す。

「エド」

「すみません。懐かしかったものですから」

「一体いつの頃を思い出しているんだ……ったく」

アルヴィスは止まっていた手を再び動かし始めた。これ以上下手なことを言えば、揚げ足取りになりかねない。そんなことを思っていると、エドワルドが追い打ちをかけるかのように続けてくる。

「アルヴィス様は手を抜くということをなさりませんよね？」

「俺だってサボったことくらい……」

そこまで言って、アルヴィスは言葉を止めた。あまり正直に言えば、学園での行動を問われることになりそうだからだ。講義をたまに抜け出したこともあれば、深夜に寮を抜け出したこと、門限を破ったことも多々ある。どれもエドワルドが使用人部屋に戻ってからのこと。エドワルドにだけは知られたくない過去だ。

「アルヴィス様？」

「……何でもない」

学園時代の事は、エドワルドも思うところがあるだろうし、アルヴィス自身も胸を張って言えないことも多かった。今更口に出す必要もない。ただアルヴィスは真面目というわけではなく、融通が利かない頑固者というだけだ。それについてだけは反論できないだろう。

ある程度の執務を片付け昼食を摂《と》った後、アルヴィスは国王の執務室へと向かった。今回の遠征についての報告をするためだ。近衛隊からはルークから既に報告が行っているだろう。よってアルヴィスからの報告は、墓所で起きた出来事が主となる。

「失礼いたします」

「アルヴィスか」

執務室内へ入ると、いつもなら傍に控えている宰相の姿はなかった。国王一人だ。執務室に報告に上がる際、宰相が傍にいるのが当たり前だったので、違和感を抱く。

「伯父上、宰相は？」

「あぁ。先ほど信じがたい噂《うわさ》を耳にしたのでな。その確認のため、今は席を外している」

「そうですか」

信じがたい噂。その内容は気にかかるが、報告をするのが先だ。それに、宰相がこの場にいないというのは、ある意味でよい機会かもしれない。アルヴィスは執務机の椅子に座る国王の目の前に立つ。

「ある程度は近衛隊からお聞きになられたと思いますが」

「うむ。魔物の出現もそうだが、瘴気《しょうき》の濃度についても状況が昨年よりも悪いことは報告を受けた。各地の状況についても確認するよう触れを出したところだ」

そう言って国王は報告書をアルヴィスの前へと差し出す。受け取ったアルヴィスは内容を確認した。

「お前から補足をすることはあるか？」

「いえ。問題ありません」

墓所に行った後のことについては一切触れられていない。この件は、アルヴィスから報告すべき内容ということだ。そもそもルークたちは何かを見たわけでもないし、中に入ったわけでもないので、報告しようにも何もできないだろう。

「これを確認しても意味はないと思うが、一応聞いておく」

「はい」

「中に入れたのか？」

中に。どこの。それは墓所のだ。アルヴィスは肯定する。

私たち。すなわちアルヴィスとジラルド。ジラルドがどのような生活をしているのか。国王へ報告していない。

「他の者が入ろうとすると拒絶されましたが、私たちは排除されませんでした」

国王へ伝える義務がないから。アルヴィスの従僕になったことは知っていても、どこで何をしているのかまでは国王へ伝える義務がないから。ただ、今回は国が管理する墓所への出入り。アルヴィス以外の者が立ち入ったのならば、伝えないわけにはいかない。

「そう、か。あれも一応王族の血が入っている者。良きように使えるならばそれでよい。それはいいとして、あそこにはただ古い墓石、塚のようなものがあるだけだったと思うが？」

「我々が入った時は靄《もや》のようなものがかかっていて、周囲がどうだったのかはよく覚えていません」

墓所へ入った時に覚えた感覚は、説明しにくいものだ。あのジラルドが怯《おび》えていたことは覚えているのだけれど。

「進んだ先には、洞窟のようなものがありました。そしてその奥には、石碑のようなものが置かれており、内容は古代語で書かれていたものの、文字が欠けている個所《かしょ》もあり文章の全てを読み取ることはできませんでした」

「……余は知らぬ光景だ」

「え？」

国王は墓所へ入ったことがあるはずだ。幼き頃に聞いたことがある。父と伯父は、当時まだ存命だった祖父母と共に行ったことがあると。

「幼き子どもだったわけではない。だが、余からすればただの古い塚。墓所とは名ばかりの廃《すた》れた場所。だが何故か朽ちることはない。近寄りたいとは思わぬ場所だった」

中に入る前の光景ならば、国王が話す内容と一致するだろう。洞窟のようなものはなく、石碑もない。墓石があっても、ただの形のようなもの。国王はそんな印象を覚えているという。

「……」

「アルヴィスが見たものが偽りだとは思っておらん。だが、お前が何かに作用した可能性はあるのだろう」

「はい」

やはりそこに行きつくのか。アルヴィスは溜息を吐く。この場合、ジラルドも同じものを目にしていた。アルヴィスが出向いた所為で起きた変化だと捉えるか。それとも、今の時代にそれが必要だと思ったからこその変化か。いずれにしても、アルヴィスが無関係でないことだけは間違いない。

「それで、お前はどうするつもりだ？　その場に出向き、知ったことも多くあろう」

「正直、まだ整理できていないことが大半です。ただ、女神に誓った言葉のまま行動するのみです」

「……立太子式での誓いか。お前がそう言うのならばそうするがいい。この件については、お前に任せる」

「ありがとうございます」

国王へ向けてアルヴィスは頭を下げると、そのまま執務室を後にした。

先ほど国王へ話したことは全てではない。あくまで話せる範囲でという限定的なものとなる。まだアルヴィス自身が腑《ふ》に落ちていない部分も多くあるため、それを符合させておきたい。そのためには、リリアンと話をする必要がある。

「ディン」

「はっ」

静の状態で控えていたディンを呼ぶ。この先出る行動が吉と出るか凶と出るか。それはアルヴィス次第だ。

「リリアンと話をしようと思っている」

「……本気で仰《おつしや》っていますか？」

「あぁ」

今日明日で直《す》ぐに叶《かな》うとは思っていない。ただ、今アルヴィスが知っていることとの突き合わせをしたい。ウォズはわからないと言っていたが、かなりの高確率でリリアンが清浄の巫女《みこ》だ。どうしてそれが無くなってしまったのかはわからないが。

「あいつは利用されただけの人間だ。今更どうこうすることはないだろう。それに、拘束錠がある限り自由はない」

エリナと会話した辺りから、彼女は随分と大人しくなったらしい。ノルドを監視として傍に置いているが、拘束されて直ぐに吐いていたような妄言は聞いていないと。ジラルドと顔を合わせた時も助けを求めるでもなく、ただその場から逃げ出したという。それでも現実を見始めたと判断するには、まだ材料が足りない。

「っ……」

その時、左胸に痛みが走る。思わず顔を顰《しか》めて、アルヴィスは胸を押さえた。その背中をディンが支えてくれる。

「殿下……」

「大丈夫だ」

こればかりは耐えることしかできない。ここがまだ王城内でよかった。国王の執務室前ならば、それほど人通りも多くない。運が良かったのか、回廊に控えていた近衛隊士の目にも留まっていないらしく、アルヴィスは安堵《あんど》した。もし不調などと噂が広まれば、エリナを含め王太子宮にいる皆に伝わる可能性だってある。何度か深呼吸を繰り返し、落ち着いてきたところでアルヴィスはディンから離れた。

「もう平気だ。ありがとう」

「いえ」

「一旦、執務室に戻る。ディンは、ルークを呼んできてくれるか？」

歩き出したアルヴィスがそう指示をすると、後ろを歩くディンから深い溜息が漏れ聞こえてきた。

「承知しました。ですが、それは殿下を送った後です」

「そうか」

ディンならばそうすることはわかりきっていた。それを敢《あ》えて言葉にするあたりは、ディンの性分なのだろう。言葉通り、アルヴィスを送り届けた後でディンは近衛隊詰所へと向かった。


「んで、どういう風の吹き回しだ？」

「開口一番にそれか」

執務中のアルヴィスの目の前に立ったのは、いつものように隊服を着崩したルークだ。ディンは、扉付近で頭を下げるとそのまま壁際に立つ。

「今更、挨拶も要らんだろ」

にやりと笑うルークに、アルヴィスは肩を竦めた。ルークに堅苦しい挨拶をされたところでむず痒《がゆ》い。ルークがこういう振る舞いをするのは、アルヴィスの執務室か近衛隊詰所にある一部の閉鎖空間だけだ。アルヴィスが近衛隊にいたことは周知の事実。だが、既にアルヴィスと関わりのない新たな隊士も増えてきている。王太子になったばかりの頃とは状況も変わってきていた。

「あの元令嬢と話がしたいということだが、具体的に何を話したい？」

「……言わないと、駄目だよな」

「当たり前だ。俺たちは近衛隊。王族を守るのを主としている。危険があるかないかを判断する責任は俺にもあるんだからな」

ここでアルヴィスが命令と言えば、ルークたちは従うしかない。しかしアルヴィスがそうしないことは、ここにいる誰もがわかっているのだろう。

『貴方がそうしないことはわかっています』

以前、アンナにも言われた。性格的なものだが、見抜かれ過ぎているのも考えものだ。それでもアルヴィスにとって近衛隊は部下であると同時に同僚、友人、仲間。意味もなく命令をする真似《まね》はしたくない。

「今の彼女に危険がないことは、ルークだってわかっているはずだ」

今のリリアンはただの少女。武器もなければ、拘束錠によりマナも封じられている。戦闘行為が得意なわけでもない彼女に、アルヴィスを害することなど出来るわけもない。

「そりゃわかっているがな。最初の対面があれだった。妄言にお前が唆《そそのか》されるとは思っていないが、あまり関わりたくないと言っていただろう？」

最初の対面は最悪だった。それは今思い返しても同じ思いだが、アルヴィスがどう思おうと彼女の持つ情報は必要だ。二度目は尋問の場だった。あれは一方的に探っただけなので尋問とは言えないかもしれないが、その時は当初よりも己を弁《わきま》えているように映った。次が三回目となる。

「好かない人間なのは間違いないし、ジラルドを利用したことも別に許しているわけじゃない。それでも俺には、彼女の情報が必要だ」

「……」

「確かめたいことがある」

ルークが眉を寄せて腕を組んだ。難しい表情で考え込んだルークを見て、アルヴィスはディンへ侍女を呼ぶように指示を出す。

「アルヴィス？」

「少し休憩にする」

そう言って立ち上がると、アルヴィスはソファーへと移動した。腰を下ろしたところで、ディンと共にジョアンナがやってくる。

「殿下、お待たせいたしました」

「あぁ、すまないな」

「いいえ、頃合いかと思っておりましたから」

何も言わずとも、しっかりと準備をしてくれる。呼ばずとも時間になれば、ジョアンナはいつもこうして紅茶を淹《い》れてくれていた。アルヴィスが集中していて気づかない時でも、そっと置いておいてくれるのだ。本当によくできた侍女だと思う。

「アンブラ様もどうぞ」

「えぇ、有り難くいただきます」

「では、私は失礼いたします」

ジョアンナが下がったところで、アルヴィスはカップを手に取った。

「本当に、手慣れてきたな」

「違和感を抱いていたのは本当に昨年までだ。今では彼女たちにも、もちろんルークたちにも本当に感謝しているよ。各領主たちにも」

カップの中身を口に含みながら、アルヴィスは思い出す。エリナと婚姻を結んでから、国内各地へと出向くことが増えた。王太子として顔見せはしていても、実際に為政者として関わり合うのはそれが初めてだった。

「彼らの信に応えることが、今の俺の役割。それは侍女一人にとっても同じこと。相応《ふさわ》しい主《あるじ》でありたいと思っている」

「お前は本当にいい国王になるだろうよ」

「そう在れるよう尽くすだけだ」

「そうか……変わったように見えるが根幹は変わらないな、アルヴィスは」

ルークの言葉にアルヴィスは首を傾《かし》げた。ルークの声があまりにも寂しそうだったから。

「何でもないさ。短い期間だったが、お前は可愛《かわい》い部下の一人だった。何となく独り立ちしていくのが寂しく思えるんだよ」

「そういうものか？」

「お前も年を重ねればわかることだ」

まだまだ若いと言われれば、アルヴィスに反論はできない。口を噤めば、ルークがいつもの調子で笑った。ひとしきり笑った後で、ルークもカップを手に取った。

「んで本題に戻るが……いいぜ、お前のやりたいようにやってみればいい」

「ルーク？」

「本当にまずいと思えば、力ずくでも止める。そのためにディンは同行させて欲しいが、俺から出す条件はそのくらいだ」

誰か一人は最低でも同行させるつもりだった。それがルークでもディンでも問題はない。ルークならば同行を申し出ると思っていたので、条件がディンの同行だけというのに驚いた。

「いいのか？」

「お前の言う通り、今更アレがお前に何かをすることなんてありえないことだ。それに、必要なんだろ？」

彼女の力、いや知識が必要だ。今のアルヴィスには。

「ならそれでいいだろう。ディンも、それでいいな?」

「はっ」

「ヘクターには俺から話を通しておく」

「ありがとう。ルーク」

リリアンの預かりは騎士団。よって、面会をするにしてもヘクターの承認が必要となる。後ほどアルヴィスからヘクターへと頼むつもりでいるが、ルークの後押しがあるのは有り難い。


「おかえりなさいませ、アルヴィス様」

「ただいま、エリナ」

夕方ごろに執務を切り上げて、アルヴィスは王太子宮へと帰宅した。当たり前のようにエントランスではエリナが待っていて、出迎えてくれる。今日一日の過ごし方を聞きながら、アルヴィスはエリナと共に夕食を摂った。そしていつものように、サロンでお茶を楽しんでいると、エリナからお願いがあると切り出される。

「アルヴィス様、実はハーバラ様からお手紙を頂いたのですが……今は王都に滞在していらっしゃるそうで、またここへお招きしても宜《よろ》しいですか?」

ハーバラから届いたという手紙。このタイミングでということは、シオディランへの返信とは行き違いになったのかもしれない。そもそもシオディランがハーバラに話を伝えているかどうかも怪しいところだ。必要以上の話をしない男だから、妹相手でもそうである可能性は高い。

「それは構わない。ただ……まぁそうだな。エリナにも伝えておいた方がいいだろう」

「何かあったのですか？」

アルヴィスはハーバラが置かれている状況について、シオディランから聞いた限りの話をした。元婚約者から付きまといに近い行為をされていることも。実際、当人同士の間で問題が起きたわけでもなく、ハーバラが彼と会ったのはエドワルドと共に居たあの時限り。それでも事が起きてからでは遅い。だから、暫く王太子宮で彼女を預かることにしたと。

それを聞いたエリナは、驚いたように目を見開いた。

「あの方がそのような真似を……」

「そんなに意外、なのか？」

「はい。私が知るあの方は、そのような行動的なことをなさるお方ではありませんでしたから」

学園生だった頃。まだハーバラと婚約関係にあった時には何度も話をしたらしい。ハーバラは外見とは裏腹に、物怖《ものお》じせずに思ったことははっきりと言葉で告げる。行動的で、戦闘も得意だという活発な令嬢。対して元婚約者は、そんなハーバラを呆れた様な、仕方ないなという風な態度で一歩引いた場所から見守るような青年だったという。

アルヴィスは思わずサロンの奥に控えていたエドワルドと視線を交わした。エドワルドは、首を横に振る。大分印象は違うらしい。

「俺は彼のことを名前くらいしか知らないが、エリナがそう言うのならば大分変わってしまったのかもしれないな」

「ハーバラ様、大丈夫でしょうか……」

「彼女は強い女性だ。それに、何かあればエドも力になるだろうし」

もう一度エドワルドを見ると、複雑そうな表情をしていた。気にかかってはいるものの、それがまだ恋情のようなものではないのは、アルヴィスにもわかっている。それでいても、好意（？）を伝えてくれる相手を無下にするようなエドワルドではないだろう。

「私も、ハーバラ様のために出来ることがあれば力になりたいと思います」

「あぁ。そうだな」

エリナの友人であると同時に、エドワルドとも無関係ではない彼女は、アルヴィスにとっては友人の妹でもある。かといって、ハーバラは未婚の令嬢。彼女にアルヴィス自らが表立って手を差し伸べることは出来ない。だからこそこの件は、エリナに任せるつもりでいた。

「俺からも宜しくお願いするよ。彼女の兄の友人として」

「はい、アルヴィス様」

暫く休憩をした後で、アルヴィスは自室へと下がる。湯あみを終え、ラフな恰好《かっこう》で寛《くつろ》ぎながら窓際に座りグラスを傾けていた。

『神子《みこ》』

「ウォズか」

小さな体軀《たいく》がアルヴィスの目の前に降り立つ。その表情はどこか険しかった。恐らく国王への報告の後、アルヴィスがリリアンと話がしたいと言ったからだろう。

『何故、神子はかの者に拘《こだわ》るのだ？』

「拘っているつもりはないんだが……彼女は、俺の知らない世界を知っているんだ」

『？』

何を言っているのだと、ウォズの表情は言っていた。アルヴィスもそう思う。けれど、アルヴィスは視《み》た。見知らぬ世界としか言いようがない光景を。全てを見ている余裕はなかったし、彼女の感情に引き摺《ず》られそうになったため、直ぐに切断した。もっとよく見ておけばよかったと思わなくもないが、それは自殺行為に等しい。ならば、当人から聞くしかないのだ。今ならば、彼女も話をしてくれるかもしれない。妄言ではなく、彼女が知る真実として。

『話をしてくれると思うのだな、神子は』

「そうであってほしいと願っている。と言っても、彼女の処遇が変わることはないかもしれないが」

『罪人であるならば当然ではないのか？』

その通りだ。それでもアルヴィスは彼女を処分したくないと、どこかで考えてしまう。やはりあの時に彼女の中を覗《のぞ》いたからなのだろうか。引き摺られないようにしているつもりだが、あの激情にのまれてしまっているのだろうか。

「それを改めて判断する上でも、やはり彼女と話す必要はある」

『我も共にいてよいか？』

「ウォズも？」

『うむ』

アルヴィスはグラスを机の上に置き、ウォズの頭を撫でた。ウォズは姿を消せる。わざわざアルヴィスの許可など取らずとも、その場にいることなど簡単だ。むしろ確認する必要などない。それでもアルヴィスに許可を取ったのは、ウォズなりの気遣いなのかもしれない。

「構わない。俺も心強い」

そっとその体軀を持ち上げて、膝の上に抱える。

「ありがとな、ウォズ」

『……』

ウォズはアルヴィスの膝の上から手を伸ばし、アルヴィスの頰に触れる。ひとしきり撫でるようにした後、姿を消した。

「さて、寝るか」

時間的に見て、エリナはまだ寝室に来ていないだろう。だが、いつも待たせる側だ。ならば待つ側になるのもいい。寝室に入り、アルヴィスはベッドへ横になった。無論、寝るつもりはなくただ横になっているだけ。だと思っていたが、気が付けばアルヴィスはそのまま眠りについてしまっていた。

無防備な寝顔と記憶

アルヴィスが寝室に入ってから数十分ほど経《た》ったところで、エリナが寝室へと入ってきた。いつも通り、座って待っていようと思いベッドへ腰を下ろそうとしたところで、エリナは驚く。

「アルヴィス様?」

そう、既にベッドにアルヴィスが横たわっていたからだ。いつもならばエリナがベッドで待っている立場だった。アルヴィスが先に寝ていたことなど、ほとんどない。それこそ、体調不良だったり仕事の合間だったりする場合だけだ。滅多にない。珍しい。もしかして体調でも悪いのか。エリナは横たわるアルヴィスに近づき、その様子を確認する。

「……」

額に掌《てのひら》を乗せてみるが、いつもと変わりない。顔色も悪くないし、別に体調不良ではなさそうだ。少しの悪戯心《いたずらごころ》が湧いて、エリナはアルヴィスの頬をつついてみた。すると、アルヴィスの手がエリナの指を摑《つか》む。そうして寝返りを打つと、エリナ側に身体《からだ》を寄せた。

「あの……」

起こしてしまったかと身構える。けれども、アルヴィスは目を開けることはなかった。どうやら眠ったままらしい。そのままエリナの手を握りしめる形で、静かな寝息を立てている。

「お疲れ、ですよね」

遠征から帰ってきたばかりだ。今日くらいは休んでもいいと思う。けれどアルヴィスは、帰還が遅れたことを理由に休むことはなかった。今宵《こよい》は早く帰ってきたので、ゆっくり過ごせたはずだけれども。こうして不意に眠ってしまうくらいには、まだ疲れがとれていないのだろう。

「でも、嬉《うれ》しいです」

無防備な姿を見せてくれるのは、エリナだからだと。そう思ってもいいのだろう。これほど傍《そば》にいても、起きることなくぐっすりと眠ってくれている。ただそれだけのことだが、エリナは十分嬉しかった。

「アルヴィス様、いつもお疲れ様です」

その頰に唇を当てると、エリナはアルヴィスの隣に横になった。眠気はあるはずなのに、エリナは目を閉じるのがなんだかもったいなくて、じっとアルヴィスの寝顔をみつめていた。そうして、自らのお腹《なか》に触れる。ほんの少しだけ大きくなった気がするお腹。だがまだまだ目立つものではない。それでも服装には気を遣っている。

次の大きな公務は建国祭だ。ダンスは軽くならば踊っても構わないと言われていた。気分転換も兼ねて、フィラリータらと踊るようにもしている。出来るならば、アルヴィスとも踊りたいけれど、アルヴィスは日々を忙しく過ごしている立場だ。あまり無理を言うことはできない。だからこそ、こうして共に居られる時間が愛《いと》おしい。摑まれていない方の手をアルヴィスの頰に添えて、優しく

撫《な》でる。閉じられている水色の瞳が開くことはなくとも。

『では失礼します、ご令嬢』

「あ……」

突然、エリナの脳裏に何かが過《よぎ》った。眠るアルヴィスと重なるもの。あれはいつだっただろうか。それほど昔のことだっただろうか。身体を起こしてエリナは考え込む。

「一体どこ……いえ、あれはリトアード公爵家」

公爵邸で開かれたパーティーか何かだろうか。アルヴィスはベルフィアス公爵子息だった。リトアード公爵家のパーティーに招かれたとて不思議はない。

公爵邸で開かれたとすれば、エリナか兄たちの誕生日。特別な理由がなくてもパーティーを開くことはあるが、父はあまり無駄なパーティーを好まなかったため、考えられるのはそれくらいしかない。両親のものは開いていないはずであり、ジラルドとの婚約時は王城内で開かれた。とすればやはり、誰かの誕生日のパーティーでしかない。

目を閉じて、記憶を探る。記憶力は悪い方ではなかった気がするけれど、学園に入学する以前は何かと忙しかったのと、あまりに素っ気ないジラルドの態度に消沈していたこともあって、思い出すことなどなかった。

『ルーウェお兄様』

『エリナ、殿下のことは気にしなくていい。お前の所為《せい》じゃない』

『ですが――』

『今日はもう下がった方がいいだろう。兄上さえいれば何とでもなるさ』

そうだ。あの日は、長兄であるライアットの誕生日。ルーウェに会場の外に連れ出されて、そのまま一人で自分の部屋に戻ろうとしていた時だ。

『……お帰り下さい。はっきり言えば、迷惑なのです』

『公子様』

突如聞こえてきた男女の話し声に、エリナは足を止めてしまった。淑女ならば、ここで去るべきだった。けれどもエリナはつい、声がした場所へ歩を進めてしまう。

『ですが、ベルフィアス公子様も今のようなお立場などよりも、もっと相応《ふさわ》しい場所があるはずです。私ならその――』

『聞こえませんでしたか？　迷惑です』

会場から少し離れた庭に二人の姿があった。少年から青年に変わる間くらいの少し幼さを残す彼と、魅惑的な女性。女性の方が年上なのは明らかだった。そっと彼の顔へ手を伸ばそうとした女性。だが、その手は勢いよく振り払われた。

『きゃっ』

『去れ。これ以上、私を怒らせないでもらいたい』

寒気がした。離れて見ていたエリナでもそうなのだ。正面から受けた女性はよほど怖かったことだろう。顔色を失《な》くして、慌てて去る様子が見えた。

『ちっ……余計な手間を』

舌打ちをして髪をかき上げた彼。その横顔は、今のアルヴィスの面影を残している。まずいものを見てしまった気がして、エリナはどうしようかとその場に座り込んだ。悩みながらも、ここに居ていいわけはない、さっさと部屋に戻ろうと、すっくと立ち上がる。すると、ちょうど移動してきていたアルヴィスとぶつかってしまう。倒れかけた身体を支えてくれたのは、当のアルヴィスだ。

『あ、申し訳ありません』

『……いや、私の方こそすまない』

視線が合った直後、彼は直《す》ぐに視線を逸《そ》らした。エリナが体勢を立て直したのを見て手を離す。

『ありがとうございました』

『いえ。では私はこれで失礼します、ご令嬢』

素っ気なくその場を去ってしまう。まるでこの場から早く逃げたかったかのように。


「そう、そんなこともあったのよね」

どうして忘れていたのか。そんなことは考えるまでもない。エリナは当時ジラルドの婚約者であり、それ以外の殿方との接触はほとんどなかった。身内ならともかく、それ以外の殿方に触れられたなど知られてはならない。それが事故だったとしても。彼とて同じだろう。だから直ぐに忘れた。なかったことにした。否、そもそもアルヴィスはエリナの顔など気にしてはいなかったようにも思う。

エリナが目撃した場面は、アルヴィスが女性に対して断りを入れていたところ。ようやく解放されたところで、また女性に会うことはアルヴィスにとって好ましい状況ではなかった。だからこそ、相手が誰か確認するのでもなく足早に去ったのだろう。ならば、アルヴィスは覚えていなくても仕方ない。エリナも蒸し返すことはなかったのだし、お互い様だ。あの時のアルヴィスの姿は、エリナの心の中だけに焼き付けておこう。

アルヴィスがあの時のような言葉遣いをするのはとても稀《まれ》なことだ。もしかしたら、友人たちには見せているのかもしれないが、エリナからすれば全く想像がつかない。

「けれど、既に会っていたのですね。なんだか不思議です」

お互い高位貴族同士なのだから、どこかで会っていても不思議ではない。現に、アルヴィスは幼い頃のエリナを見かけている。もしかしたら覚えていないだけで、他にもあったのかもしれない。今度、兄たちに会うことがあれば聞いてみよう。

今宵はこれくらいにして、エリナもそろそろ眠らなければ。もう一度横になって、エリナはアルヴィスの頭に触れる。そしてその額に唇を落とした。

「おやすみなさいませ」

届く悲報に

それから数日後。アルヴィスはいつものように執務室での仕事を終えた後、例のリリアンと会う調整をするために騎士団の下へ来ていた。

「では、日程は明後日。場所は――」

「アルヴィス様っ!?」

騎士団の訓練所脇でヘクターと話をしていると、慌てた様子のエドワルドが走ってやってきた。

「エド?」

その表情を見て、何か予期せぬことでも起きたのかとアルヴィスはヘクターに断りを入れてからその場を離れ、エドワルドへと駆け寄った。

「はぁはぁ……アルヴィス様、これを」

「これは書簡か？　一体どこから」

「至急アルヴィス様にお渡しし、その後陛下の下へ来るように伝えてほしいと宰相閣下が」

書簡を受け取り、アルヴィスは直《す》ぐに中身を確認する。そこに書かれていた内容を見て、アルヴィスは眉を寄せた。

「そうか……」

出てきた言葉はそれだけだ。言葉にすると重い内容過ぎて、ここで話すことは敵《かな》わない。

「騎士団長」

アルヴィスは振り返り、声を上げてヘクターを呼ぶ。直ぐに近くへとやってきたヘクターに、アルヴィスは書簡を渡す。書簡とアルヴィスを交互に見たヘクターへ頷《うなず》くと、彼はゆっくりと中身を確認した。

「これは!?」

「悪いが、先ほどの話は後回しだ。まずは伯父上と話をしてくる。夜にまた俺のところへ来てくれ」

「承知いたしました」

ヘクターが頷くのを確認してから書簡をもう一度受け取る。そして、アルヴィスは訓練所を後にした。

今後、全ての予定が狂う可能性がある。それほどの衝撃的な連絡だった。危惧していたことが起きたというべきか。それともようやくこの日が来たというべきか。

それは、マラーナ王国の現国王が崩御したという知らせだった。

多少勇み足になりながらも、アルヴィスは国王の執務室へと向かった。室内に入れば、沈痛な面持ちをした国王と宰相の二人がいる。

「伯父上、宰相」

「あ、あぁ。来たか、アルヴィス」

「えぇ」

アルヴィスが来たことにさえ気が付いていなかったらしい。とりあえずはと座るように勧められたので、アルヴィスは国王の正面へと座る。国王が一呼吸を終えた後に、重い口を開いた。

「書簡は確認したか？」

「はい、ここに」

持っていた書簡を国王へと渡した。そのまま宰相へと預けると、国王は腕を組みながら溜息《ためいき》を吐《つ》く。

「いずれは来ると予想はしていたが……あまりにも急すぎる報告だ。ただ病に臥《ふ》せっているとしか聞いておらぬし、昨年は色々と問題があったこともありマラーナ側の情報については、特に気を付けていた」

「病状が悪化した、ということでは？」

「そもそもだが、マラーナの城に出入りしている医師がおらん。いや、これでは語弊があるな。あの国で医師と認められた人間が出入りしている形跡がない」

国王の情報は影からのもの。ならば信頼できる。だが、そもそも国主が臥せっているのにもかかわらず、治療を受けさせていないというのはどういうことか。

「ならば、出入りしているのではなく、常駐させているということでは？」

「その可能性は高いかもしれん」

外からであればわからない内部の情報。流石《さすが》に他国の城内に忍び込み、国王の状況を知るということは難しいはずだ。国王へ確認すれば、内部まではわかっていないという。ならば、やはり濃厚なのはその辺りだろう。

「まぁそれはともかくとして、近々国葬も行うはずだ。今回は一報までとなっているが、直ぐに日程を決め招待状が送られてくるだろう」

「そうですね」

如何《いか》に昨年の建国祭の件があるといっても、一国の王の国葬だ。そして、長年友好国としてやってきたという歴史もある。あくまで昨年の件は王女一人の暴走であり、国は関与していない。実際は大いに関係していると、こちら側はほぼ確信しているが。

しかし、そうであっても一国主を悼むという点においてそれを持ちだせば、器が小さいと見られるかもしれない。いずれにしても、体面というものがある。国王も王として、不参加という形はとらないはずだ。

国葬の時期を決めるのは、恐らく宰相だろう。王太子であるガリバースの噂《うわさ》は最近耳にしないし、そもそも彼に采配が振れるとは思えない。

「あくまで推測にはなりますが、こちらの建国祭と時期が被《かぶ》る可能性があります」

「うむ。流石に今週中にということはないだろう。他国からも招待をするはずだ。ともなれば、最速で行うにしても二週間後か」

「それでも十分に短い期間です。ただ、前もって準備しておいたというのならば、その期間でも準備は可能でしょうが」

「アルヴィス……」

皮肉めいたことを言っているのは自覚している。けれど、これも十分に考えられることだ。元々マラーナ王国は、セリアン宰相の手腕に委ねられていた。お飾りとして国王が生存していても問題はなかったはずだ。だが、それが国王の意思でなかったならばどうだろうか。快復してもらっては困るということであれば。

「数日中には正式な日程の知らせが来るでしょう」

「あぁ。そうだな」

「であれば、俺が向かうのが適任ですね」

この時期にどれほど遅くなろうが早くなろうが、建国祭に影響があるのは確実だ。国を挙げての行事に国王が不在というわけにはいかない。ならば、王太子であるアルヴィスが行くのがいい。

「だがアルヴィス、あの国にはまだ疑念が残る。お前を行かせて、何かが起きてからでは……」

「それは伯父上であっても同じです」

「余は直《じき》に退位する身だ。まだ他国には伝えておらん以上、余が向かっても問題はあるまい」

隠居することがわかっているのだから、国王自身が行けば万が一の場合も国は大丈夫だとそう言いたいのだろう。しかし、そもそもルベリア王国としてそこまでの敬意をマラーナ国へ持ってはいない。逆に、他国へ最大敬意を示していると受け取られても困る。ゆえに、国王自らが向かうのは選択肢としてあり得ないのだ。ここは代理を立てるべき。それに最も適しているのはアルヴィスだ。

「そもそもマラーナへ伯父上が行くことは危険すぎます。何があってもと言っても、そんな危険な場へ国王陛下を向かわせることなど出来ません」

「だが――」

「俺が行きます。あちらもそのつもりで書簡を送ってきているでしょうから」

チラリと宰相へ視線を向ければ、彼は頷いた。そもそも論議をする必要さえないことだ。国王と王太子、どちらかを行かせなければならないのならば王太子を行かせるべき。建国祭という行事が迫っているのだから猶更《なおさら》だ。

あまり納得はしていないようだが、国王とてどちらの言い分が正しいのか理解しているはず。受け入れるしかないということを。

「わかった。この件はお前に任せよう」

「はい」

アルヴィスは胸に手を当てて頭を下げた。この先の公務について調整をするのは当然だが、最も気が引けるのはエリナへ伝えることだった。遠征で不安にさせたばかりだというのに、今度はより長い期間留守にすることになる。

「エリナはどうする？」
「当然、連れて行きません」
即答した。妊娠中であることに加えて、かの国にはガリバースがいる。既に婚姻も済ませている
し流石に不用意なことはしないと思いたいが、それでも同じことが起きないとも限らない。出来れ
ば彼の目には触れさせたくない。エリナに思慕を抱いているというのであれば尚《なお》のこと。
国王もわかっていて聞いているのだろう。それでも尋ねてきたのは、アルヴィスを気遣ってか。
「そうだな。大事な身体《からだ》だ。旅などさせることも出来ぬし、ここで安全にしていた方がいいだろ
う」
「はい」
同伴者と共に出るのが常識ではあるものの、既にマラーナ王国はルベリア王国にとって友好国と
は言えなくなっている。その程度の非常識をしても別に問題はないだろう。あちらがどう受け取ろ
うとも、既にそれだけ想《おも》いは無くなっているのだから。
「では陛下、王太子殿下も。マラーナより連絡がありましたら再度日程を調整いたします。王太子
殿下が建国祭に不参加となる可能性も踏まえて」
「うむ」
「わかった」
今の時点で話が出来るのはここまでだ。一度アルヴィスは戻って情報を整理することにした。そ

うして国王の執務室を出たところで、天井からマナの気配を感じる。

「……」

あまり感じたことのない気配だが、意図的にマナを流しているのはわかる。アルヴィスに用があるのだろう。今ならばアルヴィスの周囲に誰もいない。それでも回廊で話をする内容ではなさそうだ。仕方なくアルヴィスは近くにある会議室の一つへと入った。

「ここならいいだろう。降りてこい」

誰も使っていない会議室。アルヴィスは念のため鍵をかける。すると、どこからか影が下りて来る。

「……お初にお目にかかります王太子殿下」

「アンナの部下か？　あいつはマラーナに行っているはずだが」

探らせるため暫《しばら》く休暇を取るという形で出ている侍女。同じような手法を取って天井に潜むというのならば、同じく関係者なのだろう。彼は顔を上げることなく頷いた。

「アンからの連絡をお伝えしに来ました。殿下、マラーナへ渡るのはおやめになってください、と」

「……」

先ほどの話を聞いていた、わけではなさそうだ。それに、この状況でアルヴィスがマラーナに行くことなど予想するのは容易。それをわかった上での忠告なのだろう。

「それが出来ないとわかっていて言っているんだよな？」

「……殿下がご命令されるのならば、影武者を務めることも厭《いと》いません」

「セリアン宰相には、既に俺の容姿が知られている。それは難しいだろう」

アルヴィスの金髪は、ルベリア王族男児の証《あかし》の一つ。髪色だけではない。既にアルヴィスはセリアン宰相と面識があるのだ。影武者を立てることなど不可能に近い。性格はこの際置いておくとしても、面識のある人間を騙《だま》せるほど姿を似せるのは無理だ。

「あいつがそう言うという事は、かなり危険なのだろうが……それでも俺は代わりに誰かを立てて平常心でいることはできない。それが誰であっても」

顔を上げることのない彼。声からして男性なのはわかる。影だからこそ、顔を見せるのを厭うているということだ。しかし、顔を知らないからいいということにはならない。

「こういう状況になった以上は、行くしかない。あいつには、そのまま情報収集を頼むと伝えてくれ」

「……御意」

顔を上げないまま更に深く頭を下げると、彼は再び天井へと上がった。そのままマナの気配も消える。どうやら去ってしまったらしい。結局、顔は見られないままだったが、それはまだアルヴィスが王太子だからだろうか。元々影は国王に付く。王太子であるアルヴィスに顔を見せたアンナは特殊な例だ。

「どうやら、滞りなく無事にというわけにはいかなそうだな。どうしたものか」

アンナから直接ではないにしろ警告を受けた。これは想像以上に大きい。何か起きる可能性がある。ではなく、確実に何かが起きるということなのだから。

会議室を出たアルヴィスは回廊を歩きながら、空を見上げた。空は青く澄んでいるように見える。だが一瞬だけ、その空に黒いものが映った気がした。

「気の、せいか……まさかな」

何度も瞬《まばた》きをするが、空は青いままだ。大聖堂や墓所で見させられた映像が、後を引いているのかもしれない。アルヴィスは首を横に振り、今はそっちの事に引き摺《ず》られるわけにはいかないと思考を無散させた。


執務室へ戻ったアルヴィスは、エドワルドらにマラーナ王国の件を説明した。国王が亡くなり、国葬が開かれること。そこへルベリアを代表してアルヴィスが出向くことを。

「マラーナ王国へ、ですか」

「まだ日程は決まっていないが、早くて来週、遅くとも再来週には国葬が行われることになるだろう」

「そうですか。建国祭と被ってしまいそうですね」

そこはもう致し方ないと思うしかない。出来ればアルヴィスも参加したかったが、今回については国葬を優先する。

「……」

「アルヴィス様？」

先ほどの件は、エドワルドに伝えない方が良さそうだ。無駄に心配をかけるだけになる。アルヴィスがマラーナへ行くのは避けられない事なのだから。

「いや、何でもない」

「そうですか。しかし、急すぎますね。それほどまでにマラーナ国王陛下は重篤だったのでしょうけれど」

「重篤だったかどうかはわからないが、いつそうなっても仕方ない状況だったのは間違いないだろう」

逐一細かな症状を他国に報告する義務はない。そもそも国葬とは常に急なものだ。誰がいつ死ぬかなど、誰にもわからないのだから。

「その、アルヴィス様……妃殿下は当然お連れになりませんよね？」

「当たり前だ」

国王の時と同じく即答する。エドワルドも「そうですよね」と頷いていた。あくまで確認のために聞いただけらしい。少しでも危険がある場所に、エリナを伴うなどあり得ない。前回のリュングベルでの件で思い知った。今回の危険度はその時の更に上をいくだろう。なにせ、あのアンナが止《や》めろとまで言ってきたのだから。

「いずれにしても、建国祭と重なるならばエリナには残ってもらわなければならない。俺が出られない場合、その代理を任せることになる」

妊娠中であるエリナに無理はさせたくないけれど、そうは言っていられない。それにエリナ自身も、王太子妃としての公務を疎《おろそ》かにはしたくないだろう。前回の叙勲式も、アルヴィスが無理やり休ませたようなものだった。

「アルヴィス様が留守にされるということであれば、ハーバラ様がこちらに来られるのはタイミングが良かったのかもしれませんね」

「そうだな。この場合は、こちらの方が助かったのかもしれない」

妊婦は総じて不安定になりやすい状態らしい。それはお腹《なか》の中に宿っている子どもにも起因するという。

人は誰しもマナを持っている。当然、母体で成長中である子どもも同様だ。子どもは両親からマナを受け継ぐ。だが、両親のマナの強さの差異が大きい場合、より強いマナを持つのが母親でなくて父親だった場合は特に影響が大きいようだ。子どもの方がマナの力が高いことで、母体がマナ酔いのような状態となり、その結果不安や恐怖、酷《ひど》い場合には寝込んでしまう場合もある。そのような状況を緩和するため、お互いに触れ合うことでその差異を補う。それでマナを安定させているという。つまり、エリナとアルヴィスではマナの強さに差があり、子どものマナがエリナよりも強い状態であるということだ。

恐らくマラーナ王国に向かい、帰還するまで多く見積もって二週間近く留守にすることになるはず。その間、ハーバラと共にいることで楽しく過ごせるならばいい。そして万が一の時のため、ラナリスにも協力を頼んでいた方がいいかもしれない。同母妹であるラナリスとアルヴィスは、そのマナの力が似ているからだ。といっても、似ているだけで同一ではないため、意味はない可能性の方が高いけれども。

「日程が決まるまでエリナに伝えるつもりはなかったが、そういう意味では早めに言っておいた方がいいか」

心構えという意味でも、伝えるのは早い方がよさそうだ。

「ハーバラ様が来ることはお伝えしてあるのですか？」

「あぁ」

先日、ハーバラから手紙が来たというタイミングで伝えてある。ハーバラの事情も含めて。シオディランにも改めて今の状況を説明する必要はあるだろう。出発する前に会うことは出来なそうだが。

今後について色々と話していると、執務室の扉がノックされた。エドワルドが扉を開けると、そこにはヘクター騎士団長の姿がある。窓を見れば、既に薄暗かった。どうやら随分と時間が過ぎていたらしい。

「殿下、宜《よろ》しいでしょうか？」

「あぁ、すまない。わざわざ」

「いいえ、問題ありません」

ヘクターが訪ねてきたのは、リリアンとの件だ。明後日に都合をつける予定だった。今回の件で、延期するか否かを判断しなければならない。

「例の元令嬢とはどうされますか？」

「そうだな」

マラーナ王国に出向く日程はまだ決まっていない。最短で届いた場合、どう動くか。アルヴィスは脳裏に日程を思い浮かべながら自分の動きを調整する。

「いや、予定通り明後日に頼みたい」

「大丈夫なのですか？　状況が変わる可能性もあります。後回しにしたところで、大した差はないと思われますが」

重要事項ではない。ヘクターからしてみればそうだろう。相手は罪人だ。それでも、後回しにしてはいけない。そんな予感がした。

アルヴィスは左手で右手甲に触れる。こういう時の勘は信じた方がいい。

「いいんだ。これは予定通りに進める。場所は……そうだな」

執務室に呼ぶ。もしくは、王城内の別室か騎士団詰所内にある尋問室。罪人扱いということを踏まえると、騎士団内詰所を利用するのが妥当だ。けれども、今回聞く内容は関係者以外には聞かせられない話となりそうだ。機密性が保持される場所の方がいい。ならば、外からの出入りが多い騎士団詰所を使うよりも近衛《このえ》隊詰所を利用した方が良さそうだ。

「近衛隊の詰所にある一室を使わせてもらおう」

「近衛の、ですか？」

「あぁ。ルークには俺から頼んでおく」

「承知しました。では、そちらに連れて行きます」

詳細を詰めた後、ヘクターとは別れた。既に夕食の時間は過ぎている。アルヴィスは、王太子宮へ遅くなる旨の伝達をエドワルドに頼んだ。一人きりとなった執務室で、立ち上がったアルヴィスは必要となる資料を取るために本棚へと手を伸ばす。

「この辺りも任せなければならないが、後はリティにも協力を頼むしかないか」

ほぼ確実に建国祭は不参加となるだろう。エリナが王太子妃として建国祭に出るのは初めての事。無論、何をすべきかなど理解はしているはずだ。妊娠中という状態でなければ、アルヴィスもエリナに代理を安心して任せられる。そのイレギュラーがネックだった。万が一の補佐役。そういう意味で、王妃の代理をしたことのあるリティーヌ以上の適任者はいない。

「あとはエドを残しておけば、何かあっても対処可能だろうしな」

エリナとリティーヌ、そしてエドワルド。国王も協力してくれるだろうから、アルヴィスが不在であろうともどうにでもなる。そもそも誰か一人が欠けたくらいで、対応できなくなるようなことはあり得ない。あってはならない。アルヴィスの代わりは国王が出来るし、逆もしかりなのだから。

「アルヴィス様、ただいま戻りました」

扉が開き、エドワルドが入ってくる。アルヴィスが一人であるので、ノックは不要だと言ってあった。この時間にアルヴィスを訪ねて来る人間は少ないし、外は近衛隊士が立っている。でなければ、アルヴィス一人で残されることなどないだろう。

「使い走りをさせてすまない」

「大丈夫ですよ。妃殿下から伝言を預かってきました」

「エリナから？」

そうしてエドワルドが差し出してきたのは、一枚の紙だった。受け取り中身を見る。そこにはエリナの筆跡で言葉が綴《つづ》られている。

『アルヴィス様、お夜食を用意しますね。お帰りをお待ちしております』

「サラから折角だからと言われ、手紙という形にしたそうです。結婚前は、何度もやり取りをしておられましたが、今はそういう機会もないからと」

「そうかもしれないな」

王太子宮に帰れば、声を聞くことも顔を見ることもできる。わざわざ紙に言葉を記す必要はない。

必然と手紙を交わすこともなくなった。短い言葉ではあるものの、懐かしさを覚える。

「なるべく早く帰るとするか」

「はい」

リリアンとの対面

約束の日。アルヴィスは朝の鍛錬の後で王太子宮には戻らず、詰所内にある食堂で軽食を摂《と》った。そのままルークに案内されて、狭い部屋へと入る。そこには、椅子と机が置かれており、正面には既に少女が目隠しをされた状態で座っていた。

「ご依頼の通りに、彼女を連れてきました。ヘクター団長からは了承を得ています」

「あぁ、助かる」

「では」

案内を終えると、ルークはその場を去る。ここにはアルヴィスとディン、そして彼女だけとなった。机を挟んで、彼女の前にアルヴィスは座る。その後ろにはディンが立った。

改めて彼女の様子を窺《うかが》う。前回に会った時よりも、随分と痩せていた。エリナが面会をした時も、その憔悴《しょうすい》は酷《ひど》かったらしい。まともな会話ができればいいのだが。

「確認する。リリアン・チェリアだな？」

問いかけると、身体《からだ》をビクつかせながらも頷《うなず》いた。

「目隠しは取っていい」

「え？」

「取れ」

「は、はい」

命令に変えると、リリアンは目隠しを取った。そうして周囲を確認し、アルヴィスとディンだけだとわかると、目に見えて安堵《あんど》する様子を見せる。

「こちらが質問したことに答えてもらう。ただし、不用意な言動を見せた場合は、多少痛い目を見るかもしれないいな」

脅しの意味を込めて話せば、リリアンの表情が真っ青に変わった。辛うじて聞き取れるような小さな声で「はい」とだけ答える。同一人物とは思えない代わり様だ。

「まず、牢屋《ろうや》で俺と初めて対面した時、君は巫女《みこ》だと言ったな。自分が巫女になるはずだったと」

「そ、それは……」

「答えろ。何故《なぜ》そのようなことを言った？」

感情的にならぬよう、アルヴィスは努めて淡々と言葉を紡ぐ。すると、リリアンは目を泳がせた。

「おかしいって思われる、と思います」

「現時点で君の言動は既に不可解なんだが……おかしかろうがなんだろうが、君が知っていることを答えてもらう。あの時点で、みこという言葉を使ったのは君だけだ」

そう、あの時は女神の加護を受けたという事実だけ。女神はアルヴィスのことを吾子《あこ》と呼んだ。それは、アルヴィスが女神の系譜だったからだろう。そして神子《みこ》という言葉をアルヴィスに向けたのはウォズだけ。この二人を除けば、みこという言葉を使ったのはリリアンだけとなる。

「誰もその言葉を口にしていなかった。だが君はそう言った。何故その言葉を知っている？」

「っ……それは、でも」

以前ならば構わず話してくれた気がするが、それを躊躇《ためら》うということは、彼女の中で変わったものがあるからだろう。アルヴィスは机の上に手を乗せると、掌《てのひら》がリリアンから見えるようにする。そして目に見える形でマナを放出した。

「以前、君を尋問した時、俺はこの力で君の記憶を読んだ」

「え？」

「君の中にある記憶には、理解できないことが多かった。最も強い想《おも》いは、生きたいという感情。まるで生死に関わるような目に遭ったことがあるかのような強いものだった」

感情の波を整理することに、どれだけ神経を使ったかしれない。それだけの強いものをリリアンは持っていた。生死に関わる何かに遭遇しなければ、そのような想いを抱くことはないだろう。

「そんな力、私は知らない……だってあのゲームはそんな、マナなんてただ戦闘に使う魔法みたいな力なのに」

まほう、げえむ。知らない言葉だ。それがどういうものかはわからないが、無関係ではないのだろう。

「知らないことがあるのは当然だ。全てを知っているなどと言うのは驕《おご》りに近い。だが、君は知らないはずがないとでもいうかのように話す。それは既に知っているからなのだろ？　この国を、この世界を、ここと別の場所で。違うのか？」

「……ど、して」

「言ったはずだ。俺は君の記憶を読んだのだと」

後ろでディンが息を呑《の》む音が聞こえた。この話は誰にも告げたことがない。ディンにも話すつもりはなかったが、そういう状況ではなくなった。

「……」

リリアンは目を閉じてから、深く息を吐く。そうして目を開くとアルヴィスをまっすぐに見つめた。

「私は、この世界とは別の世界の記憶があるの」

これまでのリリアンからは考えられないほどの、冷静な反応が返ってきた。そうしてうつむきがちにポツリポツリと話し始めた。

「酷い事故にあって、死んじゃうって思った。気が付いたらぼろい建物にいて、全然知らない子が近くにいて……大人たちの見た目も全然違って、そしたら私も私じゃなくなってた」

リリアンが孤児院にいたことは知っている。その後、実の父親が家の存続のために引き取ったことも。

「名前を聞いて、髪がピンクで、そこで私は気づいたの。これはあのゲームと同じだって。父に指示されるのは気に食わなかった。けど、学園に行けば王子様たちに会える。幸せになれる！　それだけが嬉《うれ》しかった」

庶子であり孤児院にいた。貴族教育はもちろんのこと、王族のことなど知らなかったはずだ。だが、確実に王子に会える。リリアンはそれを知っていた。つまり、先のことがわかっていたということになる。

「学園に入ったら、なんか特別講義とか何とか言われたけれど、強制じゃないって言われたし無視してた。だってそしたら、攻略対象のみんなと会えなくなっちゃうから」

「攻略対象？」

「私と恋愛してくれる人たちのこと。私はヒロインだから、ジラルド様もルーウェ様も、キース様もみんな私を好きになってくれる。みんなの攻略方法は知ってたから、ちゃんと出来ていたはずだったのに……悪役令嬢はみんな何もしてこなかった」

ヒロインということは、女主人公ということ。物語の登場人物になりきり、その通りに行動していたということか。げえむというのは、ここでいう物語の世界のことなのだろう。思い通りに進んでいたようで進んでいなかった、と言いたいらしい。

「他の人に聞いたら、そんな幼稚なことしないって否定された。でもそうしないと攻略は進まなくなっちゃう。だから頑張ってゲーム通りにしようとしたの」

話の論点がずれているが、アルヴィスは黙って聞くことにした。これまで吐き出せなかった話なのだろう。そしてこの中にアルヴィスが求める答えがあるかもしれない。何か言いたげなディンを制して、アルヴィスは腕を組みながらリリアンの様子を見守る。

「エリナは悪役で、私を傷つけて来るのに全くそんな素振りなかった。ううん、エリナだけじゃない。他の子たちも同じ。婚約者を取られているのに、何もしてこないなんておかしい！　そんな相手と結婚するなんて駄目なの！　それなら私と幸せになるべきなの！」

おかしいとリリアンは言うが、そもそもの前提が間違っている。婚約者がいる相手に恋情を抱く程度ならまだいい。だがその先、二人だけで過ごしたり友人以上の関係になったりするのは許されないことだろう。しかし今までの話から察するに、それをすることが攻略ということになるのかもしれない。どうにも倫理観がない物語だというのが、アルヴィスの率直な感想だった。

「ジラルド様は王子だし、国王になる。なら私は王妃になって、転生チートってのをやろうと思った。日本と同じように差別がない世界にして、そこで私は称《たた》えられて尊敬されて、みんなから褒めてもらえるようになる。誰からも相手にされなかった過去なんて、忘れることができるんだって。他のみんなも一緒に暮らして、そこで楽しく暮らせればいいって……思ってた」

チート。リリアンの言い方から推測するに、この世界にはない考え方を用いて変革などを起こすということだろうか。それにしては随分とお粗末な内容だ。その奥を理解していない。ただのうわべだけの発言。それだけでは、何も変えられない。

「なのに、全部うまくいかなかった。悪役とモブがいて、私以外の人たちも生きていた。関わった人が私の所為《せい》で死んじゃった……死んじゃうってことは、もう二度と会えないってことなんだよね。どんなに戻したくても、リセットボタンなんかなかった」

リセット。つまり元の状態に戻す。やり直すということ。そのようなものなくて当たり前だ。

「エリナに言われて、私は……誰かの人生を終わりにしてしまったことを初めて知った。そんなつもりなかった。けれど、私が起こした行動は、そういうことだって。悪いことをしたつもりなんてなかったのに。私はただ、ヒロインだからって……そんなわけないって思ってただけなのに」

瞳いっぱいに涙を溜《た》めてから、リリアンは俯《うつむ》いた。その様子に溜息《ためいき》を吐《つ》いてしまう。だがそんなアルヴィスの様子には気づいていないのか、リリアンは次第に大粒の涙を流し始めた。

「スパイなんかじゃない。わ、わたし……ただ、ほんとうに……ヒロインになりたかった。それだけなの……殺すつもりなんて、なかった」

「貴様が今更何を後悔しても遅い。殿下が重傷を負ったことも含め、貴様が許される道理はない」

背後から重く低い声が発せられた。話さないように指示をしたわけではないが、ここでディンが口を出すとは思わなかった。驚いて後ろを振り返ると、眉間に深い皺《しわ》ができている。これはかなり怒っている様子だ。

「利用されたからというが、貴様とて利用したのだ。懺悔《ざんげ》したところで既に遅い」

「ディン、落ち着け」

トンと胸を軽く叩《たた》く。ディンの言葉は当然だ。どのような事情があろうとも、リリアンがしたことによって多くの人間の運命が変わった。亡くなった人間だっている。それをそんなつもりじゃなかったという一言で片づけられてはたまらない。

「リリアン・チェリア、君が俺に懺悔をしたところで待遇は変わらない。こうして俺が話を聞いているだけで異例だ。それに……君にはエリナの名を呼ばないでもらおうか」

エリナはリリアンを恨んではいない。憎いとも感じていない。むしろ感謝しているとも言っていた。ならばエリナはきっとリリアンに微笑《ほほえ》んでいたのだろう。それで許されたと思われては困る。多少の殺気を込めて脅せば、リリアンは息を飲んだ。

「さて、最初の質問に答えてもらおうか。君が知っていることを。巫女とはどういうものなのかを」

リリアンが話す巫女という存在と、ウォズがアルヴィスを呼ぶ神子という呼称。それが同一の意味を持つのかはわからない。だが同じ響きを持つ言葉。無関係とは思えなかった。先に、ルシオラから清浄の巫女という言葉を聞いたからなおの事。

「み、巫女は……瘴気《しょうき》が溢《あふ》れた時に、えっと封印がとかれたのを浄化する、のが役目だった気がし、ます」

「マラーナが瘴気の発生源になっていることについては?」

何か知っているかと問う。こちらは重要な質問だった。アルヴィスが訪問することになる場所だ。もし、関連があるのならばそちらにも気を配らなくてはならなくなる。

「……そこまで覚えてません。そんな設定集に書いてあるようなことまで」

「そうか」

肩透かしにあった気分だが、一つだけ確証が得られた。マラーナが発生源という言葉に、リリアンは驚くことも否定もしなかった。つまり、そういうことなのだろう。詳細は覚えていないということだが、どれだけ記憶力が良くとも過去のことを鮮明に覚えていられるわけもない。これまでリリアンが語ったのも、概要のようなものだ。

「ディン、もういい。これで面会は終わりだ。ルークを呼んできてくれ」

「ですが、殿下がお一人に」

「問題ない。ウォズ、出てこい」

『ここにおる』

ずっと傍《そば》で感じていた気配。それを完全に顕現させることでウォズの姿は、ディンにもリリアンにも目に映るようになる。

「承知しました。直《す》ぐに戻ります」

「あぁ」

ディンがそうして出ていくと、部屋の中にはアルヴィスとリリアン、そしてウォズの三人となった。特に何を話すつもりもなかったのだが、ウォズを見たリリアンがあんぐりと口を開けてウォズを指さしている。

「ま、まもの!?」

『……』

「な、んで？　だってそれ、なんでここに魔物なんて」

見た目は魔物。初めてウォズを見た人間は大抵が驚く。そして警戒する。リリアンのこの反応は、初めて見たという意味だ。すなわちリリアンが知る物語にウォズは登場していないということになる。

「なるほど、ウォズの存在はここだけのものなのか」

『神子？　どういう意味なのだ？』

「彼女が知る物語にウォズは登場しない。その物語とこの世界は、完全に一致する世界じゃないということだ」

「え？」

アルヴィスの言葉に驚きを返したのはリリアンだった。ガタっと音を立てて立ち上がると、真っ青な顔をして震え始める。そして力尽きたように椅子からも落ち床へ座り込んでしまう。

「なに……それじゃあ私は」

「似てはいても非なる世界。この世界で君は君が知る世界とは別の道を歩んでいる。それだけのことだ」

パタパタと足音が届く。タイミングよくディンがルークたちを連れてきたらしい。リリアンを引

き渡してから、アルヴィスはディンと共に近衛《このえ》隊詰所を後にした。

『神子』

「今はあれでいい。同じだと思われても迷惑だしな」

『あの娘の話を信じるのか？』

信じているのとは違う。だが、女神の力と瘴気とが無関係ではないことはわかった。封印というのがまだよくわからないが、女神が背負わせてしまうということと関連がありそうだ。

「殿下、彼女のことは今後どう扱うのですか？」

「俺の用件は済んだ。もう彼女と会う必要はない。これ以上聞いたところで、覚えていないと言うのが関の山だ」

ただ、出来ればマラーナ関連の話がもう少しあれば良かった。設定と言っていたので、本当はあるのかもしれないが、リリアンは覚えていないのだろう。むしろそこまで記憶しているほどの才女ならば、このような愚かな真似《まね》はしていなかった。

「では処分いたしますか？」

「……」

無言でディンの方へと振り返る。処分保留はアルヴィスの権限において行っている。既に処刑されているはずが、未《いま》だに留《とど》まっていることに不満を持つ者がいることは知っていた。少し考えてから、アルヴィスは首を横に振った。

「処刑はしない」

「理由をお伺いしても？」

「その方が認識できるだろう。この世界を」

死は終わり。それではリリアンが言うリセットと同じようなもの。死で終わるものではない。この世界では、死者は女神の下へ旅立つとされている。そこで浄化されて、新しく生まれ変わる。なかったことにされるようなものだ。

「……許せないのかもしれない。俺は、彼女を」

「殿下？」

思いも寄らぬ答えだったのか、ディンが足を止めた。倣うようにアルヴィスもその場に立ち止まる。何とも言えないような表情をするディンに、アルヴィスは近衛隊詰所の回廊にある窓から、外を見つめた。そこには、書類の束を持たされ働くジラルドの姿が見える。

「彼女がいなくても、結果は変わらなかったのかもしれない。現れずとも、あいつとエリナはよい関係じゃなかっただろう。そのまま婚姻をしても、エリナに頼りきりとなることは十分にあり得ることだ」

学園での様子を見て判断するつもりだった、と父も言っていた。婚姻前に、ジラルドに再教育をする。それが良き結果をもたらさなかった場合、ジラルドはリリアンと出会わずとも王太子を降ろされていたかもしれない。王位は父に譲られて、兄が公爵位を継ぐ。そんな未来もあったのだろうと。

ジラルドが王太子を降ろされた場合、側近候補だった子息に影響はあっただろうが、廃嫡されることはなかった。婚約者にしても、学園に入学する以前は良い関係だった者たちも多くいたので、そのまま婚姻をしていたことだろう。

「必然的にそうなったのならば理解もする。だがどうしてか彼女が関わると、素直に受け入れられない」

「アルヴィス殿下」

「彼女が困惑していたのは伝わった。起きてしまったことを漸《ようや》く認識したところなのだろう。なのに……悪意がないから、とそれだけだ。悪意はなくとも、彼女はそうする意図があったから動いたはずだ。その結果が今の状態だろう？」

考えが足りなかっただけで、意図はあった。望む未来を得るために。物語かどうかなど問題ではない。結果として、沢山の人間の未来が変えられてしまった。

「そもそも俺たちは彼女の駒じゃない。都合の良いように動く道具でもない。だが、彼女はそう考えていたんだろう。全てが自分に都合のいい駒だと」

今も尚《なお》、リリアンは謝罪の言葉を述べていない。それが物語っている。自分は悪くないと、まだ心のどこかで思っているのだ。捨てきれないのは、ここが物語の世界だと思い込んでいること。他人が思い通りに動くことなどないのだ。ここは生きている世界なのだから。

「そのままリセットなんてさせない」

「承知しました」

再び足を動かし、二人はそのまま訓練所まで戻ってきた。そこには訓練をしているたくさんの隊士がいる。

「……ディン」

「少しであれば構いません」

「助かる」

このままでは次の仕事に支障をきたす。昏《くら》い感情のままで王城に戻れば、勘のいいエドワルドにも心配をかけてしまうだろう。詳細を言わずとも、ディンには伝わっていた。近くに置いてあった模擬剣を手に、アルヴィスはディンと手合わせを開始した。


その三日後。マラーナ王国より日程を告げる書簡が届いた。国葬が行われるのは、二週間後。ちょうど建国祭と同時期となる。こちらの想定内の日程だ。

国王と相談し、国葬の二日前にはマラーナ国内に入ることにした。ルベリアからマラーナとの国境の街まで、馬で飛ばせば精々二日程度。ただし、今回は公的な形での訪問となるため、馬で駆ける手段は使えない。馬車でもって向かう必要があった。スピードが出ない分、時間がかかってしまう。必要な日数は五日程度。建国祭の準備も踏まえて、マラーナ王国への出立は七日後となった。

その日の夕食後、アルヴィスはエリナとサロンで二人きりとなるよう、サラたち侍女やエドワルドらを下がらせた。ソファーにアルヴィスが座れば、その隣にエリナが座る。その瞳はどこか不安そうに揺らいでいた。

「あの、何かあったのですか？」

「あぁ。どこから話せばいいか……なんだが」

ルークとは違い、エリナはマラーナ国王の容態を知らなかった可能性がある。マラーナ王国がどういう国かは知っているだろう。諸外国の情報を得ることは、王妃教育上必要なことなのだから。まずは現段階に於《お》いて、どの程度エリナが認識しているか確認することにした。

「エリナは、マラーナ国王についてどの程度聞いている？」

「マラーナ国王陛下ですか？」

意外そうに眼《め》を瞬《またた》くエリナだが、少し考えた後で口を開く。

「現国王は、ジュリアース陛下。奥方は正妃様を含めて四人いらっしゃいます。そのお子様である殿下方は、年齢に差があり社交界に出ていない王子王女殿下もいらっしゃるので、お顔までは知りません」

マラーナ国王とその妃《きさき》、最も年齢が低い妃とは二十近くも年が離れているらしい。それだけ離れていれば、その子についても年齢差があって当然かもしれない。

「噂《うわさ》レベルではありますが、王子王女殿下方の一部は既に国を出ていると聞いたことがあります」

「流石《さすが》だな。よく知っている」

アルヴィスが褒めれば、エリナは首を横に振った。このくらい当然の知識だと言いたいのだろうが、当然である事柄すら知らない王族が身近にいたのだ。当然でなく、エリナが努力した結果だろう。

「これらの件は確証がないため、噂でしかありません。あと、王族としての務めを果たしているのは実質カリアンヌ王女殿下だけだとも。その王女殿下も、事故で亡くなったと聞いております」

事故というのは表向きの発表だ。アルヴィスはもちろんのこと、国王も王女の死が事故死だとは思っていない。アンナは処分されると言っていたのだ。直接でないにしても、手を下したのはセリアン宰相しかいない。

つまりマラーナ王国で、為政者として采配を振る人物はセリアン宰相以外にいないということになる。

「王太子殿下については、最近噂を聞きませんので……私からはなんとも申し上げられませんが」

「あぁ、十分だ」

ガリバースが最近大人しいのはアルヴィスも知っている。大人しいというか、あれほどお茶会を開き豪遊していたというのに、それを一切聞かなくなっただけだ。普通ならば、王女の死によって空いた穴を埋めるなどと、政務に携わっていると考えるだろうが、残念ながらガリバースは普通ではない。政務はセリアン宰相に任せればいいという考えを持っていた。そもそも、ガリバースの振る舞い自体が為政者としてあり得ないレベル。セリアン宰相も、期待しているとは思えなかった。

「それで、何故アルヴィス様はそのようなことをお聞きになるのですか？　病床に就いているとは聞いておりますが、まさかマラーナ国王陛下に何か？」

「察しがいいな。その通りだ」

手を組みながら肘を膝の上へと乗せると、アルヴィスは今後の予定についてエリナへと話をし始めた。

「つい先日、マラーナから報告を受けた。国王が崩御なされたと」

「っ!!」

驚いたものの、エリナは声を上げることはなかった。人払いをしているとはいえ、サロンの外にはサラたちが待機しているはずだ。声を上げれば、彼女たちに不安を与えてしまうと思ったのだろう。

「マラーナ国王が病に臥《ふ》せられていたというのは周知の事実。だが、その時が来るのはそう遅くはない。状況的に俺たちはそう思っていた」

「状況というのは、昨今のマラーナ王国内の状況を見て、ということでしょうか？」

「その通りだ」

発端がどこにあったのかまではわからない。ただ急激な変化が見られたのは確かだ。マラーナ国王の人となりをアルヴィスは知らない。ガリバースと同様の思考を持った人間だというのならば、アルヴィスとは相容《あいい》れない人間だろうが。

「例の件についても、裏にマラーナ王国がいたことを考えれば、その当時からマラーナ国王の影響力はなかったと見るべきだろう。何故、セリアン宰相がその地位にいるのかまでは謎だがな」

マラーナ王国を知る者であれば、あり得ない人事。ルークはそう言い切った。異例ではなく、あり得ないのだと。多くの差別が蔓延《はびこ》る国内で、そのトップともいえる地位に平民が就くのは、どれほどの力があろうとも不可能なこと。それを可能にしたのは、既に国王が何も出来ない状態だったから。カリアンヌ王女は野心家でもある。そういう意味では、セリアン宰相と馬が合ったのかもしれない。カリアンヌ王女がその件について一枚かんでいることも考えられる。その場合、カリアンヌ王女は裏切られたと言えるのだろう。

「そういう状況において、国王が快復されることは好ましくない。ならば、いずれこういう報告が来ることはわかっていた」

「アルヴィス様」

「ルークとそういう話をしていた直後でもあったから、多少は驚いたがな」

遠征のあの時に、二人だけで話をしていた内容。それがこれほど短期間で起こった。ルークも驚いていることだろう。

「では、今後はそのセリアン宰相という方が治世を行うことになるのでしょうか?」

「王制を掲げている以上、国の顔として王族を出す必要はある。だが実務を行うということになれば、それを担うのは間違いなくセリアン宰相だ。ただ……」

国の顔、つまり国王となるのは順当にいけば王太子であるガリバース。そうなって当然なのだが、何故かそうすんなりと行かない気がしていた。

ただ王位争いが起きるとは思っていない。エリナが言うように、一部の王族は既に国外に出ているとも言われている。マラーナ国内に残っている王族となると、アルヴィスが把握しているだけで王女と王子の二人。妾腹《しょうふく》の子たちなので、王都外で冷遇されていると聞いている。王都で暮らしたことがなく、冷遇された子たち。どういう考えをもっているかまではわからない。

そんなことを考えていると、エリナがジッとアルヴィスを見ていることに気づいた。言いかけた状態で止まってしまったため、不安にさせてしまったのだろう。何でもないと、エリナの頭を撫《な》でた。

「話が逸《そ》れたな。すまない」

「いいえ」

「国王が崩御されたということで、国葬が行われることになった」

エリナは頷く。亡くなったのは国王。ならば国葬が行われることに何の疑問もない。

「その日程が届いたんだが、建国祭と重なることになるんだ」

「建国祭と!?」

建国祭と重なる。それだけでエリナはアルヴィスの言わんとすることがわかったのか、アルヴィスの手を両手で握りしめてきた。

「アルヴィス様が向かわれる、のですか？」

その返事をする前に、エリナは自分を納得させるかのように頷く。

「いえ、そうですよね。この状況では、アルヴィス様が適任です。陛下が建国祭に不在というわけにはいきませんから、国を離れられませんし」

エリナの言う通りである。ただそれだけではない。マラーナ王国とルベリア王国の関係は悪化している。国王も、アルヴィスを行かせることに一度は難色を示していた。悪化という理由だけでなく、信頼関係が最早《もはや》無くなっているからだと。安全が保障されていない国に王族を、次期国王を向かわせる必要はないのではと。

「これが国王ではなく、別の王族であれば代理を立てればよかった。だが、今回はそういうわけにはいかない。関係が悪くなったのが、国王が病床に臥せってからというのもある」

「そうですね……」

加えて、ルベリア王国との関係を悪化させた調本人はカリアンヌ王女。彼女は既に故人だ。全てを水に流せとは言わないまでも、マラーナ王国は謝罪をしているし、ルベリア王国もそれを受け入れて和解は済んでいるという形だ。ここで不参加ということにはできない。

「マラーナの宰相様は、アルヴィス様へとマラーナ王女殿下を差し向けた人なのですよね？」

「……表向きはカリアンヌ王女の独断ということになっているが、恐らくそうだろう」

どこまでが真実なのか。それはもう闇の中だ。真実が隠されることなど、こちらも予想していた。マラーナ王国へ戻せば、カリアンヌは始末される。民意を王族の憎しみへ向かせるための駒の一つとして使われた。とすれば、ガリバースも何かしらの形で動かすつもりなのかもしれない。

「つまり、宰相様がアルヴィス様を狙っていたということではないのですか？」

「そう捉えることもできる。しかし、全て推測の域を出ないこと。こちらからこれ以上の真偽を問うことはできないな」

もう終わったこと。あちらとしてもそうしたいだろうし、和解が成立した時点で蒸し返すのは契約違反も同じことだ。

「アルヴィス様……」

不安そうな表情をするエリナだが、これればかりはどうしようもできない。体裁が大切なのかと言われれば、肯定するしかない。特に国家間のやりとりにおいては、時として人よりも国としての面子《メンツ》が大事になってくる場合もある。

「曲がりなりにも、二十年以上にわたってマラーナを牽引《けんいん》してきた方だ。周辺諸国も、それを無視することは出来ないだろう」

「我が国も、ですね」

既に友好国とは思えない相手ではあるが、それでもこれに参加しないという選択肢はない。エリナもそれはわかっている。参加するに適任なのがアルヴィスということも。

「行われるのは二週間後だ。ギリギリの日程だが、あちらではそのために前々から準備をしていたのだろう」

「二週間後……」

出向く側からしてみれば、かなりの強行軍となる。しかし、国葬とは元来そういうものだ。予想できない事であるがゆえに、どの国も慌ただしく準備を行う。その中でどれだけの国の重鎮が参加するか。それで国葬の主の人望がわかるとも言われている。初めて評価される場が死後なのだ。

「どのくらい、留守にされるのでしょうか？」

「流石に早馬で駆け付けることは出来ないからな……国境に向かうだけで五日は見ておくべきだろう」

国境からマラーナ王国の王都までは、二日といったところだ。つまり計算上は一週間以上かかってしまうということ。外聞を気にせずに、馬だけで駆けられればその半分以下で帰ってこられる。だが、ルベリア王国の代表として向かう以上、そういうわけにはいかない。

「滞在を含めると一週間以上になる」

「そう、です、よね……」

「エリナ」

「わかっています。お役目ですから、私なら大丈夫です」

何度も大丈夫と告げるエリナは、まるで己に言い聞かせているように見えた。そんなエリナをアルヴィスはただ黙って抱きしめることしか出来なかった。

本音との葛藤

その日の深夜。ふと、エリナは目を覚ます。いつもならば目が覚めるのは、既に陽《ひ》が昇った後だ。カーテンの隙間から光が射《さ》していて、隣には既にアルヴィスがいない。

「アルヴィス様」

しかし今は深夜なので、アルヴィスもちゃんと眠っている。エリナを抱きしめながら。その温《ぬく》もりは、もはやエリナにとっては心地よく何よりも安心できる場所となりつつあった。エリナは顔だけを動かして、アルヴィスの顔を見つめる。しっかりと閉じられた目は、開かれることはないだろう。だから、そっと手をその顔に伸ばす。

「……マラーナはそれほど遠くにある場所じゃない。それでも、決して近くもないところ」

ポツリポツリとエリナの脳裏には、マラーナ王国に関する情報が思い浮かんだ。国土はルベリア王国と大きく変わるわけではない。王都近くには深い森があり、帝国側との国境沿いにも険しい山と森があった。制度はルベリア王国と同じく、王侯貴族制で女性には継承権がない。

最も大きく違うのは、奴隷制度の有無だった。マラーナ王国では廃止はされたが、裏では続いているとエリナは聞いている。そのため、国民の意識という点においてはルベリア王国とは相容《あいい》れないだろう。長い間続いてきた制度を変えることは出来ても、人々の意識までもを変えるのはそう簡単ではない。同じように長い年月が必要となる。そもそもその様なこと、制度を変えた人物ならば承知の上のことだ。シーノルド・セリアン宰相ならば。

「……」

この功績だけを聞けば、とても出来た人物のように思える。だが、アルヴィスは彼を信用してはいない。むしろ警戒している。もしかすると、今回のマラーナ国王の崩御についても、何かしら思うところがあるのだろう。

アルヴィスがエリナへ、マラーナ国王の訃報を伝えた時の表情を思い出す。彼は驚いたと言いつつもただ淡々と語った。既に予想していたことだからと。マラーナ国王は、アルヴィスの実父であるベルフィアス公爵と同年代だった。身罷《みまか》られるには年齢的にも早い。

そこまで考えて、エリナは血の気が引くのを感じた。まさかとは思う。あってはならないことだ。だが、ガリバースの様子とカリアンヌ王女が亡くなった経緯を考えれば、あり得ない話ではない。いくらお飾りだとしても、ガリバースは口が軽すぎる。外交の場に出せば、マラーナ王国の品位を落とすことになりかねない。しかし、昨年の建国祭でマラーナ王国はそれを行い、彼の失態はルベリア王国だけでなく他国にも知られることとなった。

「そんなこと……あり得ないわ……」

あり得ていい筈《はず》がない。でも、きっとアルヴィスはエリナの知らない情報を知っている。エリナが考え及ぶことになど、既にアルヴィスも辿《たど》り着いていることだろう。それをエリナには伝えないということは、心配を掛けたくないと考えているのかもしれない。

今の時点で、エリナの中は不安でいっぱいだ。そうしなければならないと理解はしている。アルヴィスはルベリア王国の王太子で、エリナはその妃《きさき》だ。王太子を支えるのが妃の役目。彼が決めたことならば、それに理解を示し従わなければならない。そんなことはわかっている。

けれども、マラーナ王国は危険だ。今は確信を持って言える。あの国に行けば、何が起きるのかわからない。セリアン宰相も信頼できないとなれば、あの国が他国の王太子を守ってくれる保証などないに等しい。何かが起きても、きっと隠蔽を図ってくるだろう。そんな場所に行かなければならないなんて……。

「っ」

考えれば考えるほど不安が募り、エリナの目からは涙があふれてきた。声を出してはアルヴィスに気づかれてしまう。アルヴィスの頰から手を離し、エリナはその胸に顔を埋《うず》めた。我慢しなければならない。絶対に気づかれてはいけないのだから。

「……行かないで……」

それだけが偽らざるエリナの本音だった。

◆◆◆

「この時期に留守にすることになるとはな」

「けど、お前以外に適任者がいないのも確か、か」

執務机に寄りかかるように座りながら溜息《ためいき》と共に言葉を吐き出せば、正面に立ちながらそれを見ていたレックスは多少不機嫌そうに眉を寄せた。こちらの状況とあちらの状況を踏まえれば、それ以外の選択肢がないことなど誰だってわかることだ。

「そういうことだな」

先日まで建国祭の準備に追われていたというのに、今度はマラーナ王国へ出立する準備に追われることになってしまった。建国祭についてはあらかたまとめているので事前にある程度終わらせるつもりでいる。終わるかどうかは別にして。問題は、マラーナ王国へ行く準備の方だ。

「人員はどうされますか？」

ディンの言葉にアルヴィスは、近衛《このえ》隊の人員を思い浮かべる。建国祭とも被《かぶ》るということは、そちらにも人員を割かなければならない。

「我々専属は当然殿下に同行しますが」

「隊長副隊長は伯父上、陛下のところだな。残りも全員こちらに待機だ」

少し考えた末に出した結論はそれだった。国王は当然の事として、エリナもいる。リティーヌらもいるのだ。近衛隊はここに残しておくべきだろう。

「それに国葬という形的に、大勢を連れてはいけないからな」

「ですが、専属だけでは流石《さすが》に」

「お前、自分の専属隊士が少ないってわかっているだろうが」

アルヴィスは少し特殊な王族だ。騎士団を経て近衛隊へと入隊した実戦経験のある王族。ルベリア王家では珍しい部類に入るだろう。だからこそ、近衛隊の人員は最低限にしてきた。

事情をわかった上でレックスが不満をぶつけてくるのは、アルヴィスを心配してのことだと理解している。それでも近衛隊に余裕があるわけではない。

「多少騎士団からも人を回してもらうさ。出来るだけ、実力重視で行きたいところだな。実戦経験の多い騎士で固めておきたい」

「……アルヴィス、お前」

ただの国葬で終わればいい。しかし先の遠征での瘴気《しょうき》の件やその発生源がマラーナにある疑いもあることと合わせて考えても、何も起こらないという保証はなかった。人員を増やすということは、ある程度危険を承知で向かうということと同義。そしてアルヴィスは、無事に帰ってこなければならない。その中で誰かが犠牲になったとしてもだ。

「マラーナ国王の急逝。これは宰相の作為によるものだと俺は考えている。あの国に何かが起きていることは間違いない。だがそれを他国へ共有することはない。この時点で、警戒をするなという方が無理だ」

マラーナ王国に潜入させている影からの報告だ。流石に城の内部まで詳細を探るのには手間取っているらしいが、今の時点でも警戒するには十分な情報だった。加えてアンナからの伝言。あの言い方では実害があると覚悟しておくべきだ。確実に、何かが起こる。その対象がアルヴィスであることも間違いない。

アルヴィスは胸元に下げてあるペンダントに触れた。流石に、アルヴィスも平静ではいられなかったのだ。予告は既に受けている。

「アルヴィス、どうした？」

「殿下？」

伝えておくべきか否か。いや、ここでは伝えておくべきだろう。隠しておいて万が一のことが起きてしまっては遅い。知っているならば共有しておく。問題はどう伝えるかだった。

「ディン、レックス。二人には伝えておくんだが……」

「改まってなんだよ」

「万が一ではなく、確実にマラーナは俺を狙ってくる。その覚悟をしておいて欲しい」

「はぁ!?」

思わずといった風にレックスがアルヴィスの胸倉をつかんできた。

「お前っ、なんで今それを――」

「落ち着いてくれレックス。だから先に話しておこうと思ったんだ」

「これが落ち着いていられるかっ！　馬鹿なのか！　お前何考えているんだっ!?　今からでもやめ

た方がいい！　いや、やめるべきだ！」

騒ぎ出すレックスは、完全に怒っていた。怒るとは思っていたが、ここまで怒濤《どとう》の如《ごと》く詰め寄られるとは思わなかった。いつもなら真っ先にレックスを止めるディンは、固まって動かなくなっている。

「やめる事なんてできない」

「わかっているのか！　〝起きるかもしれない〟と〝起きる〟じゃ全然違うんだよっ」

わかっているつもりだ。と言えば、更に激昂《げきこう》が増す気がしてアルヴィスは黙っていることしか出来なかった。暫《しばら》く説教のごとく怒っていたレックスが落ち着いたのは、数十分後。かなりの時間がかかった。

「殿下、代理を立てて向かわせるということも出来なくはないと思いますが」

「これが別の王族であればそうしたさ。だが……マラーナ国王ともなれば、な」

マラーナ王国で行われるというだけであれば、アルヴィスが向かう必要はない。ディンの言う通り、代理人を出せばいいだけだ。それが出来ないのは、葬る相手が国王だった人物だから。それ以外にはない。

「それに代理人を立てたところで、今のマラーナに向かわせるのはな。それならば俺が行った方がマシだ。リスクも最低限にできる」

「最低限じゃねぇだろうがっ……」

再びレックスがかみついてくる。アルヴィスには宥《なだ》めることも何もできない。ほかならぬ原因が己にあるのだから。

「妃殿下は、宜《よろ》しいのですか？」

「……」

その指摘に、アルヴィスは言葉を詰まらせた。今回のこと、エリナは理解をしている。ただ、今のエリナの状態が普通でないことはアルヴィスもわかっていた。わかっていても、アルヴィスが私情を優先することはできない。エリナの傍《そば》に居るという選択肢などない。たとえ、エリナがどれだけ不安だったとしても、それを叶《かな》えてやることはできないのだ。

「今朝……エリナが泣いていた、たぶん」

「そう、ですか」

実際に涙を流していたのを見たわけではない。アルヴィスが起きた時、エリナはまだ寝ていた。けれども、その顔に泣いた跡が残っていたのだ。それがわかっていても、共に行くという選択はできない。エリナの身には、次代の命が育っている。確実に危険だとわかった今ならば、それは絶対に無理な選択だ。ある意味ではアルヴィスの身よりも大事な身体《からだ》なのだから。

「エド」

「はい」

それまで黙って作業をしていたエドワルドをアルヴィスが呼ぶ。その表情は硬い。恐らく何を言われるか、当人は予想しているのだろう。

「お前はここに残って、エリナの傍にいてほしい」

「……」

「頼めるか？」

これまでの話は聞いていただろう。エドワルドは、険しい表情をしていた。何も言わずとも、何を思っているのかがわかる。それでも即座に否定しないのは、それだけアルヴィスのことを想《おも》ってくれているからだ。

「頼む。お前だからこそ任せたい。俺の代わりに、ここに残ってくれ」

「アルヴィス様の代わりなど、誰にも務まりません。ですが……」

目を閉じたエドワルドの答えを待つ。心の中で葛藤しているのかもしれない。本心で言えば、付いていきたいのだと。共にマラーナに行きたいのだと。言わずとも伝わってくる。

「それがアルヴィス様のお望みならば」

葛藤を終えたのか、目を開いたエドワルドは深々と頭を下げる。心の中では納得したくないこともあるだろう。だがエドワルドの戦闘技術はアルヴィスより劣る。誰に言われるでもなく、エドワルドは理解していた。それにより同行出来ないだろうということも。

「ありがとう」

「いえっ……妃殿下と王太子宮のことはお任せください」

「あぁ」

エドワルドがいてくれれば、アルヴィスはマラーナ王国への対応に集中していられる。建国祭時の公務についても、リティーヌもいるのだから大丈夫だ。ならば、問題はこちら側。

「殿下、あとの騎士団の人員はどうされますか？」

「ヘクター団長に任せる。だが、大がかりな人数は不要だ。王都の守りが減るからな。エド、団長のところへ打診をしておいてほしい」

「承知しました」

執務室からエドワルドが出ていくのを見送ると、見覚えのある人物が入れ替わりに入ってきた。

「王太子殿下、お邪魔いたしますぞ」

「特師医？」

フォラン特師医だ。最近ではエリナが世話になっているが、アルヴィスはあまり顔を合わせていなかった。ただマラーナ王国行きがきまった時点で確認して欲しいことがあると伝えていたため、その報告に来たのだろう。

「わざわざ済まない」

「いいえ、こちらこそ遅くなって申し訳ありません。ところで、レックス殿は何故《なぜ》怒っておられるのですかな？」

落ち着いてはきたものの怒気が鳴りを潜めたわけではないレックス。話せば長くなってしまうので、アルヴィスは笑って誤魔化した。

「まぁ今は誤魔化されておきましょう」

「助かる」

「さて、王太子殿下は例の解毒剤についてお聞きになりたいという事でしたが」

アルヴィスはソファーへと座り、その正面にフォランを招いた。向かい合わせになったフォランが見せてくれたのは、小さな瓶だ。

「これが？」

「はい。例の少女が持っていたもの、そしてマラーナの王女が殿下のカップへと入れた異物を分析して作ったものとなります」

昨年の建国祭の折、マラーナ王国王女だったカリアンヌがアルヴィスへと盛ったもの。大事には至らなかったものの、アルヴィス自身それなりに疲弊をした。あれがマラーナ王国宰相の差し金だとすれば——ほぼそうだと思っているが——これを持ち出された時のために保険を用意しておかなければならない。その一つがこの解毒剤だ。

「もし体内に入れてしまった場合は、そのままお飲みください。保険としてということであれば、こちらを事前に」

差し出されたのは小さな包。手に取り、包の中を開くと粉末状のものが入っていた。

「一日に一包までしか服用は出来ませぬ。それを服用した上で、更に症状があった場合はこちらの瓶を半分ほど飲んで頂きます。ただ……」

「ただ？」

「この包を服用した場合は、副作用として発熱したような状態となることをご留意ください。安静にしていれば問題はありませぬが……」

フォランの表情が曇る。それは完全な安全策を用意できなかったことへ責任を感じているからだろう。事前に薬を飲まずに症状が出た場合は小瓶だけで問題ないが、事前に飲んでいた場合は暫く動けなくなる可能性がある。どちらを選ぶかは、アルヴィスの判断次第ということだ。

「わかった。ありがとう」

「いえ、この程度当然のことでございます。完全なものをお渡しできぬ不甲斐《ふがい》なさを、お許しください」

「それだけ難しいということだろう。それに無防備で行くよりもよほどいい。助かる」

「王太子殿下……ありがとうございます」

フォランには何度も助けてもらった。王族となってからも、それ以前でも。だからこそ信頼しているのだ。

「フォラン特師医、念のため確認しておきたいことがある」

「なんでしょうか？」

「あれは一種のトランス状態に陥るものだと言っていたが」

匂いを嗅ぐか、体内に取り込むかで程度は変わる。だがそういった効果があることに変わりはない。

「はい。思考能力の低下、気分の高揚、常識の欠如などが起こり得ます。誰かが傍にいない限り害はないでしょうが、その状態で何かしら暗示をかけられてしまえば……」

意図があろうとなかろうと、傍に居た人間の言葉に従う。もしくは、刷り込まれてしまうということらしい。全くつくづく面倒なものを作り出してくれたものだ。

「わかった」

抗《あらが》えないということは考えたくなかった。この準備も無駄になって欲しいとは思うが、用心に越したことはない。

「出立までに十分な量は準備しておきますゆえ、お任せください」

「あぁ、頼んだ」

「では、儂《わし》はこれで失礼を」

小瓶と包を一つ残して、フォランは執務室を出て行った。

「念のため、特師医を誰か連れていった方が宜しいのではありませんか？」

「……いやいい」

流石にそこまで用意すれば、何かあると正面から言っているようなもの。表向きは、懐疑心を抱いていない風を装う必要がある。それでも出来る準備はしておきたい。加減が微妙なところだ。

「ならば薬師《くすし》でもいいと思います。マラーナに信頼がおけないというのであれば。特師医であれば警戒はされるでしょうが、ただの薬師程度であれば問題ないのではありませんか？」

「薬師か……だがあいつを連れていくわけにはいかないし」

そう考えていたアルヴィスは、ふと思い出した。正直に言えば巻き込みたくはないが、この状態で誰よりも信頼できるというのであれば一人しかいない。正確には薬師ではないが、それでも毒草や薬草については詳しい。

「どなたか心当たりがおありですか？」

「当人が了承すれば、だがな。ちょっと行ってくる」

「ちょっ、おいアルヴィスっ！　待てって」

善は急げ。誰かに頼むという手段もあるが、アルヴィスが直接伝えるべきだ。ただ同行を頼むだけではない。その行先は危険を伴う。その上で、了承してくれるかどうかを聞かなければならない。王太子として頼めば、彼に断るという選択肢がなくなってしまう。だからこそ友人として、頼みにいくのが筋だろう。後ろから怒気をはらんだレックスが追いかけて来るが、気にしないことにした。

執務室を出たアルヴィスが向かった先は研究室。アルヴィスがその一角にある薬草畑へと足を踏み入れると、珍しい組み合わせの二人が話をしている。一人はアルヴィスの目的の人物、もう一人はリティーヌだ。

「あれ？　アルヴィス兄様？」

「お？　よぉアルヴィス」

「リヒトに、リティ」

二人はアルヴィスに気が付くと、駆け寄ってくる。アルヴィスの生誕祭でも会話をしているのは見かけたが、二人だけで話をするような仲だとは思っていなかった。

「驚いたな、リヒトとリティが一緒にいるなんて」

本当に予想外だった。研究員で平民のリヒトと、王女のリティーヌ。身分だけで言えば関わりがない二人。だがふと思い致る。リティーヌは花の研究をするのが好きで、リヒトは無類の実験研究好き。そう思えば意外でもないかもしれない。

「まぁ平民の俺なんかが姫さんと一緒にいるのは変だろうけど」

「それを言うなら、そんな貴方《あなた》と友人をやっている兄様だって変って言われるわよ」

「おいリティ、その言い草は酷《ひど》いんじゃないか……？」

アルヴィスに対しても、リヒトに対しても容赦がない。アルヴィスはともかくとして、リティーヌがリヒトに対してこんな言い方をするのは意外だった。後宮を出ることがないリティーヌがここにいることも含めて。

「それよりも、リティがここにいることはキュリアンヌ妃はご存じなのか？」

「言う必要もないわ」

「おいおい」

「もうね、やめたのよ。お母様の言いなりになるのは」

その言葉にアルヴィスは驚く。今までキュリアンヌ妃に従ってきたリティーヌを知っている。だからこそ、母である彼女に反抗するという姿が想像できなかった。

「王族の義務はわかるわ。でも、もう王太子はジラルドじゃない。なら、私が後宮の外に出てはいけない理由もなくなった。違う？」

「……そうだったな」

そもそもリティーヌを閉じ込めていた理由はジラルドの存在があるが故だった。それを気にする必要がなくなった今、リティーヌが外に出てはいけない理由はない。

「それに、もうじき私は王族でもなくなるでしょうから」

「ならここで研究を一緒にやるかって俺が言っていたんだよ」

「……おい、リヒトお前」

リティーヌが王族でなくなるというのは、アルヴィスが即位した後に王城を出るからという意味だろう。だがアルヴィスとてすぐにリティーヌを追い出すつもりはない。キアラも成人までは王城内で保護するつもりでいる。キュリアンヌ妃と一緒に城を出る可能性もあるが、そこは本人に選択させた方がいいだろう。

その前に、リヒトの言い方が気になる。それはまるで、リティーヌを誘っているというかプロポーズのようにも聞こえる。下手をすれば、貴族連中の反感を買う行為だ。

「リヒトが私をもらってくれるの？」

「おいおい、姫さんが来られるわけないだろう。ただ研究するなら有りだなってことだ」

「あら、残念ね」

軽口を叩《たた》き合っている二人だが、リヒトは特に深い意味はなく口に出しているようだ。昔から思ったことを口に出すことが多いのでそれは通常運転なのだが、問題はリティーヌの方だった。

残念だと言ったリティーヌの表情が、どこか寂し気だったからだ。

「……全く」

「ん？　アルヴィスどうした？」

「お前は相変わらずだなって思っただけだ」

リヒトは感づいてもいない。もしかしたら、気づかないフリをしているのかもしれないが、いずれにしてもリヒトの立場では何も言えはしないだろう。ただこれはある意味でチャンスでもあるのかもしれない。リヒトに功績を与えるという意味では。危険を伴う場所へ同行を頼むのだ。更には王太子を守るという名目を与えることが出来る。友人だからという贔屓目《ひいきめ》ではなく、きちんとした実績の下で評価できるのだから。それがどれだけ大変なことだとしても。

「それより、リヒトに頼みがあって来たんだが……」

「俺に？　お前が？」

「あぁ」

この場で話すことはできないと、アルヴィスは人目に付かない場所へと二人を連れて行った。誰も来ないようにと、付いてきたレックスに見張りをしてもらう。

「改まって頼みたいってなんだよ」

「まぁ本当なら巻き込みたくはなかったんだが、そうも言っていられないからな」

「アルヴィス……お前」

いつものように笑って見せたが、リヒトにはわかってしまったらしい。らしくもなく真剣な表情で、話の続きを促してきた。

「二週間後に、マラーナ王国に行くことになった。国葬に参加するためにな」

国王の崩御、国葬への参加。そして、マラーナ王国が既にルベリア王国にとって友好国でなくなっていることも。話をしているうちに、リヒトの表情が更に険しくなっていく。隣に立つリティーヌも同様だった。

「それで、お前に同行してもらいたいんだ。万が一のことがあった場合、毒草や薬草に通じた者がいた方が助かる」

「……」

リヒトは真《ま》っ直《す》ぐにアルヴィスを見ていた。その瞳の中が少し揺れていることに気づき、アルヴィスは苦笑する。

「そうやってお前はいつも誤魔化すんだよな」

「誤魔化しているわけじゃない」

実際に誤魔化していた時もあったが、今はそうではない。ただどうしようもなく、この友人に心配をかけていることを申し訳なく思うだけで。

「同じだよ。本心を隠しながら、自分がやればいいって思っているところ。ただまぁ俺に声を掛けた点については褒めてやる。信頼してくれてるってことだろ?」

「当然だ」

「即答するなよ。ったく」

にやりと口元に笑みを見せたリヒト。リヒトを信頼しているのはアルヴィスにとって当たり前のことだった。恐らくリヒトも。そして口では言わないが、シオディランのことも信頼しているだろう。アルヴィスにとってこの二人が特別であるように、リヒトにとっても特別だと。

「ついていくさ。俺に出来ることがあるなら何でもやってやる」

「まだ詳細は伝えてないが、即答していいのか?」

リティーヌの手前、万が一という言葉を使ったし、実際の状況はもっと悪い。同行するならば、その辺りの話も詳しくしておいた方がいいだろう。

「お前が俺に来て欲しいっていうなら、どこでも行くって。途中で発言は取り消さないから心配するな」

「そんな心配はしていないが、安易に引き受けるっていうのもどうかと思うぞ」

「安易じゃねぇだろ？　お前だから受けるんだよ」

さも当たり前のように言い張るリヒトに、今度はアルヴィスが驚く番だった。だが何よりも心強い言葉だ。

「助かるよ、リヒト」

「任せろ」

「兄様……」

笑みを交わす二人の横で、リティーヌは顔色を悪くしていた。王女という立場上、リティーヌもアルヴィスのマラーナ王国行きについては理解をしている。それがどういうものかについても。

「リティは、エリナのことを頼む。エドも残していくが、同性の方が安心も出来るだろう。出来るだけ気にかけてやって欲しい」

「うん、わかっているわ。でも、本当に気を付けて……無事に戻ってきて」

「あぁ」

不安そうにしているリティーヌの頭に、アルヴィスはポンと手を乗せた。

「大丈夫。何事もないよう祈っていてくれ」

「……うん」

全てが杞憂《きゆう》であればそれが一番いい。それがただの願望に過ぎないとしても。

こうしてアルヴィスがマラーナ王国へ旅立つ日が刻々と近づいていった。

残された二人

　用件を伝えた後、アルヴィスはまだ執務が残っているらしく、この場を去っていった。残されたのは、リヒトとリティーヌの二人だ。

「あの国ってそんなにヤバいとこなのか」

「……そうね。昨年の建国祭でのことは知っているでしょう？」

「あいつ、何かあったのかよ？」

　少しだけ固くなった声色にリティーヌがリヒトと向き合う。すると、彼には珍しく表情をこわばらせていた。いつも飄々《ひょうひょう》としている印象が強いだけに、リティーヌは驚く。

「姫さんは知っているんだろ？」

「え、えぇ。かいつまんで言うと、アルヴィス兄様がちょっと体調を崩していたらしいんだけれど、それはマラーナ王女が薬を盛った所為《せい》らしくて」

「へぇー」

　リティーヌも又聞き程度の情報である。アルヴィスが害される可能性があることは、その時点で確実視されていた。にも拘《かか》わらず、アルヴィスはマラーナ王女の誘いに乗ったのだ。この時だけは、アルヴィスを制止したという国王の意見に同意した。結局、アルヴィスはそれに乗っかり、現行犯という形でマラーナ王女を捕えることは出来た。しかし、アルヴィスにはその影響がしっかりと残ったらしい。

「エドワルドからも詳しいことは聞けなかったから、きっと軽いものではなかったのでしょうね。軽いのなら、そう伝えるはずだもの。隠しているということは、程度が重度だったということよ」

全て事後報告だから、リティーヌには判断できないことだ。建国祭の最中はアルヴィスも忙しかっただろうし、顔を合わせたのは最初の数日。その後は建国祭が終わるまで顔を見ることはなかった。だからこそ勘繰ってしまう。

ただわかっていて策略に乗ったということなら、ある程度の自衛はしていただろうから大事には至らなかったと思われる。相手が王族である以上、アルヴィスが対応するしかなかったと言われれば頷《うなず》かざるを得ない。リティーヌでは対象外だろうし、国王なら余計に安心できないからだ。いやむしろ絶対だめだ。消去法的に考えても、アルヴィス以外にはいない。ならどうしようもなかったことだと思うしかなかった。納得できるものではないとしても。

昨年のことを思い出してリティーヌが溜息《ためいき》を吐《つ》いていると、隣でリヒトも溜息を吐いていた。

「……あの馬鹿。王太子になっても直らねぇのかよ」

「リヒト?」

「昔からそうなんだよ。いつだって自分で動かないと気が済まないんだ。あいつ、幹部学生のトップだぜ? それも公子様だ。指示すれば皆が動く。けど、あいつは自分でやっちまうんだよ。その方が早いってな」

「何となく想像がつく気がするわ」

基本的に人任せにしない性分だ。加えて自分でできてしまうからこそ始末が悪い。決してそれは悪いことではないけれど、時としてそれが諸刃《もろは》の剣《つるぎ》となってしまうことをアルヴィスには自覚して欲しいものである。

「リヒトも苦労していたのね」

「……まぁ俺は楽しんでいたからいいけど、ランセルの奴《やつ》は苦労していたと思うぜ。俺は自覚ありだが、アルヴィスは無自覚でやっているからな」

「ランセル卿《きょう》は、貴方《あなた》と兄様二人に振り回されていたのね。なんだか印象が変わってしまうけれど」

生真面目な性格はリヒトとは正反対。それでいてアルヴィスと三人でいたのならば、学生生活はさぞかし大変だったことだろう。

「だが、今回はランセルの奴はいねぇし……出来るだけ俺がサポートしてやるさ」

「リヒト」

「だから、あんま心配すんな」

ポンと背中を軽く叩《たた》かれる。アルヴィス以外に、こんな風に気安く触れてくる相手など居なかったため、リティーヌは少しだけ驚いた。けれど嫌だとは思わない。これが何も知らない貴族男性だったならば、嫌悪していただろうに。

リティーヌはリヒトの方へ振り返ると、そのままリヒトの胸に顔をうずめた。

「姫さん？」

それでもリヒトはリティーヌを振り払わなかった。抱きしめてくるわけでもなく、ただ受け止めているだけ。今はそれで十分だ。

「お願い……アルヴィス兄様と共に無事に帰ってきて。私が望むのはそれだけだわ」

胸騒ぎがする。アルヴィスの表情もそうだが、やはりマラーナという国が信用できないからだろう。アルヴィスが同行させる騎士も実戦重視で揃《そろ》えるということから、ただでは済まないというのは明白だ。薬師《くすし》としてリヒトを同行させるという点についても、もしものために備えているのがわかる。そのもしもが、リティーヌの想像通りだとすれば……。

「安心しろよ」

リティーヌの考えが嫌な方向へ向かっていくところへ、リヒトの声がすぐ傍《そば》で聞こえてきた。年齢よりは少し幼めの声だ。

「ちゃんとみんな無事に帰ってくるさ。あいつは俺にとっても大切な奴だからな。何があろうと、絶対に俺が守るって」

「うん」

「なんてったって俺は天才だからな」

「……」

その言葉に、リティーヌが顔を上げる。そこにはいつものようにニカっとした笑みを向けているリヒトがいた。

「ほんと自信家ね、貴方って」

「事実だからな」

「台無しよ、まったく」

「ひでぇ」

指摘されて項垂《うなだ》れるリヒト。けれど、先ほどまでの暗い気持ちは薄れていた。いつものようにただこうしてじゃれているだけ。リティーヌは笑みをもらし、リヒトもつられるように笑い合う。

大丈夫。そう勇気づけられている気がしていた。

一時的な避難先へ

この日、ハーバラは簡単な荷物と共に王城の区画内にある王太子宮へと向かっていた。ここだけ見ていれば、まるでハーバラが王太子の下へ嫁入りをするように見える。尤《もっと》もそのようなことは、万に一つもあり得ない話だ。何せ、ここに来ることになった理由の一端は、隣にいる不機嫌そうな兄の所為《せい》なのだから。

何故《なぜ》、王太子宮に行くことになったのか。これは単なる避難である。ハーバラの元婚約者が何かをしでかす前に、暫《しばら》く匿《かくま》ってもらえと兄であるシオディランが王太子に頼んだらしい。今後、公務のため暫く国外へ行く王太子も、妃《きさき》であるエリナの傍《そば》にいて欲しいと、双方の意見が重なったこともあり王太子宮で過ごすことが決まったのだ。

「まるで殿下の側妃になるみたいですわ」

「安心しろ、王太子殿下は妃殿下以外には目もくれん」

「まぁ兄上様ともあろう方が、妹をどのような目で見ておられますの?」

ハーバラが王太子であるアルヴィスに懸想など一ミリもしていない。そもそもハーバラには、恋人に望む相手がいる。まだまだそこに至るまで時間はかかりそうだが、それでも構わない。その相手はシオディランも既に知っていることだろう。だから、これは只《ただ》の遊戯でしかない。

「お前をもらってくれるならば、殿下には感謝すべきだが。お前には耐えられないだろう」

「私、王太子殿下には感謝しておりますよ。ハスワーク卿《きょう》との縁を繋《つな》いでいただきましたし」

あくまで繋いでくれただけ。それでも十分だ。ただ、ハーバラは黙って待つだけの令嬢ではない。

こうして王太子宮に来たのだから、エドワルドとも良い関係を築けるように努力していくつもりである。チャンスは摑《つか》むためにあるのだから。

「頑張りますわ！」

「……妃殿下に迷惑をかけぬように気を付けろ」

「まぁエリナ様は私の大切な方ですもの、そのような真似《まね》しませんわよ」

お茶会などで会うことはあっても、こうして宿泊する形で一緒に過ごすのは初めての経験だ。寮生活とは違うもの。多少なりとも、はしゃいでいる自覚はあった。

シオディランと共に王太子宮へ向かうと、出迎えてくれたのはここを警備しているだろう近衛《このえ》隊士たちと、侍女たちだった。

「ランセル侯爵子息様、ランセル侯爵令嬢様、お待ちしておりました。中へご案内いたします」

「宜《よろ》しくお願いする」

エントランスを通り、案内されたのはサロンだった。何度かハーバラも来たことがある場所である。案内をしてくれた侍女が扉をノックすると、中から了承の声が聞こえた。

「どうぞお入りくださいませ」

開かれた扉の先には、大切な友人であるエリナがいた。

「ハーバラ様、よくおいでくださいました」

「こちらこそ、ありがとうございますエリナ様」

「ランセル卿も、ありがとうございます」

「いえ。こちらの頼みを聞いていただき、感謝します妃殿下」

簡単な挨拶を終えたところで、サロンの奥から中庭へと案内される。席へと座れば、ちょうどティーセットが運ばれてきた。

「妃殿下、この度は妹を受け入れていただき、ありがとうございます」

まずは改めてシオディランがエリナへと感謝を述べる。元々、この話を持ち出したのはシオディランからかららしい。そのことに驚きつつも、シオディランが頼れる友人というのは、アルヴィスだけなのだろうと納得もした。

「いいえ、許可をしたのは私ではなくアルヴィス様ですから。それに、ハスワーク卿も心配されていたと聞きました。私も、ハーバラ様と過ごせることを嬉《うれ》しく思っています」

「王太子殿下にも別途お礼をお伝えするつもりです。ハスワーク殿には、別件でも色々とありますから後々にでも」

「兄上様、ハスワーク卿を問い詰めてはいけませんわよ」

何を言い出すのかと思えば、余計な一言を口にするシオディランに、ハーバラは溜息《ためいき》を吐《つ》いた。

「ランセル卿は、ハーバラ様が大切なのですよ」

大切な妹だからだとエリナは言ってくれる。今ならば確かにそう思えなくもない。婚約破棄をされる前はあまり深くかかわってこなかったこともあって、その時ならば信じられなかっただろう。

「エリナ様、一度王太子殿下に兄のことをお尋ねすることをお勧めしますわ」

「おい」

「王太子殿下ならば、きっと包み隠さず教えてくださるでしょうし」

「ランセル卿とアルヴィス様のお話は、是非お聞きしたいですね」

笑いながらエリナも賛同してくれる。だが、ふとハーバラは気になった。心なしか、エリナの声に力がない気がしたのだ。

「エリナ様、何かありましたの？」

「え？」

「お元気がないように見えますわ」

その問い掛けにエリナは、申し訳なさそうに目を伏せた。触れてはいけないことだったのかもしれない。だが、エリナが悲しんでいるのであれば放ってはおけなかった。

「ランセル卿はご存じかもしれませんが」

「……マラーナへ向かうという件ですか」

「はい」

その話ならばハーバラも知っている。ランセル家は商売をしているということもあって、独自の情報網を持っている。そこから仕入れたものだ。マラーナ国王が崩御し、国葬が行われることや、各国の重鎮や王族が参列すること、ルベリア王国からは王太子が参列することも知っている。

「そうですわね。あの国に向かうということは……」

今のあの国の状況を知る者ならば危惧する。我が国の王太子を向かわせるということを。しかし決定を下すのは国王であり、当人である王太子。その二人が決めたのならば、貴族たちはただその決定に従うだけだ。

「王太子殿下は、どう過ごしているのか聞いても宜しいですか?」

「アルヴィス様は、日々忙しくなさっておられます。昨夜も遅いお帰りでしたし、今朝は朝早くに出てしまわれましたので、実はあまり顔を合わせられておりません」

顔を合わせてもいない。直近の行事としてルベリア王国建国祭がある。その準備も対応しなければならないということで、昨年よりも仕事量が増えていることは想像するに難くない。

「エリナ様」

「出立の日は近づいているのですが、あまりお話しすることもできずにいるので、少し寂しいのかもしれません」

ただそれだけなのだと、エリナは笑みを作る。どうあっても覆ることのないこと。そのために頑張っている王太子の足を引っ張るわけにはいかない。エリナの考えることは予想出来た。

「後で私も様子を見てきます。妃殿下は、ただ王太子殿下を信じて待っているだけで宜しいのです」

「ランセル卿、ありがとうございます。ハーバラ様もご心配をおかけして申し訳ありません」

友人を心配するのは当然のことだ。ハーバラは首を横に振った。

ある程度準備を終えたということで、シオディランは王太子宮を去っていった。その足で王城に向かうようだ。目的は王太子に会う事だろう。邪魔な兄がいなくなったことで、ハーバラはエリナの傍に座ると、耳元で囁《ささや》いた。

「エリナ様、泣きたいときは泣かれていいのですよ」

「っ!?」

「私がここに呼ばれた理由。きっと王太子殿下は、エリナ様が気兼ねなく想《おも》いをさらけ出せる相手として、私を選んだのだと思うのです。兄は利害が一致したと言っていましたけれど」

恐らく学園でも侍女として傍に居たサラならば、何でも話すことが出来るのだろう。ただし、今回のマラーナの件については別だ。侍女といえど、話せないこともある。だが、ハーバラならばある程度の事情は理解している。もっと必要だと言われれば、独自の手段を持って情報を得ることだって可能だ。ただ、それでも限度がある。王族に仕えると言われている影という存在には敵《かな》わない。あくまで可能なのは、商売人としての耳なのだから。

「……ありがとうございます。ハーバラ様」

それでも笑みを浮かべるエリナに、せめてここに居られる間だけでも力になりたいと決意する。

「そうですわ、エリナ様にお渡ししたいものをお持ちしたのです。お出ししても宜しいですか？」

パンと軽く両手を合わせて、今思い出したかのように告げた。エリナは一瞬驚いたような表情になったのだが快く頷《うなず》いてくれる。ハーバラが持ってきたものは、ランセル家で作っている商品たちだ。もちろんハーバラも手を加えている。その一つ一つを説明しながら見せていると、どこか懐かしさを覚えた。それはエリナも同じだったらしい。

「こうしていると、学生寮を思い出しますね」

「本当ですわね。それほど時間は経《た》っていないと思っていましたけれど」

まだ一年も経っていない。だが一昨年から今日に至るまでの日々は、これまでの人生の中で最も濃い時間である気がする。

想像していた未来とは違う道。それをハーバラは歩んでいる。エリナ自身は、想定された道を歩んでいるけれども、その相手は違う人。けれど、それを幸せだと話すエリナ。時折、羨ましく思う事もあった。ハーバラは結婚に憧れを抱いてはいない。もうそんな気は無くなってしまった。

「でも、エリナ様を見ていると私もそうありたいと、少しだけ考えるようになりましたわ」

「ハーバラ様？」

「婚姻することだけが貴族令嬢として生まれた務めではありません。それがわかった今は、自分が望む道を進みたいと思っています」

結婚については諦めもしているし、両親も説得した。己の道を進むことを認めてもらった。後悔はしていないし、充実した日々を過ごしていることには違いない。恵まれているのだろう、ハーバラは。ただそれだけでは物足りなくなっていることもまた事実だった。

「それとは別に、エリナ様のように誰かと共に在る道を、望む方と在る未来を描いてもいいのだと。一度は諦めた道ですし、直《す》ぐにというわけではありませんけれど」

その相手としてハーバラが選んだのがエドワルドだ。これが恋情かどうかはわからない。ただ、初めて面と向かって接した時の彼が仄《ほの》めかせた王太子への想い。最初はエリナへの気遣いから出たハーバラの強引な提案だったのに、王太子のためになるならばと共犯者になってくれた。

『本当に宜しいのですか？』

『構いません。むしろ令嬢様からの方がより効果がありそうなので、私も乗っからせていただきます。あの方にはこのくらい強引な方がいいのですよ。頑固過ぎるのも困りものです』

困ると言いながらも、どこか楽しそうな表情をしていたエドワルド。アルヴィスがどう反応するのかを考えていたらしい。王太子と侍従という関係にしては、親しすぎる気がした。ハーバラが知る関係性といえば、ジラルドとその侍従。彼らは完全に主人と使用人の関係性であり、侍従の青年の言葉など聞く耳すらもたなかった。

『主人ですのに、そのように仰《おつしや》ってよいのですか？』

『主人である前に、私はあの方の幼馴染《おさななじみ》であり兄でもありますから。叱るべき時には叱ります。それも私の役割です』

　学園に王太子が訪れた時の出来事。あのことは今でも覚えている。あれが、ハーバラがエドワルドを意識したきっかけとなったのは確かだった。この人は絶対に王太子の傍を離れない。その想いが変わることはないのだなと。確固たる意志を持ったエドワルドを見て、そう感じたのだ。

「ハスワーク卿は、真面目で職務に忠実な方です。アルヴィス様には少し手厳しいこともありますが」

「それこそが侍従としての本来の在り方ですものね」

「えぇ」

　主人に忠実であろうとも、言いなりではない。悩んでいる時は助けとなり、過ちは過ちだと指摘することができる。そして誰よりも主人を慈しみ、支えられる存在であること。

「お二人の間には私でも入り込めないことがあります。少し悔しいですけれど、ハスワーク卿は幼き頃からずっとアルヴィス様を見てこられた方ですから、それには敵いません」

　何十年もの付き合いの間柄。それに男性同士にしかわからないこともあるだろう。そこにエリナが入り込めないと感じるのも仕方のないことなのかもしれない。

「そういえば、ハーバラ様もアルヴィス様もどこか似ているところがある、と先日ハスワーク卿が言っていました。はっきりここがとは仰いませんでしたが」

「そうでしたの。そう言われてみますと……前回の帰り際の時にもそのようなことを言われた気がしますわね……」

前回、エリナたちの手を借りてエドワルドを城下に連れ出した時のこと。あくまで臣下という姿勢を崩さず、エスコートをしてくれるわけでもなかった。彼は使用人だという立場を徹底している。そんな彼が、ハーバラに伝えてくれた言葉。

『あの方と同じような瞳をした貴女《あなた》を放ってはおけません』

結局、突き放すこともせず、かといって受け入れてくれたわけでもなかった。それでも、彼の興味を惹《ひ》くことはできたのだろう。同じような瞳という意味はよくわからないけれど、あの時は元婚約者のキースと会って、多少冷静さを失っていた部分は否めない。そこを見られてしまったのは失敗だった。

「どうかなさいましたか？」

「少しだけ思い出していました。ハスワーク卿とのデートを」

「ハーバラ様ったら」

茶目っ気たっぷりに笑ってそう言えば、エリナもつられるように笑ってくれた。

常に余裕を持って接する。それがエドワルドと対峙《たいじ》する時に決めたハーバラなりの決まり事《ルール》だった。年下であり侯爵家の令嬢。それだけでもエドワルドがハーバラを受け入れない理由となる。だから焦ってはいけない。如何《いか》にエドワルドが貴族家の遠縁だと言っても、彼自身は貴族ではないのだから。尤もこの辺りは、王太子自身も何か考えがありそうだけれど。

あの時のエドワルドの言葉をエリナには伝えなかった。これはエドワルドとハーバラだけが知る物語。それでいい。まだまだ彼の中ではハーバラはただの令嬢の一人。主《あるじ》である王太子の妃の友人。そういう立ち位置でしかない。

「私は大丈夫ですわ、エリナ様。時間が解決してくれるというわけではありませんけれど、これも良い機会を与えられたと思うことにします」

「ハーバラ様ならば大丈夫です。私も応援いたしますから」

「ありがとうございます。まずは外から攻めるのもありですわね」

「まぁ」

半分冗談半分本気だった。待つとは言ったが、何もしないでいるわけにはいかない。少しずつでも彼の中にハーバラという存在が根付いてくれればいい。一番において欲しいとは思わない。二番目でもいい。パートナーになれたならば、互いに尊重し合える関係でいたい。エリナのような愛し愛される結婚でなくてもいい。あるがままのハーバラ自身を受け入れてもらえたら十分だった。

出立前に

今回は不在にする期間が長くなる。可能なものについては出来るだけ前倒しで対応しておきたいが、それでも全てというわけにはいかないのが現状だ。順調に進むものばかりではないため、どうしても日程が後ろ倒しになってしまう。出立日が決まっているため、これ以上後ろ倒しにさせるわけにはいかない。

「はぁ……」

「大丈夫ですか？」

「大丈夫、と言いたいところだが流石《さすが》にな」

アルヴィスは椅子の背もたれに体重を預けて深く溜息《ためいき》を吐《つ》く。今アルヴィスを悩ませているのは、疲労に抗《あらが》えない己と、執務をこなすことを優先してエリナとの時間を取れないことだった。安心させるために傍《そば》に居たいと思う。だが、国を挙げての行事に不備があってはならない。気を抜くことも出来ない状況に加えて、出立準備も並行して行う。

不満を言ってもどうにもならないことだ。アルヴィスは建国祭に関する報告書に署名をし、近衛《このえ》隊に指示するものをまとめた。

「ジラルド、この件についてルークに調整するよう伝えてくれ」

「は、はい」

控えていたジラルドにその束を渡せば、戸惑いながらもジラルドが頭を下げて出ていく。無言で騎士が付いていくのを見送り、アルヴィスは再び書類と向き合った。

本来ならば、既にジラルドは従僕の任を解かれて騎士として従軍させる予定だったのだが、マラーナの件で状況が変わった。多少なりとも使える手があるならば使う。近衛隊の詰所はジラルドにとって居心地の良い場所ではないが、そのようなことは関係ない。ジラルドへの不満を持つ輩《やから》はいるが、アルヴィスの遣いだと言われれば王城内にその邪魔をする愚か者はいなかった。実際、今は猫の手でも借りたいくらいなのだから、文句は言わせない。


そんな忙《せわ》しない日々の中で動くこと数日。この日は朝早くから出て、公務をこなし書類仕事とにらめっこをしながら手を動かしていた。漸《ようや》く落ち着いたのは、既に空が青みを帯びてきた頃だった。つまり夜通しやっていたことになる。

「アルヴィス様」

「これが最後だ。後は陛下に任せる。それ以外は帰還後だな……」

「承知しました」

最後の書類にペンを走らせてから、アルヴィスは手を置いた。出立前にやることは一通り終えた。

出立は明後日。明日も多少は準備確認をするが、それ以外は休暇扱いだ。

両手を組んでから伸ばして机仕事で固まった身体《からだ》を解《ほぐ》すと、アルヴィスは立ち上がった。そして上着を脱いで椅子へと掛ける。

「少し仮眠を取ってくる。二時間後に起こしてくれ」

「はい、ごゆっくりお休みください」

隣にある寝室へと入り、そのままベッドの上に仰向《あおむ》けで倒れ込んだ。目を閉じて、本能のまま襲ってくる眠気に従う。深く眠ってしまえば起きないことはわかっていたが、エドワルドに起こすように頼んでおいたから大丈夫だろう。出来ればエリナが目覚める前に王太子宮へ戻りたい。そんなことを思いながら、アルヴィスは意識を落とした。

柔らかな感触に心地よさを感じながら、ぼんやりと目を開ける。暖かい陽射《ひざ》しと相まって、アルヴィスは己に触れていたそれを握った。傍にある温かさが離れていきそうになるのを感じて、それを引き寄せ顔を埋《うず》めて目を閉じる。どこかで息を呑《の》む声が聞こえた気がしたが、目を開けるのが億劫《おっくう》になってアルヴィスはそのまま意識を落としていった。

ハッとなって気が付き、アルヴィスは目を開けて起き上がる。周りを見回せば、既に空が茜色《あかねいろ》に染まりつつあった。つまり、既に夕刻近いということになる。あれから随分と寝ていたということだ。

「起こせと言ったのに……エドの奴《やつ》」

盛大に寝過ごしてしまった。一日無駄にした気分だったが、それほどに疲れていたということなのだろう。ここまで寝たのは随分と久しぶりだ。ベッドから降り、アルヴィスは窓際へと移動する。そこへ寝室の扉が開く音が届いた。

「あ、起きられたのですね」

「……エリナ、どうして？」

姿を見せた予想外の人物にアルヴィスは驚いて目を瞬《また》いた。アルヴィスの記憶が正しければ、今日は令嬢たちとお茶会をしているはずだ。いや、違うのだろう。既に終わったと考えるべきだ。この時間までアルヴィスが寝ていただけで。そこに考えが及ぶと、アルヴィスは首を横に振った。まだ頭が起きていないらしい。

「いや、違うな。悪い。ボーっとしていたみたいだ」

「随分とぐっすり眠っていらっしゃるので、ハスワーク卿《きょう》も起こすのを憚《はばか》られたと言っていました」

「そうか」

ここまで寝ていたのはアルヴィスだ。エドワルドが気を遣ってくれたのはわかる。休暇なので、アルヴィスが寝ていようと問題があるわけではない。ただ予定外に時間を使ってしまったことに、アルヴィスが不本意だと思っているだけで。

クスクスと笑いながら話すエリナの傍に近づくと、アルヴィスは黙ってその身体を抱きしめた。一瞬驚いたエリナが身体を強張《こわば》らせる。しかし、直《す》ぐにアルヴィスを抱き返してくれた。漸く収まった。そんな感覚がして、アルヴィスは抱きしめる腕に力を込める。

「……会いたかった」

全く会っていなかったわけじゃない。寝顔は毎日見ていた。だが、ゆっくりこうしていられる時間がここ最近取れていなかった。それだけのことだと言われればそうだけれど、こうして抱きしめただけで安心するくらいには寂しさを感じていたのだろう。

「私もです」

「悪かった。時間も取れなくて」

出立の日が近いというのに、傍にいられなかった。それが酷《ひど》く申し訳なく思う。だがエリナは首を横に振って大丈夫だと言う。

「わかっています。お忙しかったのも知っていますから」

「ありがとう」

そっと顔を離したアルヴィスは、エリナへと触れるだけのキスを贈る。再び顔を離せば、エリナは柔らかく微笑《ほほえ》んでくれた。そのエリナの額にもう一度口を近づける。

「エリナ、明日は休暇だから一緒にいられる」

「本当ですか！」

「今日からだったんだが……すまない」

本当は今日から一緒に居られたはずだった。それを寝て過ごしてしまったことだけは悔やまれる。

「大丈夫です。私はアルヴィス様の寝顔を堪能していましたから」

「……？」

「ずっとお傍にいました。実は朝から」

どういう意味だろうか。ここはアルヴィスの執務室だ。とそこで、アルヴィスは寝ている間のことを思い出した。温《ぬく》もりを感じていた。あれはエリナだったのか。

「そうだったのか」

「はい！」

それはそれで勿体《もったい》なかった。アルヴィスは顔を右手で押さえて、息を吐く。一方のエリナはどこか嬉《うれ》しそうだ。エリナが笑顔でいられるならばそれも悪くない。暫《しばら》く顔が見られなくなるのだ。だからこそ、一緒に居られる時間を大事にしたい。アルヴィスはエリナのひざ裏に手を入れて、エリナを抱き上げる。

「ア、アルヴィス様っ」

「そろそろ帰ろうか」

「はい」

一日休暇という日は久しぶりだった。昨夜はエリナと共にゆっくり夕食を摂《と》って話をしながら心地よく眠れたこともあってか、朝はすっきりと目を覚ますことができた。身体を起こして隣を見れば、まだエリナが眠っている。今日は鍛錬の予定も入れていないので、急ぎ出ていく必要もない。アルヴィスはそっとエリナの前髪に触れる。すると、エリナの瞼《まぶた》が動いた。

「アルヴィスさま？」

「悪い、起こしてしまったか」

「いいえ、大丈夫です」

起きたばかりだからか、少しだけ掠《かす》れたような声だ。エリナもアルヴィスに倣うように身体を起こした。

「おはようございます、アルヴィス様」

「おはよう」

挨拶をすれば、エリナがクスクスと笑う。一体どうしたのかとアルヴィスは首を傾《かし》げた。

「どうかしたのか？」

「嬉しいと思ったのです」

「嬉しい？」

「こうして朝起きて直ぐに、起きたばかりのアルヴィス様にご挨拶が出来て。本当に久しぶりですから」

寝る前も朝起きた後も、エリナが起きる時間にはアルヴィスは既に部屋を出ていることが多い。朝の挨拶をしたとしても、アルヴィスは鍛錬後であることが多かった。だが今は起きたままの状態だ。この状態で顔を合わせるのは、確かに久しぶりだった。

「そう、だったな」

特にここ最近は話す時間さえとれてなかった。寂しくさせてしまったことに申し訳なさを感じる。エリナは不満一つ言わない。だからこそ、明日以降のことが心配だった。だが今はその話は話題にしたくない。今日一日くらいは許されるだろう。アルヴィスは隣にいるエリナを抱きしめる。

「今日は一日エリナのために使う。何か行きたいところとかあるか？」

「行きたいところ、ですか？」

「あぁ。エリナがやりたいことに付き合うよ」

アルヴィス自身にやりたいことはない。この日を休暇にすると決めてから、エリナの傍にいることを決めていた。エリナは少し考えこむ。

「でしたら……あの、城下に行きたいのですが」

「城下に？」

予想外のことにアルヴィスは目を丸くした。エリナが城下を歩いたのは、まだ結婚前にアルヴィスと王城を抜け出した時くらいだ。あとは馬車で回る程度しかしたことがないはず。結婚して以降、公務以外で外出したことがないことは、アルヴィスも知っている。しかし、こうして言い出したからには何か目的があるのだろう。

「何か買い物でもしたいのか？」

王家が懇意にしている商会はいくつかある。こちらが出向くよりも、あちらに来てもらうことが多いのはエリナもよく知っているところだ。その商会以外のところに行きたいのだろうか。

「はい。あの、以前アルヴィス様と一緒に行ったメルティ様のお店に行きたいのです」

メルティ・ファーレンの店。それはエリナに婚約祝いと称してアクセサリーを贈った店のことだ。エリナからその名が出て来るとは思わず、アルヴィスは驚く。

「確かにメルティ殿の店ならばこちらが向かわないといけないが……」

近衛隊や騎士団の詰所に顔をみせてくれることもある。当人が来ることはさほど多くなく、大抵の場合その弟子という女性がやって来る。メルティ曰《いわ》く、気が向いた時だけらしい。

彼女の店舗がどこにあるのかを知ったのはエリナとのあの一件からだった。そもそもアルヴィスたち騎士側は、彼女は特殊な薬を始めとした怪しい商品を卸している魔女であり、深く関わることは避けるというのが暗黙の了解となっていた。店を探すこともしなければ、個人的に関わることもない。そういう意味では、エリナへの贈り物をあの店で買ったのは、かなり特別な部類に入る。そこへどのような用事があるのだろうか。

「あの人はあまり人目に付くのを好まない方だ。俺たちが向かえば目立つだろうし。そもそも、メルティ殿は――」

「魔女、と呼ばれていると聞きました」

「……誰から聞いた？」

エリナにはその話をしていないはずだ。騎士団や近衛隊士ならば知っているが、半ば冗談だと思っている者も多い。いつも黒っぽいローブを着ていて、近づきにくい雰囲気を醸し出してはいるが、当人が言うような年齢には見えないからだろう。だが、アルヴィスは彼女の言葉が真実だと確信している。一種の恐怖に近いものも感じているのも確かだ。味方ならば心強いので、顔には出さないようにしているが。

「フィラリータたちから聞きました」

「アムールか、なるほどな」

彼女たちならば知っていて当然だ。そしてフィラリータの性格からして、メルティを魔女と本気で思っているだろう。実直で真面目な彼女は冗談を好まない。共に居るミューゼはその逆。眉唾物だと思っている可能性もある。だが、ミューゼの剣技の強さはアルヴィス以上のもの。そんなミューゼがメルティの本質に気が付いていても不思議ではない。尤《もっと》も、今気にするべきことは、何故《なぜ》エリナがメルティに会いたいかだ。

「エリナはメルティ殿に用があるのか？」

「用事と言いますか、その……メルティ様はマナを付与することも得意だと聞きまして」

「たぶんこの王都では随一だろうとは思うが」

魔女たる彼女だ。そういった操作はお手の物。少なくともアルヴィスよりは数段上だろう。

「お願いしたいことがあって手紙をお出ししたのですが、直接来るならばと言われてしまったのです」

「手紙をやり取りしたのか!? メルティ殿と!?」

これには素直に驚いた。一体いつの間にそのようなことをしていたのだろうか。城下を出歩くわけにはいかないので、手紙という手段になるのは当然かもしれない。けれど、あのメルティとエリナが手紙を送り合っているという事実が衝撃的過ぎた。

「は、はい。いけませんでしたか？」

「そんなことはない。ただ驚いただけなんだ」

あの時、エリナに特別なことはしていなかったはず。一体どういう意図があってエリナと手紙のやりとりをしていたのだろうか。個人的な関わりを持つことを避けているように見えたのだが。ただの思い込みだったのか。この辺りは直接メルティに確認すればいい。エリナに何か危害を加えるつもりがないことだけははっきりさせておきたい。

「わかった。付き合おう。後は行きたいところはあるか？ 折角だからな」

「そうですね……ではアルヴィス様とあの庭園に行きたいです」

庭園と言うと、王家が管理しているあの場所のことか。さほど距離がある場所でもないので、調整するのも難しくない。

「なら昼はそこで摂るようにしよう」

「はい！」

大体の予定が決まった。アルヴィスはエリナから手を離して、ベッドから降りる。

「準備してくるから、エリナはもう少しゆっくり起きてくるといい。また朝食の場でな」

「わかりました」

寝室を出て自室へ入れば、いつものようにエドワルドが出迎えてくれる。

「おはようございます」

「おはよう。早速だがエド、頼みがある」

今日の移動の予定を伝えれば、エドワルドは心得たと直ぐに動き始めた。事前に近衛隊には外出する可能性を伝えてある。それほど時間はかからずに戻ってくることだろう。その間にアルヴィスは自分の準備を始めた。


着替えを終えたアルヴィスは机の上に報告書が置かれているのを見て、手に取った。いくつかは、ジラルドに任せたものだ。

「あいつには流動的な事案は任せられないか。それがわかっただけでも十分だが」

言われたことだけを記載して、それで終わりというのがジラルドの報告の仕方だった。報告を伝えるという意味では間違いではないが、それは常に指示を仰がなければ動けないのと同義だ。従僕という立場であればそれでもいい。その先の立場に置くつもりはないが、それでも以前は王太子という立場にあったのだから期待くらいはさせてもらいたかった。

「過剰に構い過ぎだったということか。ともあれ、あいつはまだ暫くエドの下に付かせるしかないな」

建国祭という他国の者も出入りする場所にジラルドがいれば、好奇な視線にもさらされるはずだ。かの令嬢たちも参加するらしく、ジラルドにとっては辛《つら》い時間となるのは間違いない。国王も王妃も、ジラルドと接触することは禁じてある。そもそもジラルドが国王と王妃と同じ場所に行くことは出来ない。あくまで王城で働く使用人の一人でしかないのだから。

「俺が出来るのはここまでだからな、ジラルド」


朝食を終えたアルヴィスはエリナと共に城下へと出かけた。向かう場所は、メルティの店だ。事前に先触れを出したところ、意外にも好意的な返事が戻ってきた。そのこと自体に驚きを隠せない。

「……」

「あの、アルヴィス様どうかされましたか?」

「メルティ殿からの返事が、予想とは違ったことにちょっとな」

今日は朝から驚いてばかりだ。国との付き合いがあるとはいっても、メルティと個人的な付き合いをしていたわけではない。アルヴィスが抱いているのは、一方的な先入観だ。それでも気にかかるのが、エリナをメルティが好意的に受け入れていることだった。

城下にあるメルティの店は馬車で出向けばすぐに到着する。馬車を降りて、アルヴィスはエリナの手を引いて店内へと入った。

「失礼する」

「お早いお着きですな、アルヴィス殿下」

薄暗い店内の奥から出てきたのは、いつものように暗い色のコートを身に着けたメルティだった。

アルヴィスは軽く頭を下げる。

「突然の訪問になって申し訳ない」

「いえいえ、妃殿下からは何度かお話を受けておりましたので問題はありませぬよ。それにしても……」

「メルティ殿?」

挨拶を終えると、メルティがまじまじとアルヴィスの顔を見てきた。その眼力《めぢから》に思わず後ずさる。これまで見たことのない真剣な眼差《まなざ》しに息を呑んで、アルヴィスは黙ったまま視線を返すことしか出来なかった。

『魔女、それ以上神子《みこ》に近づくでない』

アルヴィスの左肩に突如として重みを感じる。それは小さな体躯《たいく》で現れたウォズだった。淡い光を発していることから、姿は見えていないはず。普通ならば。メルティの眼力から解放されはしたものの、その雰囲気にアルヴィスは押されてしまっていた。

「何かあるとは思いましたが、いやはや」

『……』

「わかっておりますよ。少々気にかかることがあったゆえ」

アルヴィス以外見えないはずの、今のウォズの状態。しかし、メルティにはウォズの顔をしっかりと見ている。つまり、メルティにはウォズの姿が見えているということだ。

『……わかっているならばよい』

スッと肩が軽くなる。と同時にウォズの姿が消えた。

「あの、アルヴィス様にメルティ様？」

すると流石に不思議に感じたのか、隣に立っていたエリナが不安そうな声をあげる。それでアルヴィスは我に返った。エリナからしてみれば、何もない場所にメルティが話しかけているようにも見えただろう。メルティの周囲から圧力が消える。

「失礼をしました、アルヴィス殿下」

「いえ……」

気にならないと言えば嘘《うそ》になるが、ここで話をすることではないだろう。メルティは、エリナの前に立つとその手を取り優しく微笑んだ。

「妃殿下も、わざわざ来ていただいたというのに。年甲斐《としがい》もなくボーっとしてしまいました」

「それは、えっとその……」

エリナがアルヴィスとメルティの顔を交互に見た。何を考えているのかは明白だ。

「盛大な勘違いをしないでくれ」

「おやまあ、勘違いかどうかは殿下が知ることではありませぬよ」

「メルティ殿、エリナを揶揄《からか》うのはおやめください」

柔和な笑みを浮かべながら、メルティはアルヴィスの左手を取った。すると、その手をエリナが更に上から摑《つか》む。

「エリナ？」

「あ、あの……その」

顔を赤くしたエリナはそれ以上の言葉が出てこないようだ。そんな様子にメルティは大きく声を上げて笑った。

「あははは、妃殿下は素直なお方ですな。大丈夫ですよ。この方に興味はあれど、そういう意味ではありませぬから」

笑うメルティに呆《あき》れつつ、アルヴィスは空いている右手でエリナの手を摑み離させると、メルティに摑まれた左手を払いのける。

「エリナ。メルティ殿は冗談で言っているのだから、気にすることはない」

「は、はい。その申し訳ありません」

「いや構わない。メルティ殿がそうさせただけだからな」

ウォズと話をしたことを誤魔化すため、メルティが一興を講じたといったところか。エリナに知られて困ることでもあるのかはわからないが、この場は興に乗ることにした。結果的に、エリナが揶揄われてしまうことになったが。

「さて、遊びはこの程度にしましょう。すみませぬな、妃殿下をお待たせすることになりまして」

「いえ、そのようなことは……そもそもは私からお願いしたことですし」

「変わらずお優しい方でいらっしゃる。その分苦労なさっておられるようですが」

そのままメルティがエリナの手を引いて、傍にあった椅子へと座らせた。メルティに用件があるのはエリナだ。アルヴィスはエリナの後ろにまわり、壁に背中を預ける形で立った。

「さて、今日こちらに来られたのは例の件ですな？」

「はい。無理を言って申し訳ないのですが、出来るだけ急いでいただきたくて」

「承知しておりますよ。実は、既に準備は終わっておりましてな。後は妃殿下自身のお力添えを頂くだけなのですよ」

「え？」

二人の話の中身が見えてこない。どうやら手紙でのやり取りの中で、二人は状況を共有しているらしい。魔女であり長年国の味方であるメルティ。信用できないというわけではないが、アルヴィスが知らないことを二人でやっているということに不安を覚えてしまう。それが態度にも出ていたのか。メルティがニコリと笑みを深くした。

「アルヴィス殿下が心配なさることではありませぬ」

「……わかっています」

こちらの考えていることなどお見通しなのだろう。アルヴィスは深く息を吐き、顔を逸《そ》らして窓から外を眺めた。

この店の前は人通りも少なくない。通り過ぎていく人々をただ何となく見つめる。笑い合う姿もあれば、慌てて走り去る姿も見る。城下に暮らす人々の日常だ。それだけでルベリア王国は平和な方なのだと実感できる。そのような考えが浮かぶのは、明日マラーナへと発《た》つからか。

「アルヴィス殿下」

ぼんやりと眺めているとメルティから声を掛けられ、アルヴィスは店内へと意識を戻した。いつの間にかメルティはエリナの前ではなくアルヴィスの前に立っている。その手には小さな袋を持っていた。

「メルティ殿？」

「発つのは明日でしたか」

王城内では周知の事実。けれども国民たちには伝えていない。それをメルティは知っていた。アルヴィスは眉を寄せる。

「何故それを」

「企業秘密じゃ。まぁそれは追い追い説明するとして……これをお持ち下され」

差し出された袋をアルヴィスは受け取る。見た目以上に軽いそれに、アルヴィスは驚いた。何が入っているのかと思い覗《のぞ》き見ると、中には小さな石が入っている。

「これは？」

「あの国は最近おかしな空気がしておりますのでな。持ってお行きなされ。ないよりはマシでしょう」

「……わかりました。有り難く頂戴いたします」

このタイミングで渡してくるということは、瘴気《しょうき》に関わるものである可能性が高い。だがその言葉の意味を尋ねたところでメルティは話してくれないだろう。ならばここは黙って受け取るのが正解だ。

エリナは何をしているのかと様子を見てみると、何やら真剣な顔で机の上にあるものとにらめっこをしているようだ。アルヴィスがエリナの手元を覗き込めば、どうやらマナを注いでいるらしいことがわかった。あまりマナ操作が得意ではないとエリナは話していた。当人がそう感じている通り、エリナの作業には不安定な部分が多い。力み過ぎて力が外に流れてしまっている。

「エリナそれ――」

「アルヴィス殿下は手を出さぬようにお願いしますよ、それでは意味がありませぬ」

「え？」

「ただ黙って見守っていればよいのですよ」

見守っていればいいと言うが、気になってしまう。アルヴィスがマナ操作を得意としているから余計にだ。悶々《もんもん》としながらもエリナの様子を見守っていると、数分後にエリナがマナを止めた。

「メルティ様、終わりました」

「……うむ、よい出来でしょうな」

エリナがマナを注いでいたのは、小さな魔石だった。真紅の色をした石。メルティが手に取ると、慣れた手付きで細工をしていく。そうして出来上がったのは、イヤーカフと飾り紐《ひも》だった。完成品を受け取ったエリナは、そのままアルヴィスへとそれを差し出す。

「アルヴィス様、受け取ってください」

「俺に、か？」

「はい。私はお傍に居られません。でも、私にも何かできないかと考えたんです。けれど私はアルヴィス様のような力もありませんし、出来る事なんて多くなくて」

悩んでいたところにフィラリータたちからメルティのことを提案されたのだという。エリナも既に面識がある相手だ。エリナにとっては優しいおばあさんのように映っていたのだろう。

「メルティ殿」

「これでもこの国には長いことおりますので。気まぐれの一つのようなものとでも思っておいて下され」

魔女の気まぐれ。深く考えない方がいいということか。ならばアルヴィスのこの件については、その理由を探ることはしない。ただ、好意を受け取るのみに止《とど》めておくとしよう。

「ありがとうございます。エリナも……ありがとう」

「はい、アルヴィス様」

受け取ったイヤーカフを左耳に着け、飾り紐は帯剣していた愛剣へとつける。

「くれぐれもお気をつけて」

「感謝します、メルティ殿」

「メルティ様、ありがとうございました」

挨拶をしてから、アルヴィスとエリナは店を後にした。そうして馬車へと乗り込むと、庭園へと向かう。以前来た時とはまた違った花々が咲き乱れている。庭園を歩くのは、結婚する前に来て以来だった。あの時はまだようやく二人の距離が縮まり始めたばかりの時だった。そう考えると、さほど時間が経《た》っているわけでもないのに、随分と二人の関係は変わったものだ。

少し遅い昼食を摂った後、アルヴィスはそのまま寝ころんだ。

「戻ってきたら、またこうしてのんびり過ごしたいな」

「そうですね」

「戻ってきたら」その言葉に、エリナの表情が陰る。二週間程度の不在。否、時間の問題じゃないのだろう。何かあっても駆け付けられる距離にいない。そちらの方が不安だ。隣に座るエリナへと手を伸ばし指を絡める。するとエリナも同じように握り返してくれた。

「エリナ」

「はい」

もう片方の手でエリナの肩を抱き、同じように横たわらせる。驚きつつもエリナはその顔を寄せてくれた。

「何かあれば、リティを呼びつけるなり何なりしてくれ。決して我慢だけはしないように」

「はい」

「気分転換をしたいなら、ここに来てもいい。ランセル嬢も一緒に。その時はエドを巻き込んでも構わない」

「ハスワーク卿も、ですか？」

「あぁ。何だかんだ言って、あいつは俺がいないところで無理をすることも多いから……骨休めにはいい。俺の事ばかり心配していそうだからな」

離れていてもエドワルドはアルヴィスのことを考えてくれる。驕《おご》っているわけでもなく、単純にそういう人間なのだエドワルドは。忘れさせてやれとは言わないけれど、ハーバラとエリナに振り回してほしいという思いはある。寂しく思うだけでなく、ちゃんと日々を過ごしてほしい。たった二週間程度だけなのだから。

「はい……」

返事をしながらも、エリナの指に力が入る。そのまま顔を押し付けるエリナの表情はアルヴィスからは見ることができない。

「エリナ？」

「……」

アルヴィスは絡めた指を離して両腕でエリナの身体を抱きしめる。顔を見ないようにしながら頭を撫《な》でた。そうしていればエリナも顔を上向かせてくる。漸く顔が見られたと、アルヴィスがその額に口づけを贈った。

その日の夜。二人だけの時間になって、アルヴィスはベッドの上でエリナを抱きしめながら唇を重ねる。わかりやすく頬を染めるエリナに、アルヴィスは微笑みながら目元にも口づけた。そして頭の後ろに手を当てると、首元に口を近づける。白い肌に吸い付けば、その証《あかし》が刻まれた。いずれ消えるそれはただの自己満足でしかない。それでも何か証を残しておきたかった。すると、エリナがバッと身体を離す。

「あの、私もやってみたい、です」

「え？」

「だめ、でしょうか？」

「駄目ではないが……」

半分肯定すると、エリナが少しだけ立ち上がる形になりアルヴィスの首筋へと吸い付いた。恐らく跡は付いたのだろう。エリナはその場所を指で撫で、そのまま首の周りに腕を回して抱き着いてきた。

「エリナ？」

「今日はこうして寝てもいいですか？」

「……あぁもちろん」

王都で得られたモノ

――マラーナ王国。

国王が崩御した。それは王都では密《ひそ》かに囁《ささや》かれていたものだ。ここ最近の様子はほとんど見ることも聞くこともなかった。それに加え第一王女の死去の件もあって、何かが王家に起きているのではないかと。

「ただまぁ、あの王家だからな。後ろ暗いことなんていくらでも出てくるだろう」

「いいんですか？　そういう事を話してしまって」

「平気だよ。以前なら、それこそ衛兵らに連行されることもあったが、今はそういうことがなくなったからよ」

宰相が代わってからというもの、王都内で生きる平民たちは表向き生活が楽になった。奴隷扱いだった者たちにも平民としての権利が与えられて、自ら職業を選択できるようにもなった。ただ、元奴隷ということで忌避されることは少なくない。

そこで宰相が行ったのは俸給制度だった。元奴隷を雇った場合には、恩賞が与えられる。そうしたことで目に見えて元奴隷たちを雇う場所は増えていった。あくまで表面的に。その結果、平民ではなく元奴隷を雇うことが増え、平民たちから反感が起きてしまう。必然的に元奴隷と平民との軋《あつ》轢《れき》は深まった。

「それはまずいことなのでは？」

「前よりはマシだよ。まぁ裏ではまだ続いているがな」

そう言って少し寂しげに笑う男。情報収集のために入り込んだマラーナ王都。何となく話が弾んだので、色々と聞き出していくと本当に色々なことを話してくれる。奴隷という存在が今も無くなっていないことは想定通りだ。しかし、それをただの一般人が知ることが可能なのかはわからない。もしかしたらこの男は……。

「そういえば、国王陛下が亡くなったのであれば、次は王太子殿下が王位に就くのですよね。どのような人物か知っていますか？」

「あー……それはどうだかな」

彼は天を仰ぐ。順当にいけば妥当だというのに、彼は即答しなかった。それどころか迷いを見せる。やはり彼は只《ただ》の一般人ではない。それなりの貴族か、実情を知り得る立場にあった人なのだろう。

「そういえば、最近は噂《うわさ》を聞きませんね。以前はよくパーティーを開いていたと聞きましたよ。確か、宰相が代わってからも彼だけは同じだったと思いますが」

「まぁ、な」

頭をガシガシと掻《か》きながら、男は溜息《ためいき》を吐《つ》いた。そして今までとは違い小さな声で告げる。

「それどころじゃないんだろう。今は城内も騒がしいだろうし」

「それもそうですね。国王が亡くなられたのですし」

「いやまぁ、そっちは別になんだが」

この言葉には流石《さすが》に驚く。国王の崩御が大したことではないというような言い方だ。国家としては一大事だろう。普通の感覚ならば。こっちが驚いたことに、彼が逆に驚いていた。

「すまない。こっちだとそれが普通なんでな」

「国王ですよ!?」

「病気になった時点でもうわかっていたしな。医者だって、国王には関わりたくないはずだ。万が一、治せなかった時のことを考えれば罰せられるだろうし」

治せなかったら罰せられる。つまり、この国の医者は国王を診ていない。この言い方だと、匙《さじ》を投げるほどの病ではなさそうだ。それでも、関わりたくないというのが本音だということ。

「……それがこの国の王ですか」

思わず心の声が漏れ出てしまう。あり得ない。医者というのは誰であろうと患者を診るものだと思っていた。その結果、治癒できることもできないこともある。医者にも力量というものが存在するため、腕の良《よ》し悪《あ》しがあることは当然として、治らない事だけで罰せられることはあり得ない。貴族でも王族でも同じだ。

こちらの呟《つぶや》きが聞こえなかったのか、彼は気にせず続ける。

「医者になる人間なんて、ほんの僅か。それも王都にはほぼいないだろう。いても貴族にいいように使われるか、王族なんてもってのほかだ。それでも王太子には専属がいたはずなんだが……あいつもどうなったことか」

国王だけでなく貴族であっても、治せなかったら罰せられる。不治の病であろうとそこは重要ではない。確かにそうであれば、医者を目指す人間は王都を去るだろう。あまりに理不尽すぎる。

自国の医者であればどうかと思い浮かべる。王都内にいる医者や街にいる医者も、同じような状況に陥った場合、診ないという選択肢はない気がする。特に特師医という立場にある者たちならば最後まで力を尽くすはずだ。当然その結果がどうなろうと、罪に問われることはない。

しかし、マラーナではそういう話ではないのだろう。王族に呼ばれて好き好んで行く医者はいないらしい。連行されれば、それは最後通牒《さいごつうちょう》のようなものなのだから。だから王都を離れていく。そして王都から医者がいなくなっていくということだ。

「お前さん、他国から来たんだろ?」

「はい。ルベリアから来ました」

「……そっか。あそこは良い国だって聞くからな、悪いことは言わねぇからさっさと帰った方が身のためだ」

「貴方方《あなたがた》はどうしてこの国に留《とど》まっているんですか?」

あまりこの国に未練があるようには見えない。未来がないとわかっている場所にいながらも、どうしてここを去らないのか。

「そりゃま……ここが俺の国だからな」

「え？」

「ここで生まれてここを選んだ。だから見届ける。そんだけだ」

見届ける。つまり、この国には未来がない。それをわかっているような言い方だった。

現状を見る限り、宰相は改革をしたがっているように見えた。貴族を廃し、王族を廃し、平民の国を作る。まさかそのために、一度国を亡《ほろ》ぼすつもりなのか。それは改革どころの話ではない。

「だからよ、お前さんもさっさと帰った方がいい。出来れば、あんたの国の人間は誰も来ない方がいい。特に王太子さんはな」

「……ご忠告感謝します」

忠告は受け取る。まずはそれを首領であるアンナへと。その先の次期殿へと。

彼はおそらく王城の内情を知っている。こちらが諜報員《ちょうほういん》であることも気づいている。その上で、話してくれた。加えて、国葬へは来るなという。何かしら宰相が計画をしているということか。

頭を下げてその場を去り、情報を整理するため人気《ひとけ》のない場所へと移動した。収穫はあった。まずは報告をする。可能ならば、国葬の参加を断る。もしくは、王族ではない誰かを選ぶ。名指しで伝えてきたという意味を考えれば、待ち受ける危険は回避すべきものなのだろう。

アンナへ報告した後、急ぎルベリア王城へと向かった。その足で王太子へと接触し、忠告をした。

だが、返ってきた言葉はこちらが望むものではなかった。

それをアンナへ伝えるため、とんぼ返りの形でマラーナへ来ると、アンナは笑い転げた。

「流石殿下だ。そう来るとは思っていたけれど」

「どうしますか？」

「どうするもなにも、やることは一つだよ」

一つ。王太子が来ることは確実。そしてマラーナは何か仕掛けをして待っている。まるで罠《わな》に飛び込む子羊のようだ。その状況で影である己たちがすることは一つだという。

「体裁が必要なのはわかる。ただ、罠がある場所に飛び込んでくるくらいなのだから、まぁ多少は痛い目を見ても自業自得だ」

「……仮にも主《あるじ》でしょう」

「仮、じゃなく主だよ。俺の主は国王じゃない。殿下だ」

そこまで明確にしているのに、自業自得とは穏やかな言い方ではない。一体何を企《たくら》んでいるのか。

「気になるのが、以前探りを入れた時に比べると、宰相に違和感があることだ。国王に手を下すのはいつでもできたはず。何故《なぜ》今を選んだのか」

「徐々に弱るのを待っていたからではないのですか？」

病に倒れたのではなく、意図的に病にさせた。王都内に医者がいないことを理由にそのまま死へ導いた。それがこのタイミングだったのではないだろうか。だが、アンナの口元が弧を描く。

「ねぇジュド、あの宰相が何を望んでいるのか、君にはわかるかい？」

「改革なのでしょう。王侯貴族を廃して、平民が普通に暮らせる国にするとかではないのですか？」

「それってどうやって作るの？」

どうやってと言われても困る。影は諜報を担うが、特別政治に明るいわけではない。単純に全ての身分を撤廃するとかなら思い浮かぶ。しかし、それを実行するのは難しいのだろう。

「そうだね。ルベリアでも難しいのに、ここならば最悪だ。如何《いか》に宰相が言ったところで、貴族は認めないだろう。最悪国としての形を成さなくなるかもしれない。かなり危険な賭けだ」

暴動が起きるだけで済めばいい。国としての秩序を保てなくなれば、平民たちも犠牲になる。それは宰相が望む世界ではない。だが、ならばどうすればいいのか。皆目見当もつかなかった。

「わかりません」

「まぁそうだろう。そもそも彼一人で実行できる範囲を超えている。つまり他にも協力者がいなければならないんだ。問題はそれが誰か、何かということ」

確かにそうだ。宰相というのならば、側近がいるはず。しかし、ただの側近では果たすことはできないし、それだけでは無理だ。

「この辺りはまだ確信が持てないから保留かな。やっぱり宰相に直接接触しないと、俺にもまだ見えてこない部分がある」

「アン……」

「何にせよ、俺たちがすべきことは殿下をサポートすることだ。影として出来るのはそれだけ。危ないことはさせるべきではないのかもしれないけれど、それは近衛《このえ》隊の仕事。それに殿下自身がどうにかするだろう。あの方には、特別な護衛も傍《そば》にいるらしいから、もしもが起こることなどあり得ない」

特別な護衛というのは近衛隊のことか。否、近衛隊ならばそう告げるはず。アンナには一体何が見えているのか。想像することさえできなかった。

「ジュドはそれでいい。目の前で殿下が重傷でも負わない限り、姿を見せてはいけない。ここは他国であり、俺たちは影だ」

「えぇ、わかっています」

◆◆◆

一方、ジュドが去った後の彼は……。

「あれが、ルベリアの諜報員か……まぁ、こちらのことも知られちまった以上一緒だな」

先ほどの忠告は、確実な筋からの情報だ。宰相の様子がおかしい。それは一月以上前からになる。

瘴気《しょうき》が濃くなり、対応が後手に回った頃から。

「王太子に解雇された身ではあるが、まぁ知らん振りは流石にできんな。そもそも、解雇した側が助けを求めてくるなっての。馬鹿かあの王太子」

悪態を吐きたくもなる。現在は表向き行方不明とされている王太子ガリバース。お茶会やパーティーなど諸々《もろもろ》を禁止され、周囲に当たり散らした結果の八つ当たり。その末路は、己を守る近衛騎士団の解体だ。その団長を務めていたのが彼、ブラウ・フォン・ゾルティットだった。

「気は進まないが、ここで死なれたら目覚めも悪いか。これを機に更生でもしてくれりゃあいいんだがなぁ」

ガリバースが現在どこにいるのか。それを先ほどの彼は知りたがっていた。知っていたが、教えなかったのだ。それは決して彼が向かう事の出来ない場所だったから。

「まさか、王族が幽閉されているとまでは考えてないだろうよ」

そう、そこは彼にとって元職場。王城にある地下牢《ちかろう》だったのだから。

出立の朝

　マラーナ王国へ出立する日の朝。いつものように朝の鍛錬を終えたアルヴィスは、王太子宮の私室に戻って汗を流す。出発するのは昼過ぎ。まだ時間はある。だが、ゆっくりできるのは朝方だけだろう。着替えを済ませたアルヴィスは、静かに寝室へと入った。薄暗い室内には、人の気配がある。エリナだ。寝息が聞こえてくるので、まだ眠っているだろう。

　起こさぬようにとベッドサイドへと回り、エリナの傍《そば》に腰を下ろした。暫《しばら》くこの寝顔が見られなくなる。そんなことを考えながら、エリナの長い髪をひと房だけ右手に取った。それに口づけを落とすと、左手で頭を撫《な》でる。

　普段のエリナならば、数週間程度離れていてもそれほど不安にはならないはずだ。しかし、今のエリナは妊娠中で精神的にも普段の状態ではない。エリナの不安は、そういった要因から来ているものだ。だからこそ今のアルヴィスに出来ることは少ない。この件については、恐らくアルヴィスの乳母でもあったナリスの方がよほど理解出来ることが多い筈《はず》だ。

「アルヴィス、さま？」

　身じろぎしたエリナが目を開く。アルヴィスは手を止めて、頬に右手を添えた。

「おはよう、エリナ」

「おはようございます」

微笑《ほほえ》みながらアルヴィスの手に己の左手を添えるエリナを見て、アルヴィスも自然と頬が緩む。その手を取り、エリナが身体《からだ》を起こすのを支えた。

「ありがとうございます」

「あぁ。サラを呼んでくる」

「はい」

エリナの支度をサラに任せて、アルヴィスは寝室を出て自室へと戻る。するとそこには、先ほどはいなかったエドワルドが待っていた。

「おはようございます、アルヴィス様」

「あぁ、おはよう」

エドワルドは今回同行しない。アルヴィスが戻るまでの間、その仕事の調整や補助を行う。最終決定権はアルヴィスにあるが、その前までの段取りや指示についてはエドワルドに委任している。アルヴィスがエドワルドを信頼しているからこそだ。場合によっては国王との連携も必要になる。そういう意味では、エドワルドの力量が試される場となるだろう。

「エド」

「はい」

「建国祭関連はあらかた片付けておいたが、追加で何かあるようならば伯父上と連携してくれ。近《この》衛《え》隊と騎士団にはそれぞれ事前に通達してあるから、それほどお前を困らせる案件は持ってこないと思うが」

可能な限り対応はした。しかし、いつでも想定外は起き得るもの。エドワルドならばわかっていることと思うが、口に出してしまう。

「わかっております」

そんなアルヴィスの心情などお見通しなのか、エドワルドは大丈夫だと強く頷《うなず》いた。

「ハーバラ嬢についても、余裕があればでいいが気にしておいてほしい。ここにハーバラが居ることは、王城関係者を除けばランセル侯爵夫妻とシオくらいしか知らない、彼女について何かが起こることはないだろうが、念のためな」

ほとぼりが冷めるまでの間という期限付きの滞在。名目上は、王太子妃であるエリナとの商談のため。ハーバラが実際に商品を開発し、販売しているからこそ可能な扱いである。それもエリナが妊娠中という特殊な事情があるからこそ、このような無理がまかり通るとも言えた。

「承知しております」

「今年は昨年より大人しいのが救いだな」

「昨年はアルヴィス様を外へお披露目する意味もありましたからね」

王太子として初めての諸外国との顔合わせ。それが昨年の建国祭だった。聖国スーベニアの女王が訪れるという例年にない事項もあった。今回はそれに比べると、精神的負担が少ないだろう。

直近でマラーナ国王の崩御の報があったことが影響しているのかは定かではないが、国外からの来賓は昨年に比べて少ない。今年は慣例どおり聖国からの出席者はいないし、他国からの来賓たちは外交官がほとんどだ。気になるところといえば、マラーナ王国からも来賓が来ることくらいだった。

自国で国王の国葬が行われるのだから、国全体が喪に服す。国内行事であっても、一月以上は行われないし、他国の行事も参加しないのが常識だ。こちらがかなり前から予定されていたとしても、事情故に不参加としたところで何の問題もない。それがどれほど直前であったとしてもだ。

こちらから参加について問い合わせたところ、予定通り参加するという回答があった。これには文官全員が首を傾《かし》げてしまったほどだ。完全に国交を断っているわけではないので、これをこちらから拒否することも難しい。参加するのがただの外交官だとしても、普通は国の方を優先すべきだろう。一体何を考えているのか。

「どうかされましたか？」

「……いやなんでもない」

ここで考えても仕方がない。そもそもあちらの国の考えがそう簡単にわかるのならば苦労はしないのだ。あの宰相についても。

「近衛へはこの後行かれますか？」

「朝食後に顔を出す予定だ」

「承知しました」

朝食を摂《と》った後で、近衛隊に出向きルークと細かな打ち合わせを行う。騎士団の同行者の確認を終えてから、アルヴィスは国王の下へ向かった。出立の挨拶のためだ。その玉座の前に膝を突いて、国王と視線を交わす。

「アルヴィス」

「はい」

「かの国に何が起きているのか。その目で確かめる機会にもなろう。近年は、黙認出来ぬことが多々起きすぎておる。それがどういうことなのか。ここからでは見えぬことも多い」

はじまりがいつだったのか。マラーナ国王は決して名君ではなかった。奴隷制度の継続やあからさまな差別主義思想の持ち主、それが真実か否かはわからないが、好ましいと感じる部類の人間ではなかった。それでも個人の感情で国の繫《つな》がりを決めることは出来ない。先祖代々続いてきた繫がりを断ち切るには至らない。前回のことだって、国として関わりがないことだと謳《うた》われればそれまで。事実がわからない以上、その先を追及することは出来なかった。

今回のマラーナ訪問は、アルヴィス自身が己の目でマラーナという国を見る数少ない機会でもある。改めて友好国として続けるべきか否かを判断する岐路に立っているのだろう。ならば、アルヴィスもその役目を果たすまでだ。

「道中よく気を付けて向かってくれ。何よりも己の身を第一に動くことを肝に銘じよ」

「承知しました」

「無理はせぬようにな」

「……はい」

その場で立ち上がったアルヴィスは、胸に手を当てて頭を下げる。

「では陛下、行ってまいります」

「うむ」


ディンやレックスたち王太子専属護衛らを筆頭に近衛隊士が数人、そして騎士団員が数人。今回は華やかな場ではなく、死者を弔う国葬。多人数は必要ない。そして侍女はというと、いつの間にか帰還していたアンナがその任についた。

「いつ戻ってきたんだ？」

「殿下がお呼びとあれば、直《す》ぐに参上しますよ」

どの口が言うのだろうか。マラーナ王国を探りに行っていたアンナが戻ってきた。諜報活動《ちょうほうかつどう》が終わったというよりは、アルヴィスが出立するのに合わせて戻ってきたのだろう。

「他の誰かに任せるわけにはいかないでしょうと思いまして。殿下ならば、か弱い女性を巻き込むような真似《まね》、お嫌でしょうから」

「……」

アンナの正体を知っているからこそ許可しているのであって、もしアンナが影だと知らなければアルヴィスも躊躇《ためら》っていた。危険な場所に普通の侍女を連れていくことはできないと。

「そうだな。正直助かる」

「それもお役目ですから。あと……詳細は後ほどご報告します」

「あぁ」

深々と頭を下げて、アンナはアルヴィスの下を離れた。最終準備をするのだろう。アンナが向かった先はティレアたち侍女のところだ。

残されたアルヴィスは今回使用する馬車の近くへと移動した。アルヴィスは馬車だが、近衛隊士はもちろん、騎士団員も馬だ。それを見て、アルヴィスは愛馬を思い出した。今回は連れていくことはできないため、留守番をしてもらっている。出立前に顔を見せた時は、随分と不機嫌だった。

「馬《あいつ》ならばかなり短縮できるんだが」

「国内ならともかく、国外なら無理だな」

用意された馬車を見て思わず本音が漏れてしまう。それを隣で聞いていたレックスに一蹴された。アルヴィスとて、本気でそう思っているわけではない。ただ馬車で移動するということは、道も速さも制限される。ルベリア王家の紋章が入っているので、下手に急ぐ様子を国民に見られれば何事かと不安を与えてしまうかもしれない。ゆえに、急がず余裕を持って移動する必要があった。

「アルヴィス」

「リヒト、そっちの準備はいいのか？」

「あぁ。けど、本当に俺なんかがお前と一緒の馬車に乗っていいのかよ？」

「お前だからいいんだ。それにお前、馬乗れないだろう？」

そう、今回リヒトはアルヴィスと同乗することになっている。平民出身であったリヒトは馬に一人で乗ることが出来ない。学園での講義ものらりくらりとサボっていたほどだ。リヒト曰《いわ》く、それが必要になる場面はそうそう来ないということだったのだが、そのまさかの事態が今回起きてしまった。

「あはは、まさか本当にそんな日が来るとは思わなかったんだよ。それより、あの侍女さんは一緒に乗らないのか？」

「俺が侍女とはいえ他の女性と二人きりになるわけにはいかないし、そもそも彼女は馬に乗れる」

リヒトが同乗するので二人きりになることはない。それでもアンナと同乗することで、周囲に誤解されるような真似は避けたい。アンナが男だとアルヴィスは知っているが、それ以外の人は知らないのだから。

「へぇ、侍女さんってすごいんだな」

「……彼女は特殊なんだ。侍女でも馬に乗れる者は多くない。そこは勘違いするなよ」

「あいよ」

実際は特殊どころではないが、リヒトに説明するつもりはなかった。現時点では。

「あと、いざという時はお前には俺の後ろに乗ってもらうからな」

「お前の馬って結構荒っぽいんだけど」

「いや、大体があんなもんだ。速さを出すならそうなる」

愛馬を連れていけないので、どの馬に乗るかはわからない。大抵の馬ならば問題なく駆けられるだろう。ただし、緊急事態の場合のみなので乗り心地の保証はしかねる。

「えー」

「我慢しろ、それくらい」

学園で何度かリヒトを後ろに乗せたことがあるが、その時のことを思い出しているのかリヒトは嫌そうな顔をする。速さは出ていたが、それほど不安にさせるようなことはした覚えがない。ただ馬に乗ること自体がなかったリヒトからしてみれば、不安だったのだろう。もっと荒い乗り方をする者たちなど探せばいくらでもいるはずだ。

「アルヴィス」

「ルーク？」

二人で話をしていると、ルークが近づいてきた。後ろには副隊長のハーヴィ、そしてフィラリータの姿も見える。付き添われているのはエリナだった。

「そろそろ時間だろうと思ってな」

「あぁ。見送りありがとう」

「いや、まぁなんだ……気を付けて行ってこい。何が起きているのか不安なところだが、お前の実力なら最悪は起きねぇだろう。やりすぎには注意しろよ」

「……善処する」

やりすぎという言い方に、アルヴィスは苦笑してしまう。あちらが何かをしてこない限り、アルヴィスも手を出すつもりはない。平穏無事に終わればそれが一番なのだから。

「隣国の情報も何か持ち帰るつもりだ。動きがあればすぐに知らせる」

「わかった」

「それじゃあ……」

言いかけてから言葉を止めた。そしてエリナの下へと向かい、アルヴィスはエリナと視線を交わす。

「アルヴィス様」

「俺がいない間、無理だけはするな。我慢もだ。何かあればちゃんとサラやエドたちに告げてくれ」

耳タコになるほど言った言葉だ。それでも言わずにはいられない。エリナは無理をする。絶対に。それがわかっているからアルヴィスはつい言ってしまう。

エリナもわかっているのだろう。仕方ないという風に笑った。

「はい、わかりました。アルヴィス様も、ご無理をなさらないように」

「あぁ」

エリナがアルヴィスへと抱き着いてきた。軽く抱擁を交わしてから、アルヴィスは身体を離す。

「では行ってくる」

「行ってらっしゃいませ」

笑みを浮かべながらエリナと視線を交わす。その濃い藍色の瞳。暫く見られなくなるのが残念だ。後ろ髪引かれながらも背を向けて馬車へと乗り込む。窓から下を見下ろせば、傍にエドワルドが立っていた。

「エド、エリナのことは任せた。ハーバラ嬢のこともな」

「お任せくださいませ。アルヴィス様も、くれぐれもご自身を大事にお考え下さいますようお願いします」

「わかっている」

御者の合図で馬車が動き出す。これからマラーナの国境まで暫《しば》し国内の旅だ。目の前に座るリヒトを見れば、肩を竦《すく》めて呆《あき》れた様に笑っていた。

「どうした？」

「いや、お前本当に変わったよなって思ってさ」

「……」

学園でのアルヴィスの姿を思い出しているのだろう。そう言われるような真似をしていた自覚はあるので、リヒトの言葉には一切反論出来ない。アルヴィスは眉を寄せて、リヒトから視線を外すと窓を見た。王城が遠ざかっていくのが目に見えてわかる。こうして出立することは初めてではない。だが、今回は事情が違う。

「まぁ良かったんじゃないか」

アルヴィスの心境など知らないリヒトは、たあいない会話を続ける。今は考えても仕方ないと、アルヴィスも思考を切り替えてリヒトに乗ることにした。

「そういうお前はどうなんだよ」

「俺？」

「……リティのことだ」

とぼけたような声を返してきたリヒトへと視線だけ向けながら、リティーヌの名前を出す。するとリヒトは目をパチパチとさせてから、肩を竦めた。

「お前さ、俺が平民だってことわかってる？　俺が姫さんとどうにかなるって考える奴《やつ》なんていないだろうよ」

そんなことは誰よりもわかっている。しかし、アルヴィスが知りたいのはそこではない。

「周りがじゃない、お前がどう思ってるか聞いてるんだが？」

「面白い姫さんだなとは思うけど？」

「それだけか？」

「さてね」

はぐらかしただけなのか、それとも本当にそれだけなのか。そんなリヒトの態度に、アルヴィスは溜息《ためいき》を吐《つ》いた。

「お前は全く変わってないよな」

「褒め言葉として受け取っておく」

リヒトはアルヴィスを抱え込み過ぎだとか、隠し事が多いだとか言う。しかし、そう言うリヒトこそ本当に思っていることは話さない。隠しているつもりはないのだろう。リヒトは知っているのだ。どうあがこうともどうにもならないことが世界にはあるのだと。叶《かな》うことがない望みは言わないし、そんな希望は抱かない。

「リヒト、俺は……リティには幸せになってもらいたいんだ」

「姫さんのこと、お前大切にしてるんだな」

「あぁ。俺にとっては最も大切な家族の一人だからな。だから、どんなに難しいことでも応えてやりたい」

幼馴染《おさなな》《じみ》というだけじゃない。リティーヌは兄よりも妹よりも、両親よりも近くにいた家族。だからこそ、どんな力を使っても支援をするつもりだ。

「ありのままのあいつを受け入れてくれる奴がいるなら、そいつに預ける覚悟はある。それだけは覚えておいてくれ」

「……わかったよ」

どれだけ鈍くとも、この意味はわかったのだろう。リヒトも飄々《ひょうひょう》とした笑みを消して、頷いていた。

国境の街

ルベリア王国とマラーナ王国の国境までの道中は、さほどトラブルも起きずに進むことが出来た。既にマラーナ王国は目と鼻の先だ。明日にはマラーナ王国に入り、その王都へ向かうことになるだろう。

マラーナ王国との国境付近にある街で今夜は宿泊する。最も国境に近い場所には国防を担う砦《とりで》、その先には国境を管理する関所。それを越えた先がマラーナ王国だ。

宿泊施設に入ったアルヴィスは、用意された特別室で一息をついた。宿泊する場所も食事をする場所も、今回の道中は全て事前に決められている。近衛《このえ》隊士だけでなく騎士団員もいるので、少ないとはいえ人数はいる。何より王族が宿泊するというだけで宿泊施設側には相当な重圧だ。だが、それを終えれば王太子が宿泊したのだという箔《はく》が付くらしいので、受け入れる側としても利点は多い。

「お疲れさん、アルヴィス」

「あぁ。リヒトもな」

アルヴィスのために用意された部屋で、リヒトと二人でくつろぐ。部屋の外にはいつも通り近衛隊士が立っていた。それが安全だと断言できるのも、今夜まで。明日からは今まで以上に、緊張を強いられる環境に置かれる。

仮にも表向きは友好国なのだから、直《す》ぐに何かが起きることはないはずだ。それでも気を抜くことはできない。それはアルヴィスも、そしてリヒトにとっても同じだった。

「慣れない移動ばかりで疲れただろう？」

「ん？　いやまぁ、確かにあんな豪華な馬車に乗るなんて初めての経験だったからな。いつも使うのは辻《つじ》馬車だったし、座り心地とか違和感の方が強かったけど」

「辻馬車か……そっちの方が使ったことないが」

一般的に街を行き来するのに使うのは辻馬車だ。乗合馬車もあるが、それは向かう先が決まっているため、遠出には向かない。リヒトは頻繁に利用したことがあるらしいが、アルヴィスは見かけた程度しかなかった。

「当たり前だろう。お前が使ってたら大騒ぎだ。言っておくが、お前が王太子になる前でも同じだからな」

「それは流石《さすが》に誇張が過ぎるって」

使いたいわけではないけれども、大騒ぎになるというのは言い過ぎだ。髪を隠してそれなりの恰《かっ》好《こう》をすれば問題ない。とはいっても、そもそも辻馬車は必要な人々が使うべき代物だ。馬にも乗れて体力もあるアルヴィスが、それを移動手段の選択肢に入れることはない。長距離移動であるならば、実家の馬車を使えばよかった。尤《もっと》も長距離を移動するようなことがなかったので、その馬車すら使うことは珍しかったけれども。

「そういうところはお前もお坊ちゃんだよ」

「悪かったな」

「あははは」

気安い間柄であるリヒトがいることで、アルヴィスも幾分緊張感がほぐれているのを感じていた。それがここまでだということはわかっていても、今こうしていられるのはリヒトのお蔭《かげ》だ。

「明日からは、俺もお前のところに来ない方がいいのか？」

「……いや、出来れば今まで通りにしておいてもらいたい。お前にも常に騎士を付けるようにする」

「俺にも？」

離れるつもりだったのか、リヒトは怪訝《けげん》そうに首を傾《かし》げた。

「俺と親しいというだけで、周囲の見る目が変わるはずだ。マラーナ王国の人間で俺を知っているのは王太子くらいで、それ以外の人間は何も知らない。俺とお前が会話をしているだけで、お前が俺に近しい者だと考える。お前に近づいてくる人間もいるだろうから」

近衛隊士は王族警護が主であるため、動かすのは騎士団員だ。薬師《くすし》扱いといっても、リヒトは最小限の自衛手段しかもたない。全く戦えないわけではないが、それでもアルヴィスからすれば守るべき側の人間だった。

「すまない、リヒト。お前を巻き込んで」

　本来リヒトの立場なら、国外にこうして出向くことはなかった。それもアルヴィスの傍《そば》で、向かう先はきな臭い国だ。ここまできても、巻き込んでしまったという思いは消えない。

「気にするなって。俺は好きでお前の傍にいることを選んだんだし、それにさ……これでもお前には感謝してるんだぜ」

「俺に？」

　感謝されるような真似《まね》をした覚えはない。学園でも卒業してからも。卒業してからは会う機会も多くなく、こうして長い時間一緒にいるのは卒業して以来だ。

「今更だけど、俺はランセルみたいな奴《やつ》嫌いだったんだよな」

「まぁ性格的に合わないのは理解できる」

　奔放なリヒトと堅物真面目人間のシオディラン。相性が悪いのは納得できた。文句を言いながらも共に行動をしていたので、お互いに嫌悪していることはないと思っていた。それは違ったのだろうか。

「あいつお貴族様って感じでさ。アルヴィスも大概だったけど」

「悪かったな」

「でもお前ら二人を見ていると、貴族も大変なんだなって思う事も多かった。ランセルは身分を大事にするけど、それを全てとも見ていなかった。というかあいつは俺にもアルヴィスにも態度変わんなかったし」

口うるさくて説教臭くて、とリヒトはシオディランの事を話し始める。堅物真面目人間というのは融通が利かないという意味ではなかった。シオディランはまず相手の身分を見る。その後で、その人自身を見て判断する。リヒトに対して平民だからどうこう言う事はなかったが、アルヴィスに対しては公爵子息として苦言を呈することはままあった。

「見下すわけでもなくて、ただ誰に対しても真面目なんだなって感じ？　それだけで俺と合わないってのは確実なんだけど」

「けど、ずっと一緒にいただろ？」

合わないとリヒトは言う。だが、学園では知り合ってから、それこそずっと共に行動していた。アルヴィスとシオディランとリヒトと。三人でいるのが当たり前だった。合わないと思ったことはない。

「それはアルヴィスがいたからだ」

「俺？」

「だからランセルとも行動していたし、貴族を嫌いにもならなかった。だからお前には感謝しているんだよ。それで俺の世界は広がったから」

王城に研究員として勤めることを決めたのも、それがあったからだとリヒトは言う。王城なんていう、貴族ばかりの巣窟に来ることを決められたのもそのお蔭だと。

「そんなお前が頼ってくれたなら断るわけない。お前だって俺が困っていたら助けてくれるだろう?」

「当たり前だ」

考えるまでもない。リヒトはアルヴィスにとって学園で得た宝の一つ。かけがえのない友人だ。

「なら俺にとっても当たり前だってこと。それに存外楽しみでもあるしな、隣国っていうところが」

「楽しみか?」

「探求心をくすぐるだろ?」

歯を見せながら笑ったリヒトに、アルヴィスは肩を落として息を吐いた。これは傍に付く騎士にも言い含めておかなければならないらしい。実験だけはしないようにというのと、リヒトから渡されたものを決して口にしないように。


ひとしきり話をした後で、リヒトは下がっていった。静まり返った部屋はリヒトがいなくなっただけでも広く感じる。ベッドに座ったアルヴィスは胸元からペンダントを取り出した。これは昨年の生誕祭の時にエリナから贈られたものだ。紅の色がエリナの髪色を思い出させてくれる。

「今は何をしているだろうか」

ここから王都は遠い。流石のアルヴィスでもそれを辿《たど》ることはできない。元気にしていればいい。

そんな祈りを込めて、アルヴィスは紅の石に口づけた。

王城での妃の様子

アルヴィスが出立して二日が経《た》ったこの日、エリナは己の執務室で迫る建国祭へ向けて、資料へと目を通していた。

建国祭は王家主催のものだ。昨年のエリナは、王太子の婚約者として参加していた。その立場はホスト側に近いが、貴族令嬢ということであくまでゲストとしての参加だった。だが今回は違う。アルヴィス不在の中行われるということもあり、その代理という役目もある。今年の来賓たちの中に王族はいない。昨年が異常だっただけで、通常はそういうものだ。

「宿泊する方々と、そのお付きの方のお部屋の準備と……」

必要となるものの手配や、護衛と侍女の配置。それらは既にアルヴィスの手で行われている。エリナは最終確認をするだけでいい。不測の事態に関してはエドワルドが動いてくれるらしいので、エリナがやることは本当に確認だけだ。

「エリナ様、宜《よろ》しいでしょうか？」

「えぇ、大丈夫よ」

ノックが届き入室の許可を出す。そこへ顔を出したのは、サラとリティーヌだった。

「リティーヌ様」

「こんにちはエリナ。シルヴィ様から報告書を預かったから渡しに来たの。時間は大丈夫？」

「はい」

作業がいち段落したところだと告げると、それならば少し休憩しようとサラがお茶の準備を始める。エリナはリティーヌと向かい合わせの形で執務室のソファーへと座った。

「じゃあこれは先に渡しておくわね」

「ありがとうございます」

「来年はエリナに任せるつもりだって仰《おつしや》っていたから、そのためにも何か質問や意見があれば教えてほしいとシルヴィ様からの伝言よ」

「わかりました」

受け取った報告書にサッと目を通す。それはパーティー会場での飾りつけやテーブル配置などといった会場設営に関するものだった。建国祭の件については慣例化されている物事が多い。だが、毎年全く同じというわけにはいかない。そこは王族の采配にある程度任されている。

会場内は王妃がメインとなって準備をしていくのだ。エリナも当然知っていることだった。

「去年は体調のこともあってシルヴィ様は何も出来なかったから、余計に力が入っているみたい」

「そうなのですね。あ、でも……」

「何か気になることでもあった？」

気になることというか、少しだけ不思議に感じた。建国祭には、昨年も一昨年も参加していた。

しかし、一昨年と比べて（去年も）大きく変わったことなどなかった。いったいどういう事だろうか。エリナはゲスト側だったため、その辺りは詳しく聞いていない。

「建国祭の会場は王妃様が主軸ですけれど、昨年は違ったということですよね？」

「えぇ、シルヴィ様はふさぎ込んでいらっしゃっていたから」

ジラルドの件でかなり衝撃を受けてしまった王妃は、昨年の建国祭でもまだ復調していなかった。それはエリナも覚えている。

「では昨年は誰が担ったのでしょうか？　リティーヌ様ですか？」

「いいえ、私じゃないわ。去年は、アルヴィス兄様が一人でやってたわね」

「え……これもですか？」

リティーヌは頷《うなず》く。その表情はどこか呆《あき》れ顔《がお》だった。

「なんていうか、兄様ってちょっと完璧主義じゃないけれど、自分が知らないのに認めるってことが出来ない人なのよね。あと、テキトーにっていうのが出来ない人」

それは当然だろう。アルヴィスは王太子として様々なことを許可、承諾する立場の人間だ。知らないことを認めることなど出来るわけがないし、してはいけない。リティーヌが呆れる理由がエリナにはわからなかった。リティーヌもそれを悟ったのだろう。怪訝《けげん》そうに見ているエリナに、緩慢な動作で首を横に振った。

「エリナも同類だったわね。そういえば」

「同類、ですか？」

「要するに、慣例だからこうするっていうだけじゃ理由にならない。どうしてそうするのか。そこに根拠がないと実行しない人だから、かなり忙しくしていたみたい」

確かに昨年のアルヴィスは常に忙しい人だった。会う時間もないし、手紙のやり取りをしてはいたものの、この時期のアルヴィスからの返信は少なかった気がする。

「それに加えて執務もようやく慣れてきたっていうところだったから、本当によく倒れなかったと感心してもいいくらいよ」

「アルヴィス様……」

一言だけ綴《つづ》られたカードと花束が贈られてくることはあったが、それさえも本当に僅かな休憩時間を使っていたのだとすれば申し訳ない。と同時に、そんな中でもエリナのことをちゃんと考えていてくれた、と思うと嬉《うれ》しかった。

「エドワルドたちが駆け回っていたし、もっと大変だったのは彼らかもしれないけれど」

「そうですね」

その様子が目に浮かぶようだった。

「エリナも、丁寧で真面目なのはいいけれど、ちゃんと休む時は休まないとダメよ。似たもの夫婦なのだから」

「はい、ありがとうございます」

楽しくお話をした後、リティーヌは帰っていった。リティーヌは毎日のように用件を持ち込んでは、エリナと話をしていく。きっと心配をしてくれているのだ。アルヴィスが傍《そば》に居ないことで、エリナが不安になっていないか。泣いていないかと。

立ち上がったエリナは執務室の窓辺に立つと、マラーナ王国の方角を見つめた。

朝起きても彼は傍に居ない。今はハーバラが滞在してくれているので、食事も一人ではないし、楽しいと感じている。ハーバラだけではない。周りはサラを始めとして、沢山の人たちに囲まれていた。だからまだ大丈夫。

右手で左手薬指に嵌《は》められた指輪に触れる。そしてエリナは両手を組み、祈りを捧《ささ》げるように目を閉じた。

「とても寂しい、けれど不安ではありません。ですからどうか、アルヴィス様が無事でありますように」

これはアルヴィスが出立した時から毎日のように行っていた。もはや日課のようなものになっている。声が届くことはないけれども、何もしないよりはいい。ひとしきり祈りを捧げると、エリナは執務机に向き直る。

「では、続きをしましょうか」

再び確認作業を行う。もうじきハーバラが用事を終えて王太子宮へ帰って来る。その前に今ある仕事を終わらせなければならない。体調に異変を感じない限り、エリナは動くつもりだった。それが王太子妃としてここを任されたエリナの役割なのだから。

マラーナ王都での初日

マラーナ王国との国境を抜けて途中大きな街に立ち寄りつつ、アルヴィスら一行は無事に王都へと到着した。

マラーナ王都。王都というだけあって大きな街だ。王都の周囲は高い石造りの壁に囲まれており、その中に街、奥に王城があった。王都入口から王城にかけて、建物の造りが変わっている。恐らくは入口付近から平民たち、奥の方に行くにしたがって貴族たちの屋敷があるのだろう。これはルベリア王都でも似たような造りだ。ただ気になるのは、その格差が激しいというところ。

「……」

「アルヴィス、どうかしたのか？」

正面に座るリヒトが怪訝《けげん》そうな視線を向けてきた。今、アルヴィスは馬車の中にいる。ルベリア国内と違い、馬車の窓はカーテンを閉めた状態だ。外から内部を窺《うかが》い知ることは出来ない。そんな中、アルヴィスはカーテンの隙間からほんの少し王都の様子を盗み見ただけ。本当に少しだけだったが、違和感を抱くのには十分だった。

「穏やかじゃないな、空気が」

「何言っているんだ？」

「目つきだよ」

目が合ったわけじゃない。ただ、こちらを見るマラーナの民を見ただけ。その視線は厳しいものだった。どちらかと言えば、憎しみに近いもの。否、近いのではない。実際に憎んでいるのだろう。アルヴィスのような立場の人間を。

「昔、家庭教師に言われたことがある」

「何を？」

「国のために民がいるのではない。民がいる場所こそが国なのだと」

ルベリア王家は、国のために存在している。つまり民のために存在している。民が国のためにいるのではなく、その逆なのだと言われた。

「王家が務めを果たしているかどうかは、末端にいる民を見ればわかる。彼らが幸せかどうか。健やかかどうか」

しかし、実際に王家が全てを知るのは難しい。だからこそ各地を治める領主がいるのだ。同じ想《おも》いを持って、同じように民を想えば、それは国全体に広がっていく。それが国という形を作っていく。

「へぇ、まぁ言いたいことはわかるけど」

「ただの理想論、だろ？　俺もあの時はそう思った。口には出さなかったが」

だが実際にそれは理想でしかない。そう考えていない王侯貴族はルベリアにもいる。ジラルドが最たる例だ。

「現実味がないとは思う。けど言いたいこともわからないでもない。理想をただの理想だと片付けてしまえば、決してそこには行けない」

「あぁ」

今ならばそう考えることもできる。ただ当時は、ひねくれた受け止め方をしていた頃なので、素直に受け取ることができなかった。

「王都でこの状態だ。どれだけ民を蔑《ないがし》ろにしているのか、一目でわかる」

これでも改善したらしい。それ以前が一体どのような状況だったのか。アルヴィスには想像することさえ難しかった。

「なんていうかさ、来てそうそうだけど……あまりいい感じはしないな」

「同感だ」

そんなことを話していると、馬車が止まる。どうやら到着してしまったらしい。ここから先は、常に緊張感を抱いたまま過ごさなければならない。馬車の扉が開くと、ディンが顔を見せた。

「アルヴィス殿下」

「今行く」

「はっ」

ディンに促されるままアルヴィスは馬車を降りた。続くようにリヒトも馬車を降りてくる。

「遠いところをよくおいでになりました、アルヴィス王太子殿下」

「ルベリア王国王太子、アルヴィス・ルベリア・ベルフィアスだ。出迎え痛み入る、セリアン宰相殿」

笑みを浮かべながらアルヴィスは挨拶をした。宰相と顔を合わせるのは、カリアンヌ王女の引き渡し以来だ。国王亡きいま、宰相である彼がマラーナ王国を動かしていると言っても過言ではない。そんな宰相がわざわざ出迎えに来るとは予想外だった。内心では驚きつつも、アルヴィスは笑みを浮かべることで隠す。

「先日の引き渡し以来となるが、壮健そうで何よりだ」

「はい、お久しぶりでございます。アルヴィス王太子殿下も、お元気そうでようございました」

シーノルド・セリアン宰相は、アルヴィスよりも身長が高くがっしりとした体格だった。彼を見て、誰も文官だとは思わないだろう。前回会った時も思ったが、かなりの強者《つわもの》だ。剣だけでやりあえば、確実にアルヴィスの方が力負けする。だがここで気圧《けお》されるわけにはいかない。

「お疲れのところ申し訳ありません。国葬は明日ですので、今宵《こよい》はごゆっくりお休みください。護衛の方々にもお部屋をご用意しましたので」

「感謝する、宰相殿」

「アルヴィス王太子殿下方のご案内を」

後方へと控えていた騎士と侍女二人にセリアン宰相が指示を出すと、彼らは言葉を発することなく深々と頭を下げた。

「どうかごゆるりとお休みくださいませ」

セリアン宰相に見送られてアルヴィスはその場を後にした。


案内された部屋は貴賓室だろう。広々とした部屋の奥には寝室がある。護衛であるディンたちは、少し離れた場所に部屋を用意したということだが、ディンとレックス、リヒトはそちらではなくアルヴィスと同じ部屋で過ごす旨を伝えた。離れた場所では護衛の任が務まらないからだと。すると彼らは目を見合せて困った顔を見せた。それでも要望には応えなければと思ったのだろう。侍女の一人がアルヴィスの前で頭を下げる。

「……承知いたしました。そのようにお伝えしてまいります」

「ありがとう」

「っ!?　い、いえ、失礼いたします」

面倒な真似《まね》をさせたことを謝罪すると、侍女は驚いたように顔を上げた。そして慌てた様子でもう一度頭を下げると、足早に部屋を出ていく。騎士と残りの侍女も後を追っていった。

「アルヴィスー」

「何だ？」

「お前さ、愛想を振りまき過ぎるなよ」

「してない。それに今の反応はそういうことじゃないだろう……」

アルヴィスの言葉に照れたわけではない。驚いたというか、信じられないという風に見えた。ディンとレックスに同意を求めれば、二人は頷《うなず》く。

「恐らく、アルヴィス殿下がというよりも王族の方から感謝されることがなかった、ということでしょう」

「……あいつは言いそうにないし、あの王女に至ってもそうだろうな」

やってもらって当たり前。そういった一つ一つの在り方が、人々から王家の敬意を奪っていった。言葉と行動は与えられれば、返すものだ。渡せば返って来るものでもある。身分ではなく、それが人間という存在だ。それを怠れば、その関係性は綻び始める。


今回のマラーナ王国訪問は、明るい話題ではない。他国の王族らが滞在しているのであれば、歓迎の意を示すためにパーティーなどを開くのが通常だが、今回は国葬のためという名目なので華やかな場を設けることは出来ない。かといって、歓迎の場を開かないわけにもいかないということで、今宵はささやかな食事会が設けられるらしい。アルヴィスも参加する。人数の関係で護衛を伴うことは出来ないが、付き人という形で一人だけアルヴィスと共に参加することが認められた。

「で、俺？」

「本当ならばディンかレックスを連れて行きたいが、近衛隊《このえ》として同行するとなれば疑っていると言っているようなものだからな。消去法だ」

ディンもレックスも貴族。一緒に参加するのであれば彼らの方が相応《ふさわ》しい。しかし、二人は護衛という立場でこの場にいる。そしてリヒトが共に来ていたことも知られている。ここでリヒトではなく護衛の彼らを連れていくことは、リヒトが軽く見られてしまう可能性もあった。リヒトを守るという意味で、親しすぎるとみられるのもまずいが、その逆と取られてしまうこともまたよくない。

「まぁいいけどよ……俺、マナーとかあんま自信ない」

「困ったら俺の手元を見て真似ればいい。お前得意だろ？」

要領が良いリヒトは、適応力も優れている。出身の影響もあって、当たり障りのない対応にも長《た》けていた。でなければ、学園でアルヴィスらと三年間もつるんでいない。のらりくらりと躱《かわ》せるだけのものがリヒトに有ったからこそだ。

「それくらいなら任せろ」

「あぁ」

ディンとレックスはアルヴィスの部屋で待機。その他の騎士たちは、別に用意された場所で各々待機中となる。単独行動は控えて、二人以上で行動するようにと伝えてあるが、到着したばかりなので今宵は身体《からだ》を休めるのが最優先事項だ。

「アンナ」

「はい」

気配を消す形で端に立っているアンナ。リヒトなんかは、いたことに驚いている。アンナは気配を隠すことが得意だ。そうでなければ影など務まらない。

「こういう状況だ。騎士の部屋よりもここの方がいいだろう」

「不満はございません。私は殿下の侍女ですから。傍《そば》に控えるのは当然です」

「わかっている」

何も言わずとも、アンナはアルヴィスの部屋に来る。これはただディンとレックスたちにも伝えるためのパフォーマンスのようなものだ。

「食事会の準備をお手伝いします」

「頼む」

アルヴィスはアンナと共に、奥の寝室へ入った。ここでようやく二人きりとなる。馬車ではリヒトが同席していたし、他の宿でもリヒトといることが多かった。寝る時は一人だったが、流石《さすが》のアンナもその場に忍び込んで起こす真似はしなかったようだ。

「起こそうとは思いましたけど」

「なら何故《なぜ》起こさなかった？」

「……近寄ろうとすると、殿下の護衛の子が邪魔をしてくるからです」

『ふん、疲れておる神子《みこ》を起こそうとするからだ』

淡い光と共にウォズがその姿を顕現させる。特に説明はしていないが、アンナはとうにウォズの存在を知っていた。影としてアルヴィスを見ていたからだろう。特に驚きはしない。

「別に構わなかったんだが」

『睡眠は人の子にとっては大切だ。ただでさえ最近の神子は眠りが浅い。眠れるときに眠っておくべきだ』

「いや、いつものことだし」

それを言うならば、近衛隊に所属していた頃の方がよほど睡眠時間は短かった。今の方が十分に休息は取れている。アルヴィスに休息が足りないというのなら、近衛隊士たちはもっと休めてなどいない。誰かが常に起きている。そうでなくば護衛など果たせないのだから。

「私にはわかりませんが、この子がそう言うのならばそうなのでしょう。その辺は殿下ご自身でちゃんと管理なさってください」

「……わかったよ。それで、アンナ」

「はい、ご報告します」

王城近くに在る場所。そこの報告からだ。

「あの地は、王城と大聖堂から入ることができるようです。ここ数年、いえシーノルド・セリアンが宰相になってからは、その道は使う者が極端に減りました。しかしここ数日、大体一月位でしょうか。宰相が出入りしている形跡があります」

「宰相がか？」

「はい、目的はわかりませんが、どうやら奥に在る湖に向かっているようですね」

アルヴィスは頭の中にマラーナ王国の地図を思い浮かべる。確かに湖があった。周辺は森に囲まれているので、外からの侵入は難しい場所だ。王都は高い壁に囲まれているため、王城か大聖堂からしか向かえないということになる。

「何をしているかまでは摑《つか》めなかったか？」

「これ以上近づけば危うい、そんな気配を感じました。得体のしれないものがいる。私はそう思っています。誰かが、何かが宰相と結託をしているのではとも」

何か、とアンナは表現した。それ以上近づけなかったため、今回は退《ひ》いたのだと。その判断は間違いではない。影が他国の重鎮に悟られるわけにはいかないし、ここを探っていたことを知られることも避けたい。

「遠目からでは、会話をしているだろうという程度しかわかりません。ただ、あの場は狩場として使われていた一角。不快感を強く感じさせる場所でしたよ」

「アンナの感覚の話か？　それとも――」

「そういう類《たぐい》のものが漂っている、という感覚です。人に恨まれることには慣れていますが、他者が起こしたことについて矛先を向けられるのは不快ですね」

ウォズが言っていた負の因子。もしかすると、マラーナから広がった瘴気《しょうき》の根本的なものは、そこにあるのか。

「殿下は、何か感じられますか？　この国に入ってから」

「……」

感じられたものはない。そこでアルヴィスはふと、メルティから受け取った小袋のことを思い出した。荷物にいれていたそれを取り出し、中を開く。

「これは？」

「魔女から好意として受け取ったものだ。保険かわからんが、持っていけという意味だと思って持ってきたんだが……」

小袋の中身は石。それはわかっていた。だが、あの時見たものと色が全く違っている。大半が黒く変化していた。中には、色合いが残っている石もあったが、これも黒くなるのは時間の問題だろう。

「まさかとは思うが、これのお蔭《かげ》なのだろうか」

「私には判断しかねますね」

「ウォズはどう思う？」

ここで一番の知恵者はウォズだ。ウォズは中身を一心に見つめている。

「ウォズ？」

『我も気づかなかったが、ここは危うい地。女神の加護も恐らくは届かないであろう』

「悪い、意味がわからないんだが」

『かつて、この地は負の力が噴き出した場所。我も確証はないが、恐らくは負の力が噴き出した。アルヴィスが思い出したのは、ルシオラによって視《み》させられた記憶だ。

「このマラーナが、ルシオラたちがあの時に戦った場所」

『神子?』

「そうか。ここが、あの地なのか……だからメルティ殿はこれを俺に」

創世時代において、ルシオラたちが戦い瘴気を晴らしたのがこのマラーナ王都。ルシオラが大神ゼリウムを失った場所でもある。その土地にルシオラの加護を受けたアルヴィスが出向くことで、何かしら影響を受けるとメルティは知っていた。そうすれば辻褄《つじつま》が合う。どうして知っているのかはわからないが。

「ウォズは、ルシオラがここで何を為《な》したか知っているのか?」

『我が生まれたのは、女神が女神となった後。ゆえにそれ以前のことは知らぬ』

だから確証はないとウォズは言った。見たわけではない。ウォズは感じているだけだから。

「殿下、何か知っているのですか?」

「アンナは、ここに俺が来ないようにと忠告していたな?」

「はい。王城に通じている者から、王太子という言葉で忠告を受けましたから」

探っていた部下から受けたものだという。わざわざ名指しでの忠告。アルヴィスが女神の契約者だというのは、国内外に知られている。ならば、それが無関係とは思えない。これだけの情報が揃《そろ》っているのだから。

『神子、どうするのだ？』

「流石に今日着いてすぐに仕掛けて来るということはないとは思う」

「こちらが警戒していることは承知でしょうから、今日の実行はあり得ないでしょう。ですが、明日は国葬。その後は、帰国してしまいます。日数を少なくしたのは、こちらが取れる最低限の策。あちらも理解していることです」

つまり仕掛けてくるならば、国葬の後ということ。来賓として招いているのだから、国葬を不参加にさせてしまうような真似はしないはずだ。とはいえ、警戒を怠ることはできない。

「……食事会も不参加にしたいところなんだが」

「国の面子《メンツ》もありますからね。そこは仕方ありません。ですが、最低限のものとすべきかと」

参加はするものの、口にするものは最低限にする。その辺りが落としどころだ。

「わかった」

「そろそろ支度をしましょう。怪しまれますから」

「そうだな、頼む」

支度をするという名目でここにいるのだ。時間がかかれば、無駄な心配をかけてしまう。アルヴィスはアンナに手伝ってもらい、華美にならない程度の服装へと着替えた。色合いは多少控えさせてもらっている。あくまで死者を悼む場として。

その後、アルヴィスは同じく支度を終えたリヒトと共に、食事会の場へと向かうのだった。

侍女に案内されて向かった場所には、広々とした空間に円卓が用意されていた。席には数人が既に座っている。いずれも顔を見たことがある人物たち。昨年の建国祭でルベリア王国に来ていた人物も中にはいた。

案内された場所へ座ると、隣にいる御仁が声を掛けて来る。彼はザーナ帝国の北方にあるウェーバー公国の大公殿下の弟君だ。アルヴィスより一回り上の御仁だが、年齢以上の貫禄《かんろく》を感じさせる。

「お久しぶりですな、アルヴィス殿下」

「ウェーバー卿《きょう》も、壮健そうで何よりです」

「お蔭様で。まさかこのような形でまたお会いすることになるとは思いませんでしたが」

「えぇ」

彼によると本来ならば大公の息子が来る予定だったのだが、状況を鑑みて弟である彼が来ることになったらしい。何があっても代わりが利く人間という意味で。ただ元々予定にはなかった訪問先で、アルヴィスに邂逅《かいこう》するとは予想外だったようだ。

「ですが宜《よろ》しかったのですか？　アルヴィス殿下がここに来られて」

「……ご心配ありがとうございます。全て承知の上のことなので問題ありません」

「そうでしたか」

王太子という立場にあるアルヴィスが、この場に来ても大丈夫なのかという懸念だ。同じような懸念はルベリア王国でも抱いているが、現実問題としてアルヴィス以外に適任者がいない以上、アルヴィスが出向くしかない。彼も事情を察したのだろう。それ以上は追及してくることなく、たあいない会話を続けた。

席が埋まっていく中で、アルヴィスはふと視線を感じて正面を見る。その先にいたのは、帝国の皇太子であるグレイズだった。まさか彼もここに来ているとは思わず、アルヴィスは驚く。

「グレイズ殿……」

「また後ほど……」

小さく呟《つぶや》かれた言葉は、アルヴィスの耳にも届いた。アルヴィスは頷く。まだ挨拶も終わっていない段階では、席を立つわけにはいかないのだから。

席が埋まると、中央にいたセリアン宰相がグラスを持って立ち上がった。

「皆様、今宵は国王陛下のためご臨席いただきありがとうございます。ささやかではありますが、こうして歓迎の場を設けさせていただきました。どうかごゆるりとご談笑ください」

セリアン宰相が場を取り仕切る。食事会が進められていく中、アルヴィスは一つの疑問を抱いた。

それはこの場に彼が、王太子であるはずのガリバースがいないことだ。仮にも父である国王の国葬のため集まった貴賓たちを、息子である彼が労《いた》わらないというのは筋が通らない。恐らく、この場にいる誰もが感じたことだろう。たとえ悲しみに明け暮れていたとしても王族の誰かは顔を出すべきだ。

だが結局終わりを迎えてもガリバースが顔を見せることはなかった。終始いたのはセリアン宰相一人。マラーナ王国側の人間は彼だけ。ガリバースは一体どうしたのだろうか。彼の性格上、父を亡くして臥《ふ》せっているということは考えにくいが。

会場を出て人目がなくなったところで、リヒトは両腕を伸ばしながら身体を解《ほぐ》す。

「あーあ、終わった終わった」

「お疲れ」

リヒトは終始黙ったままだったので、随分と窮屈だったはずだ。アルヴィスも手を付けていないと見られぬように気を付けつつ、当たり障りのない程度で食事をやめておいた。結果として、今回は食事に何かを盛るという事はなかったようだ。

「一応、色々と警戒したけど何もなかったな」

「流石にな」

このまま終わるのならば、それが一番いい。そのようなことはないだろうけれど。

「そうだな。でこの後はどうする?」

「他国で歩き回るわけにもいかないし、ここで休むだけだな」

「つまらねー」

「歩き回れば面倒なことになりかねない」

アルヴィスとしては、このまま役目を果たして帰ることが第一目的だ。下手に歩き回って渦中に飛び込む様な真似はしたくない。

「そりゃそっか」

納得したらしいリヒトが荷物を漁《あさ》り始めた時だった。扉の外から侍女がアルヴィスを呼ぶ声が届く。この場には、アルヴィスとリヒト、レックスとディンとアンナの五人しかいない。アルヴィスはディンに指示をして、侍女の下へ向かわせた。

ほどなくして戻ってきたディンは困惑した表情をしている。何を言われたのだろうか。

「ディン？」

「伝言を受け取ったのですが、ザーナ帝国のグレイズ皇太子殿下がアルヴィス殿下とお会いしたいと仰《おつしや》っているようでして」

「……グレイズ殿か」

食事会で「後ほど」と言っていた。これはその件だろう。

「わかった。レックスとリヒトはここで待っていてくれ。ディンは俺と共に来い」

「承知しました」

「了解」

脱いでいた上着を羽織り、アルヴィスはディンと共に扉の外へと向かった。


グレイズが滞在しているという貴賓室は、アルヴィスたちの貴賓室からそう遠くない場所にある部屋だった。余計な会話は禁止されているのか、案内をしてくれた侍女は到着するまで一言も話すことはなく、到着してからも頭を下げるだけだ。アルヴィスらが中に入るまで頭を上げることはなく、こちらが折れるしかなかった。

「では、御前を失礼いたします」

扉を閉めて去っていく侍女。表情をあまり変えずに淡々と職務をこなす。侍女の在り方としては間違いではないのだろう。だが、どうしても侍女たちと接していると余計なことを考えてしまう。

「殿下、今は彼女たちの様子を気にかけるよりもなさることがおありでしょう」

「あ、あぁ。わかっているが、ちょっとな。ルベリアとは違い過ぎて」

「そうですね」

同じようなことをディンも感じていたようだ。その話はまた後にするとして、アルヴィスは室内にあるもう一つの扉の前に立っている侍女の下へと向かう。何を発したわけではないが、侍女は扉を開けると道を譲った。

「こちらにございます」

「ありがとう」

「……」

礼を伝えると、微《かす》かに侍女の肩が揺れる。恐らく見えていないが、その顔の下は驚いているのだろう。マラーナ王国の侍女たちの扱い方について溜息《ためいき》を吐《つ》きたい衝動を堪《こら》えながら、アルヴィスはその先へ足を進めた。アルヴィスとディンが中に入ると扉が閉まる。

「お待ちしておりましたよ、アルヴィス殿」

真《ま》っ直《す》ぐな紫色の長髪と同じ色の瞳。結婚式以来となるが、変わらず元気だったようだ。笑みを浮かべてグレイズは出迎えてくれた。その後ろには、テルミナも控えている。

「テルミナ嬢?」

「はい、ご無沙汰をしておりますアルヴィス殿下」

まさか彼女まで来ているとは思わなかった。先の食事会にも参加していなかったので、グレイズ一人だと思っていた。

「テルミナは、この国へ入った途端にあまり体調がよくないという事で、休ませていたのです」

「そうだったのですか」

確かに、以前会った時よりも快活さがない気がする。顔色もあまりよくない。

「大丈夫ですか?」

「あ、はい。なんか、アルヴィス殿下が来てから少しだけ楽になりました！」

「……そうですか」

今よりも体調が悪かった。だがアルヴィスが来てから回復した。それが意味するところは一体何か。

「アルヴィス殿は、体調を崩されたりはしませんでしたか？」

「えぇ。私は……」

もしかすると、メルティから受け取った小袋がなければ、アルヴィスも体調を崩していたかもしれない。帰国したらメルティには別途感謝を伝えるべきだろう。

「そうですか。ですが、テルミナが楽になったということは、何か因果のようなものがあるのでしょう」

「契約者同士の、ということですね」

「はい。検証するには時間も何もかもが足りないのが残念ですが」

この場にはリヒトも来ている。だがその役割は薬師《くすし》だ。二人がそっちの研究に夢中になっても困る。

「ともあれ、こうして直接お話ができたことは何よりです」

「そうですね。あれから帝国の方は？」

「変わりはないですね。私もあまり出向くわけにはいきません。だからここにテルミナを連れてきたのですが、体調を崩すというのは予想外でした」

グレイズもマラーナに疑念を抱いていた。だからこそテルミナを同行させたという。下手な騎士よりも強いという事で護衛も兼ねていると。

「ただ、この国に入ってからのテルミナは気持ち悪いと言って、寝込むというわけではないのですが、重苦しい感じがするそうです」

「なるほど……ディン、俺の部屋から白い小袋を持ってきてくれ」

「え？　は、はい」

突然声を掛けられたディンは、一瞬戸惑いながらも返事をする。そして一旦部屋を出ていった。さほど時間もかからず戻って来るはずだ。ここの距離はさほど離れていない。

思った通り時間をかけずに戻ってきたディンは、アルヴィスが頼んだものを持ってきてくれた。

「アルヴィス殿？」

「これをテルミナ嬢に少し分けておこうと思います」

「これは、石、ですか？」

既に黒くなってしまった石、そしてまだ色合いが残っている石。その両方をグレイズとテルミナへと見せた。

「国で私のことを案じた薬師が用意してくれたものですが、これが私が不調にならなかった理由だと思います」

「!?」

「半分以上は既に変色してしまっているので使えませんが、まだ残っていますから」

「しかしこれはアルヴィス殿のためにあるもの。テルミナのためにそこまでしていただくわけにはいきません」

アルヴィスに起きる事象をあらかじめ防いでくれたもの。メルティが守るための力として渡してくれたものだ。アルヴィスも理解している。しかし、アルヴィスはまだ顔色が戻りきっていないテルミナを見た。

「ふぇ？」

「テルミナ嬢は、数少ない私と同じ状況にある人間です。それを自分だけが助かるために、と無視はできませんよ」

女性であるのだから尚更《なおさら》だ。緩和できる手段があるのであれば使うべき。

「アルヴィス殿……」

「グレイズ殿の傍に居るのは、テルミナ嬢と控えている騎士の方々だけでしょう。その中でテルミナ嬢の力は突出している。一番の戦力がテルミナ嬢ならば、少しでも回復させておくべきです」

グレイズはテルミナと己の騎士たちを見てから溜息を吐いた。一番の戦力がテルミナと言ったことを、グレイズは否定しなかった。やはりそういうことなのだろう。

「申し訳ありません、感謝いたします」

「いいえ」

「ですがこちらは少しで構いません。アルヴィス殿が多く持っていた方がいいでしょう」

この申し出を断りたいと思ったが、背後からディンの圧力のようなものを感じて、アルヴィスは曖昧に笑って誤魔化した。結局、残っていた半分より少ない数をテルミナへ渡す。

「ありがとうございます。わぁ綺麗《きれい》ー」

見た目はただの綺麗な石に過ぎない。綺麗なものが好きだというテルミナにとっては、見た目でも楽しむことができるだろう。

「ただこれは一時しのぎのようなものですね。根本的な原因がわからない限り、以降はマラーナ王国の出入りは控えた方が良さそうです」

「はい」

特にアルヴィスとテルミナにとってはよくない。国葬が終わり次第、直ぐにでも国を出るべき。グレイズとアルヴィスの意見は一致した。


グレイズと別れ、与えられた貴賓室へ戻ってきたアルヴィスは、ソファーに座り上着を脱いだ。

「殿下、ご説明していただけますか？」

「まぁそうくるよな」

「先ほどのは一体なんです!?」

多少の怒気をはらんだディンの声は、それだけで圧力を感じさせる。あまり表情も変えず、感情も露《あら》わにしないことが多い分、本気で怒らせると他の人よりも数倍怖い。

「体調不良とかなんとか、あの石についてもですが、何故何も教えてくださらないのです！」

「俺も知っていたわけじゃないんだ。あれはメルティ殿にもらったもので、ここへ来て確認したら色が変わっていた。だからそうだと推測したんだ」

「魔女殿が……」

偽りは告げていない。本当にアルヴィスは知らなかった。特別体調が悪くなることもなかったし、問題も感じていない。しかし、もらった石の色が変わっていた。そしてテルミナの状態。そこから結論付けただけだ。

「魔女殿は、何かご存じなのですか？」

「わからない。きな臭いとは言っていたが、それ以上のことは何も」

メルティは魔女ではあるが、商売人。国として世話になっているが、国に仕えているわけではないので、何か知っていたとしても知らせる義務はない。

「他に魔女殿からもらわれたものはありますか？」

「え？　もらったものはないが……」

「それ以外にはあるのですか？」

メルティからもらったのは、小袋だけだ。それ以外は、エリナが力を込めてくれたものがある。アルヴィスは耳に着けているイヤーカフを示した。

「メルティ殿の店でエリナが作ってくれたものは受け取った。これと、飾り紐《ひも》だ」

剣の柄《つか》に掛けてある紐。赤い石が付いている。身を守るものだと言われたため、迷いなくつけていた。

「それにも何か力が込められていることは？」

「ないとは言えないな。俺が見ていたのは、エリナが力を込めるところだけ。その前にメルティ殿が何かをしていたならば、正直わからない」

魔女たるメルティが何をしていたのか。ただ、それが悪いものではないことだけは確信を持って言える。ディンが聞きたかったのは、害するものかどうかではなく、どういった守護があるのかということだろう。

「俺にはテルミナ嬢ほどの影響がない。それを考えると、このイヤーカフにも何かしら力はありそうだ」

「常に身に着けているという点ではあり得そうですね」

アルヴィスが肌身離さず身に着けているものは、エリナから贈られたものであるペンダントとイヤーカフ。あとは結婚指輪くらいだ。その中でメルティの力が込められているのは、イヤーカフのみ。アルヴィスはそれに触れてみる。力は感じるものの、どのような力かは判断できない。この場で不用意に視ることはしない方がいい気がする。恐らく触れてはならないものだ、これは。

「この国にいる間は、常につけておく」

「それが良さそうです」

暫《しばら》く休憩をした後に寝室へと入り、ベッドに横になる。そのすぐ傍には、リヒトが悩まし気な表情をしたまま座っていた。

「なぁアルヴィス」

「どうしたリヒト?」

手持ち無沙汰なのか、窓の外を見つめている。それが寂しげに見えた。珍しい様子のリヒトに、アルヴィスは身体を起こしてその背中に視線を向けた。

「リヒト、何かあったか?」

「今更なんだけどよ……実感が湧いてきたっていうか」

「実感? なんのだ?」

なんの話をしているのかと、アルヴィスは首を傾《かし》げる。するとリヒトが顔だけでこちらを振り返った。

「俺が、お前の命綱の一人だってこと」

固い声色で話すリヒトは、スッと立ち上がって寝室に置かれていた小さな瓶を手に取る。それは、マラーナ王国側が用意した茶葉だ。厚意で用意されているのだろうが、アルヴィスは口にするつもりはない。その中身に問題があろうがなかろうがどちらでも構わないし、問題がなくてもそれは変わらない。

だが、研究者でもあるリヒトは気になったらしい。瓶の蓋を開けて、少量を手に取った。

「お前がいない時に、シーリング卿と確認したんだ。あっちの部屋は特に問題はなかった。問題があったのは、これだけだ」

「……そうか」

特に驚きもしない。本当に、ただそうなのかと感じただけだ。

「ほんの少量。たぶん、お前ならこれを飲んだとしても害はない。シーリング卿がそう言っていた。お前は毒に慣らされているからって」

レックスも貴族子息の一人。だが毒に対する耐性はそれほど高くないし、毒に慣らされているわけではない。だが、毒に慣らすということがどういう行為なのかは知っている。近衛隊士は王族を守護する存在だが、それでも守れるのは外敵からのみだ。身の内から侵されるものに対しては、王族当人が持たなければならないもので、そのために何をするのかを近衛隊士たちはよく知っている。その例にもれず、アルヴィスがどういうことをして毒の耐性を得たのか。レックスはリヒトに教えたのだろう。

「毒味役がいたとしても、遅効性であれば発見するのが遅れる。そういう場合、最後は己自身との闘いだからな」

尤《もっと》も毒の耐性があったとしても、毒に苦しまされることに変わりはない。ただ耐えることが出来るというだけなのだから。

「その通りなんだけどさ……」

どうにも歯切れが悪い話し方に、流石のアルヴィスも心配になった。ベッドから降りると、立ち上がってリヒトの隣に立ち肩に手を置いた。

「どうしたんだお前？」

「知識を得るということはさ、こういうことなんだなと実感したんだよ。わかるんだ。こういうのはさ」

「そうだな」

それは貪欲に知識を求める研究者として得たリヒトの力だろう。頼もしいとアルヴィスは感じる。だが今までの話しぶりからすると、リヒトにとっては違うらしい。一体何を思っているのか。アルヴィスには全くわからない。

リヒトが頭を上げると、アルヴィスと目が合った。困惑していることがわかったのか、リヒトが笑みを零《こぼ》した。

「いや、何でもない。アルヴィスにとってはその程度の驚きなんだっていうことだ」

「その程度って」

「お前にとってはさ、何の不思議もない事実ということだ」

不思議がない事実というのは肯定しにくいけれども、驚くことではないのは事実だった。この程度で驚いていたら、王族など務まらない。

「よくあるわけじゃないが、可能性として想定の範囲内だから」

「そこが、俺とお前の違い。改めてさ、お前は学園では猫被《かぶ》っていたんだって認識したよ」

「……」

それを言われると、アルヴィスも否定することは出来ない。偽りを演じていたわけではないにしても、未来《さき》を諦めていた頃の己は今とは在り方そのものが違う。とはいえ、当時のアルヴィスが今の状況を見ても驚きはしなかっただろう。今と変わらない反応をしたと断言出来る。

「だから、俺は絶対にお前の力になる。これが当たり前だなんて場所にいるお前を、ちゃんと姫さんや妃《きさき》さんのところに返すためにさ」

「リヒト」

「既に賽《さい》は投げられている。アルヴィス、明日はそうすんなりと行かない。そうだろ?」

リヒトの言葉にアルヴィスは首肯した。

寝室というアルヴィスが一人になる可能性が高い場所へ仕掛けられたもの。それは死に至らしめるようなものではない。リヒト曰《いわ》く、ほんの少しだけ思考を鈍らせるような催眠作用があるものだと。口に含んでも、違和感など抱かせない程度の少量。ただ、何度も含めば影響は出てくる。そういった代物だ。ここにあるという時点で、その対象がアルヴィスであることは明白。ただ、気になることはあった。

既にアルヴィスは経験済みだからだ。昨年の建国祭で招いたカリアンヌ王女によって。あれがセリアン宰相の指示したことであるならば、それが失敗したことも知っているはず。ここで似たような真似を仕掛けて来ることは考えにくい。それとも、茶葉という形であれば気づかれないと思ったのだろうか。もしくは気づかれても構わないということか、ある意味での警告のつもりなのか。

「明日は、念のため特師医からもらったものを準備しておくか」

「だな」

いずれにしても、明日が何事もないまま終わるという可能性が低くなったことだけは確かだった。

遠く離れた場所で

「エリナ、それにハーバラも、今日はそろそろ終わりにしましょうか」

「はい、リティーヌ様」

「承知しましたわ」

ルベリア王国の建国祭は明日から始まる。あとは細々とした確認を残すだけで、あらかたの作業は終わっている。今の時分も陽《ひ》が完全に落ちた夜の頃。それでも手を休める時間が遅くなってしまうのは、仕事をしていれば何も考えずにいられるからだ。

ここはエリナの執務室。王太子宮で宿泊中のハーバラはここに居ても不思議はないが、リティーヌはわざわざ王太子宮まで足を運んでくれていた。出来るだけエリナに負担をかけないようにとの気遣いなのだろう。ここから後宮へ戻るのにも遅い時間なので、泊っていくことを勧めてみたのだが、リティーヌは苦笑しながら首を横に振った。曰《いわ》く、「いつまでも居座ってしまいそうだから」らしい。それだけこの空間を気に入ってくれているということは、エリナも嬉《うれ》しく感じる。

「遅くまでお付き合いをさせてしまい、申し訳ありませんでした」

「いいのよ。こうして堂々とエリナと沢山の時間を共有できるのは、私も嬉しいもの。今はハーバラもいるのだから、女同士で話をするだけでも楽しいわ」

「うふふ、そうですね」

「光栄です、王女殿下」

机の上にあるものを片付けていると、サラがお茶を運んできてくれた。エリナは立ちあがってリティーヌとハーバラが座っているソファーへ腰を下ろす。そうすれば、サラが目の前にお茶とお菓子を置いてくれた。

「ありがとう、サラ」

「はい」

エリナが笑みを向ければサラも同じように笑みを返してくれる。公爵邸でも日常だったやりとりは、王太子妃となった今でもエリナにとって安心するものだ。アルヴィスが不在であるからこそなおの事。

「そういえば、アルヴィス兄様はマラーナ王国に入国したのよね？」

「はい、今日お手紙が届きましたから。恐らく既に王都に到着しているのだろうと思います」

アルヴィスからの手紙は国境近くの街から届けられたもの。届くまでの時間を計算すれば、既に王都に到着して二日以上は経《た》っている。そのくらいに王都に到着するだろうと書かれていたので、まず間違いない。

「国内を移動して、今はマラーナか。馬であれば一気に駆け抜けてきそうなのに、そういうわけにはいかないのが厄介ね」

「アルヴィス様も仰《おつしや》っていました。馬ならば半分以下の日程で帰って来られるのにと」

王太子としての立場で他国へ入る。ゆえに、体裁を整えつつ向かわなければならない。だからこそ時間がかかってしまう。理解はしていても、馬で駆ける事に慣れていたがために馬車での移動が不自由に感じられるのだとアルヴィスは言っていた。

「騎士の時なら馬での移動が基本だって言ってたから、そう思うのも無理はないわね。王太子になってからも遠くに行くことが何度かあったけれど、馬車が面倒だって愚痴を漏らしていたもの」

「そうなのですね」

それは初耳だった。アルヴィスが愚痴を漏らす場面をあまり見たことはない。やはりそれだけ、リティーヌは気安い相手なのだろう。それを告げると、リティーヌには呆《あき》れられてしまった。

「エリナ、覚えておきなさい。男はね、好きな人の前では恰好《かつこう》を付けたがる生き物なのよ」

「そういうものでしょうか？」

よくわからないけれども、隣でハーバラも笑いながら頷《うなず》いている。エリナだからこそ愚痴を零《こぼ》さない。恰好悪い姿を見せたくないのだと。

「男の人ってよくわからないわよね。女心がわかっていないのよ」

「同感ですわ、殿下」

ハーバラはリティーヌと同意見のようだ。ならばそれが正しいのだろう。こうあるべきだと長年言われてきたし、身内以外の男性と接してきた機会は多くなかった。貴族令嬢の中では、まだまだ箱入りだったのかもしれない。

「そういえば王女殿下は、乗馬も得意だとお聞きしましたわ？」

「ええ、本当に嗜《たしな》み程度だけれどね。でもやっぱり長時間の移動は馬車の方がいいと思う。馬だと姿勢を維持しつつ手綱を持って、なおかつ馬との呼吸も合わせながらだから……大変だもの」

ただ乗っているだけのように見えるが、実際はそんな簡単なことではないらしい。エリナも乗ってみたいと言ったことはあったが、将来の王太子妃はそのようなことしなくていいのだと、母に止められたというか怒られてしまった。それ以降、乗りたいと口に出したことはない。でも今でも興味はある。あの時、アルヴィスに支えられながらも馬に乗ったことを思い出す。もしも、一人で乗ることができたら一緒に出掛けることができるかもしれない。

「リティーヌ様はどうやって乗れるようになったのですか？」

「私はルーク隊長に教えてもらったの。でも、ほんとに乗れるというだけだから」

一人で乗れるけれども、長距離の移動は無理らしい。本当に上に乗るだけなら出来るというだけ。それでもエリナからすれば羨ましいことだ。エリナは、一人で乗ることさえやったことがない。

「私でも、乗れるでしょうか？」

「今のエリナは身重だから数年は無理だと思うけれど……乗りたいの？」

「はい。もし出来るならやってみたい、と思います」

今の体調では無理なのはわかる。けれどいつか……アルヴィスと共に駆けてみたい。

「危険もあるから、きっとアルヴィス兄様は認めない気がする……何だかんだと、兄様はエリナには過保護気味だからね」

「王太子殿下は、エリナ様をとても大切にしていらっしゃいますもの」

「そ、そんなことはない、と思いますけど」

二人にそう言われて、エリナは顔を赤くする。過保護、だろうか。大切にしてもらっているのはわかる。でもどちらかといえば、エリナの方が心配性だ。なにせアルヴィスは無理をすることが多い。怪我《けが》をすることだってあるのだから。

エリナは基本的に王太子宮や王城にいる。王都から外に出ることはない。怪我《けが》をすることもないし、もし体調を崩すことがあっても特師医が直《す》ぐに診てくれる。だからこそ外に出て動き回るアルヴィスの方がよほど危なっかしい。その度に、大丈夫なのかと心配をしてしまう。エリナは安全な場所にいるが、アルヴィスはそうではないのだから。そしてそれは今現在に至っても……。

エリナはそっと胸元にしまっていたお守りを取り出した。

「それ、兄様が持っていたお守り？」

「はい。アルヴィス様から頂きました」

「それ、兄様のマナが感じられる。中に輝石とか入っているの？」

「中身を見たことはありませんからそこまではわかりませんが……でも、寂しくなった時にこれを見ていると、少しだけ温かな気持ちになるのです」

傍《そば》にはいないけれど、それでもアルヴィスの温《ぬく》もりを感じられる。これがどういったものなのかは、エリナにはわからない。中身がどうなっているかも知らない。ただ、アルヴィスが大切に持っていたお守りだということは知っている。エリナに渡すために用意したものではなく、常に身に着けていたものだ。ずっと傍にあったものだからこそ、アルヴィスを感じられるのだろう。

そっとお守りを握りしめて目を閉じるエリナ。そんなエリナの肩にリティーヌが優しく手を乗せた。

「大丈夫、アルヴィス兄様も無事に帰ってくるわ」

「信じて待ちましょう、エリナ様」

「リティーヌ様、ハーバラ様。はい、そうですね」

無事を祈りながらも、エリナにもすべきことがある。まずはアルヴィスが不在な中で建国祭を無事に終わらせること。それが残されたエリナの役目なのだから。

（アルヴィス様……どうかご無事で）

国葬の後で……

翌日。正午には国葬が始まる。行われる場所は王城の敷地内にある大聖堂。ここに護衛らは立ち入ることが出来ないため、アルヴィス一人が中に入ることとなった。護衛たちは、大聖堂の外で待機だ。

「アルヴィス殿」

「グレイズ殿、おはようございます」

「おはようございます。いよいよ、ですね」

「えぇ」

正午にはまだ早いが、アルヴィスと同様にグレイズも大聖堂へと来ていたらしい。尤《もっと》も、それ以外の国賓らも同様なようで、既に半数以上が揃《そろ》っていた。全員が黒を基調とした服装に身を包んでいる。黒色の中にあって、アルヴィスの髪色は少々目立っていた。どうしようもないことだが、アルヴィスは人知れず溜息《ためいき》を吐《つ》く。

祈りの間へと案内されたアルヴィスたち。自然とその視線は聖壇へと向けられる。聖壇の前に置かれているのは棺《ひつぎ》だ。棺の上には白い花束が置かれており、棺の周囲にも白い花たちが飾られていた。

指定された席へと座ったアルヴィスは、視線だけを周囲へと巡らせる。どうやらこの場には国賓らの他にも、マラーナ国内の貴族らが参列しているらしい。だが、アルヴィスが視《み》える範囲に王太子であるガリバースの姿は見当たらない。王族が後方にいるとは考えにくい。なので、この場にはいないのだろう。他の王族が参加している可能性もあるが、ガリバース以外の王族となると名前以外の情報は知らないため、この場で探すことは不可能だった。それに他の王族がこの場に居たとしても、ガリバースの不在に対する疑念は拭えない。

「アルヴィス殿、マラーナの王太子殿は一体どうされたのでしょうね。流石《さすが》にここまで姿を現さないとなると、何かしらの意図を感じざるを得ません」

「あまり考えたくないことですが、もしかすると姿を見せられない理由があるのかもしれません」

「なるほど……隠しているのではなく、あえて出てこないということですか。確かにその線もあり得そうです」

そんな話をしていると、聖壇の前に神父が一人現れる。その出《い》で立《た》ちから彼が大司教なのだろう。その後ろにはセリアン宰相が随行していた。

「っ」

「アルヴィス殿?」

そのセリアン宰相と視線が合った瞬間、アルヴィスの胸に痛みが走った。押さえたくなるのを堪《こら》えて身を硬くする。隣に座っていたグレイズには感じ取られたようで、案じるように声を掛けてきた。アルヴィスは目を閉じて深呼吸をすると、もう一度セリアン宰相を見た。それは気のせい、ではない。

「どうかされましたか？」

「いいえ、大丈夫です」

耳のイヤーカフから熱が感じられる。セリアン宰相が何かをしたのか。一体何を。

「……何か、感じられましたか？」

「え？」

声を潜めながらグレイズが問う。神父が何やら祭祀《さいし》を唱えているが、その声は入ってこない。アルヴィスの視線はグレイズへと固定されていた。

「今、宰相の視線がこちらに向けられました。それと関係があるのでしょう？」

「流石に隠せませんね」

「この状況ならば容易に想像が付きます。大丈夫ですか？」

気遣うグレイズに、アルヴィスは曖昧に頷《うなず》いた。虚勢を張ったわけではない。痛みが消えたわけでもない。それでもイヤーカフから伝わる優しい力が、アルヴィスを守ってくれている。だからこそ、アルヴィスはグレイズの言葉に頷けたのだ。

アルヴィスの言葉を確認するかのように、グレイズはじっとアルヴィスを観察した。やがて溜息を吐くと、その視線をセリアン宰相へと移す。

「アルヴィス殿、かの宰相は本当にセリアン殿でしょうか？」

予想外の言葉に、アルヴィスは言葉を発せられなかった。彼がシーノルド・セリアンではない。そのような考えなど浮かばなかった。

「私は、以前にも宰相にお会いしたことがあります。遠目ではありますが、どうにもちぐはぐな感じがするのです」

アルヴィスがシーノルド・セリアンと会ったのは二回目。一度の対面だったが、その時との差異は見受けられない。

「グレイズ殿は、彼が別人のように見えると？」

「勘違いかもしれません。ただ、何というか不気味なのです。すみません、このようなことしか言えず」

「いいえ」

グレイズには珍しく言葉を濁す。研究すると周りが見えなくなるほどの研究好きな彼は、何事も特定しなければ気が済まない性分をしている。その彼が確証もなく、このような発言をするのは珍しいことだ。短い付き合いだが、リヒトと同じ気質をしている彼だ。研究者として曖昧な言葉を使うことは避けているだろうに。

二人で小さく会話をしているうちに儀式は滞りなく進んでいく。やがて祭祀が終わり、棺の前にセリアン宰相が立つと両手を広げる動作を見せる。そして掲げた両手を組みながら両手を下げると、その動きに合わせるように膝を折って頭を下げた。アルヴィスたちも両手を組み、祈りを捧《ささ》げる。

マラーナ国王とは面識はない。病床に就いたまま命を落としたというマラーナ国王。それが安らかなものであったならばいい。たとえ、その眠りが誰にもたらされたとしても。せめてそのくらいは願いたい。アルヴィスはそう願いながら目を閉じた。

祈りを捧げ終えた後は棺を見送るのだが、その前に棺へ花を手向ける。他の国賓らの後について、アルヴィスも花を手向けた。去る前に棺へ向けて頭を下げれば、下からふわりと風が起こり花の香が届く。アルヴィスが手向けた花の香か、それとも……。

例の件もあって匂い自体に敏感になっているからか、どうしても警戒してしまう。如何《いか》に事前に解毒薬を飲んでいるとはいえ、あまり身体《からだ》に入れない方がいい。しかし流石にこの場でマナを使うわけにはいかない。出来ることは、なるべく早く退散することだ。

祈りの間から出たアルヴィスは、国賓と横並びになる。そうして出てきた棺を見送った。これで来賓としての役割は終わりだ。この後は、墓所に埋葬されるとのこと。墓所への立ち合いも可能だが、そこまでする予定はない。

「皆様、我が主《あるじ》のため祈りを捧げていただきありがとうございました」

棺の後に続いて出てきたセリアン宰相が、アルヴィスらに向かって頭を下げる。そして再び頭を上げると、全員の顔を見回しながら口元に笑みを作った。

「つきましては、宴の間にてお食事を用意してありますので、どうぞごゆっくりとお寛《くつろ》ぎくださいませ」

キーン。宰相の言葉に続いて、耳鳴りが届いた。背中を冷や汗が伝うとともに、酷《ひど》い寒気がアルヴィスを襲う。震えそうになる身体を抑えながら何度か深呼吸を繰り返した。

「っ……はぁ」

多少落ち着いたが、寒気はまだ残っている。これが意味するところが何か。やはりあの花の匂いのようなものは、カリアンヌ王女が使ったものと同様の効果があるもの。であれば、解毒薬を服用したアルヴィスとグレイズはともかくとして、他の来賓たちはその術中にはまっていることとなる。まさか、このような人が大勢いる場所で、それも来賓たちを巻き込んで仕掛けてくるとは思わなかった。アルヴィスを狙っていると聞いていたから、その周囲を警戒していたのだ。念のためとグレイズにも飲んでもらっていたものの、それが現実に必要になるとまでは考えなかった。

「くっ」

「アルヴィス殿、大丈夫ですか?」

白い顔を見せたのはグレイズだ。額に汗が滲《にじ》んでいる。彼もなんとか落ち着きを取り戻したといったところか。

「なんとか……グレイズ殿は?」

「私も問題ありません。多少、気分は悪いですが、それでも彼らよりは」

他の来賓たちの様子を見るに、不快感を抱いているようには見えない。何の疑問も抱かずにセリアン宰相について行っている。彼らは既に巻き込まれている。それが確定したのだ。

「彼らをも巻き込むなどと、これが一国の宰相のすることか……」

狙うならば真正面からアルヴィスだけを狙えばいい。何の関係もない彼らを巻き込んで何の意味があるのか。アルヴィスは怒りを抑えるために、拳を力いっぱい握りしめる。今はそれを顔に出すことはできない。そう見せるしかできないのだ。この場にいるのが他国の重鎮たちである以上、下手に動けば危険は彼らにも及ぶ。この先、どう動くべきか。思案していると、肩に手を置かれた。グレイズだ。

「アルヴィス殿……まずは行きましょう。これ以上は怪しまれます」

「そうですね」

輪から離れるような行動は出来ない。アルヴィスは目を閉じると、心の中でウォズの名を呼んだ。

(ウォズ、聞こえるか?)

『……こえ、る』

聖堂の中にいる影響なのか、ウォズの声が聞き取りにくい。女神の加護が届きにくい場所と言っていたことが原因だろうか。今のような状態ならば、ウォズが飛び出してくるはず。だがそれがない。つまり、できない状態ともいえる。

(ディンの下へ、俺は身動きが取れない)

『神……そ、は……』

駄目なようだ。ウォズが何を言いたいのかが伝わってこない。何故《なぜ》なのかはわからない。アルヴィスは懐に入れていた小袋の中身をのぞいてみた。すると、中身の石全てが真っ黒に染まっている。

「アルヴィス殿、それ――」

「どうやら、相手の方が一枚上手だったようです」

ウォズとのコンタクトは取れない。だが、ウォズならば何かを感じ取っただろう。ディンたちに伝えてくれるはずだ。メルティの力を受けた石も全て色を変えた。それが意味するところは、この先頼れるのは己だけだということ。

(エリナ……)

セリアン宰相の背中に続く来賓たちの最後尾を歩きながら、アルヴィスは胸元のペンダントを握りしめた。

セリアン宰相に案内された場所は、広々としたサロンだった。恐らく王城にも引けを取らない。指示された通りに座る。アルヴィスとグレイズはここでも隣席だったが、アルヴィスの左側にはセリアン宰相が座ってしまった。それでも異議を唱えることは出来ない。彼の思惑に乗るしかないのだから。

本当ならば、食事を摂《と》ることも避けたい。目の前に提供されたものが、安全である保証は一切ない。むしろ毒が入っていた方がまだマシだ。これを聞けばリヒトにまた呆《あき》れられてしまうだろう。

『これは事前に飲んでおくことである程度予防は出来ます。ただ、長時間の摂取においては確実に避けられるとは言い切れません。殿下、万が一そういった状況に陥ってしまった場合は……』

『場合は……？』

『より強い意志を持つことのみ。ご自身との闘いだと、お考え下さい』

特師医の言葉が脳裏に浮かぶ。どれほど強い薬であろうと、香であろうと強く意志を持つこと。最後は、結局人の力なのだと特師医が言っていた。綱渡りのような状況だが、アルヴィスは絶対に屈することは出来ない。

「アルヴィス王太子殿下、お口に合いませんでしょうか？」

「いえ、そういうことは。あまり食欲がないだけですから」

手が止まっていたことを指摘された。放っておいてほしい。けれども宰相はホスト側として無難な言葉を選びつつ、アルヴィスに料理を勧める。

「そうですか。ではこちらもいかがでしょう？　陛下がよく好まれていた料理で、マラーナでは平民の間でもよく食されているものなのですよ」

国王が好んでいた料理。断りにくいセリフでアルヴィスを誘導してくる。アルヴィスが口にするのを確認すると、同じようにグレイズや他の国賓にも食事を促していった。勧められた料理以外は口にしないとしたが、それなりに勧められてしまった。ようやく監視のような視線が離れて、手を止める。正面に居る恰幅《かっぷく》のよい男性は完食していたが、少し目の色が淀《よど》んで見えた。きっと、はた目にはアルヴィスも似たようなものに見えているのかもしれない。手足の感覚が鈍い、そんな気がするからだ。

「良い頃合のようですので、皆様に見ていただきたいものがございます。どうか、ご同行願いますよ。お立ち下さい」

口元に弧を描きながらセリアン宰相が立ち上がる。彼の言葉に従うかのように、皆が一斉に立ち上がった。アルヴィスもそれに倣う。セリアン宰相が背中を見せたところで、アルヴィスは不快な感覚を晴らそうとしたが、片腕を引っ張られることで集中力を切らす。

「やめた方がよさそうですよ」

「グレイズ、どの」

「……私はアルヴィス殿ほどは勧められませんでしたので、まだ平気です。ですからアルヴィス殿は、ただ意識を持っていかれぬようにだけ努めてください」

「わかりました」

確かにグレイズにはセリアン宰相も強く勧めたりはしなかった。アルヴィスの陰に隠れていたこともあるのだろう。グレイズは先ほどと比べても様相に変化が見られない。むしろ、彼は平常心に近い状態でいる。ならば、今の彼の進言に従った方がいいだろう。アルヴィスは頷いた。

そのままセリアン宰相に従う形で歩いていくと、やがて外に出る。空は既に赤みがかかった夕日で照らされていた。随分と時間が経過していることに驚く。だが予定にない行動をしているというのに、アルヴィスとグレイズ以外の国賓たちには異論を唱える者もいなければ、騒ぐ者もいなかった。

聖堂から離れて森の中へと入る。深くなった森の奥には湖があった。それでこの場所がどこか、アルヴィスは悟る。アンナに頼んで探ってもらっていた場所、王城の奥にある森。今、アルヴィスたちがいるのはそこだろう。湖の前まで来ると、セリアン宰相はようやく立ち止まる。アルヴィスらもそれに合わせて、足を止めた。

「……ようやくここまで来た。陛下……いや、あの愚王を廃してようやく始められる。それだけの地位と力を手に入れるのに、私がどれだけの労力を必要としたか」

雰囲気と口調を変えたセリアン宰相は、湖を前にした途端に肩を震わせる。かと思うと、笑い声が漏れ聞こえてきた。

肩を震わせたまま振り返ったセリアン宰相。その表情は、憎しみに満ちていた。

「この国は、全ての始まりと終わりを背負わされた地。聖国が守っていると見せかけているが、あのようなもので誤魔化されるものか。守っているならば、どうしてマラーナだけが奪われ続けなければならぬ」

彼が話をしていること。それが何か、アルヴィスにはわかった。聖国というのは、聖国スーベニアのこと。それが守っているとみせかけているもの。正確には、あの国の中枢に置かれている像だ。ただ、あれは誤魔化しではない。意味があるものであり、確かに世界を守っているものだ。決してマラーナだけが背負っているわけではない。しかし、反論しようにも身体が動かなかった。

「既にマラーナ王族の血筋など途絶えている。そもそもあれらは偽りの愚王だった。王は神ではない。ただの人だ。だが……貴方《あなた》は違う」

そう話したセリアン宰相が視線を送ったのは、アルヴィスだった。ゾクリと背筋に悪寒が走る。それでも動くことは出来なかった。

「どうしてなのかとずっと思っていた。全てを変えるには、この国の王族を、貴族を滅するだけでいいと。でもそれは否だった。どうしてか？　そう、ルベリアの女神がマラーナに恩恵を授けていなかったからだと知ったからだ。全てはその所為《せい》だと知った。この国が滅ぶのも、私の家族が亡くなったのも全てな」

ゆっくりと近づいてくる姿。それでもアルヴィスの足は動かない。地に張り付けられたかのように、身動き一つ出来ない。その間にもセリアン宰相は近づいてくる。その瞳の片方が赤く光っていた。まるで血塗られたルビーのように。何かがおかしい。この宰相は、本当にシーノルド・セリアン宰相なのだろうか。

「ルベリアの女神は、この大地の豊穣《ほうじょう》の女神。大神の伴侶。その存在が忌み嫌っている国がマラーナだ。ならば、その血を引く者がここにいれば救われる。滅びの道も、その未来も」

「……」

狂気めいた言葉を発するセリアン宰相。やはり違う。これはシーノルド・セリアン宰相ではない。瞳の赤がそれを余計に増幅させている。まるで、彼自身が何かに取り付かれているみたいに。その直感は正しかった。

「待っていたよ。あの人の血を強く引く人間が生まれるのを。力を受け継ぐ人間でもよかったけど、その両方を持つ人間がいたなんて……僕は本当に運がいい。希望なんて、人間には要らない。だから、その力を返してもらう」


宰相の一人称が変わる。と同時に宰相の姿と誰か違う人の形を模したものが視えた。どこか懐かしさを感じるその姿は、にやりと笑みを作る。

「実行するのは僕じゃない。そのために、彼らをここに連れてきたんだから。お前たち、供物を捧げる時間だ」

手を上げて指示を出すと、セリアン宰相らしき人物はそのまま湖から去っていく。その背中を見送りながら、一瞬アルヴィスは気が遠くなるのを感じた。だが、次の瞬間にパシャンと水の音が聞こえる。気づくとアルヴィスは己の周囲が水に囲まれていると理解した。そう、先ほどの水音はアルヴィスが湖に落とされた音だった。

(……エリナ……)

騒ぐでもなく、どこか冷静な頭でアルヴィスはエリナの名を呼ぶ。遠くに見える水面に、グレイズの青ざめた顔を見た気がする。そうしてそのままアルヴィスは目を閉じた。

王太子としての罪

「アルヴィス殿っ!?」

招待した国賓たちの手によって湖の中に落とされたのは、ルベリア王国の王太子であるアルヴィスだった。何かをするとは思っていたが、まさかそこまでの所業をするとは思わなかった。考える余裕はない。ガリバースはそのまま湖の中に飛び込んだ。

この湖の底は深い。いや、底がないと言われている。その様な場所に落とされれば、間違いなく帰ってこられない。だが、彼を死なせるわけにはいかない。沈みゆく姿を追いながら、ガリバースは必死に手を動かす。そうして彼の胸の何かが光るのを見た。気のせいなのか、彼の沈みゆくスピードが落ちた気がする。この機を逃すまいと、ガリバースはアルヴィスの手を取った。

身体《からだ》全体が重たい。更にアルヴィスは意識がない。それでも必死に上へあがろうと足を動かす。すると、アルヴィスの耳の辺りが輝く光を放った。その瞬間、身体が軽くなる。まるでここが水の中ではなく、空を飛んでいるかのような錯覚をおこした。そのままガリバースは水面へと顔を出す。

「がはっ!!」

「王太子っ」

湖の傍《そば》で待っていた男が手を差し出してくれる。彼にアルヴィスの身体を渡して、水の中から押し上げた。ガリバースもなんとか湖から上がる。

「はぁはぁ……」

肩で息をしながら、呼吸を整える。あれほど必死になったのは初めてだ。それでも、これだけは叶《かな》えさせるわけにはいかなかった。

「おい、アルヴィス、どの、は？」

「黙っていてください。いま、やっていますから」

青白い顔をしたアルヴィスは、息をしていなかった。胸の上に乗りながら何度もマッサージを繰り返すのは、ガリバースと共に来た男。その正体は、元王国近衛《このえ》騎士団の団長だ。

「どいてください、人工呼吸をしますから。貴方《あなた》は、マッサージを続けて」

戸惑うガリバースを押しのけて紫色の服の男がアルヴィスの顔に覆いかぶさった。首を動かし上に向けながら、息を吸ってアルヴィスの口から息を吹き込む。何度も何度も繰り返して。

「ぐはっ……はぁはぁ……」

何度か繰り返して、ようやくアルヴィスは水を吐き出してくれた。とりあえずこれで窮地は脱したと言える、と言いたいところだが……。

「それで、貴方はどなたですか？　アルヴィス殿を助けて頂いたことには感謝をしますが、この場に現れたことといい、タイミングが良すぎますよ」

疑いの目を向けた彼に、ガリバースは頭を下げる。

「マラーナ王国第一王子、ガリバースだ。一応、王太子ではある」

「一応、ですか……それにしても随分な変わりよう……本物ですか？」

信じてもらえないのも無理はない。今のガリバースの恰好《かっこう》を見れば、ただの囚人にしか見えないだろうから。薄汚れた服に、くたびれたズボン。どうみても王族には見えない。

「俺は……宰相に殺されかけて、牢《ろう》に投獄されていた」

言葉にするとなんとも空《むな》しい気持ちになる。信じられなかった。どうしてこのような目に遭うのか。突然、私欲に国費を使ったことで罰せられて、牢に入れられた。その後、ここで今死を選ぶか、その時が来るのを待つかの選択を迫られた。不条理だと声高に叫んでも、誰も助けてくれなかった。どうにか牢から出てこられたのは、宰相の行動を怪しんでいた一部の元近衛騎士のお蔭《かげ》だった。今となりにいる男がその一人、ブラウ元近衛騎士団長だ。

彼らに助けられ逃げているうちにここへ出て、宰相たちが現れたことで姿を隠していた。そこへ今の事態が起きたのだ。そう説明すると、グレイズは怪しむ様な視線を向けていた。嘘《うそ》ではないが、疑われても仕方がない。しかし、ガリバースには証明するものが何もない。

「まぁ真偽はまず置いておきましょう。今はそれより優先すべきことがあります」

ぐったりとするアルヴィスの背を起こしながら、彼は厳しい表情を崩さない。

「王太子、ともかく今は」

「あ、あぁ。まずはここから逃げるのが先だ。彼らは？」

彼ら、アルヴィスを落とした国賓たち。どうしてか今は、倒れた状態で放置されている。一体何が起きているのか。ガリバースには全く把握できていない。

「彼らは放っておきます。ここまでのことが起きた以上はどうしようもありません。それよりこの方の安全を確保する方が優先される」

「私が抱えます。この中では一番体力がありますので」

「……お願いします」

暫《しば》し考えたようだが、元近衛騎士団長であるブラウの言葉は間違っていない。直《す》ぐにそう判断した彼の行動は早かった。

ブラウがその腕にアルヴィスを抱き上げる。

「わかった。えっと貴方も出来れば」

「えぇ、当然です。色々と伺いたいこともありますので」

他の連中は置いて、男とアルヴィス、そしてガリバースらはその場から離れることにした。そのまま王城の隠し通路を抜けると、貴族居住区の端にある小さな屋敷へと向かう。

「ここは？」

「……隠れ家だ。妹と共に始末された侍女の元家族が住んでいた、らしい」

始末された妹。そのことを思い出すと、ガリバースは罪悪感に苛《さいな》まれる。あの頃は全くそのようなことを考えていなかった。妹のやったことも知らなかったし、その結果何が起こるのかも理解していなかった。

ガリバースよりも聡明《そうめい》で、己の美貌に自信を持ち、それを誇らしく思っていた妹。アルヴィスの妃《きさき》になるのだと、自信満々だった。そうすれば、ガリバースはエリナを手に入れられると。だが、それは叶わなかった。妹がしでかしたことを聞いた時は、何かの間違いだと思ったし、ガリバースは強く否定した。それでも、アルヴィスとお茶会をすると言った妹を見送ったのが、最後の姿となってしまったのだ。

「カリアンヌ王女、でしたか。賊に、と聞いておりますが」

「それは事実ではない。妹は、宰相に殺された。それに……妹は、ここに住んでいた侍女を盾に逃げようともしていたらしい。最期まで、あいつは……」

今までのガリバースならば、侍女が王女を守るのは当然だと考えていただろう。王族が守られるのは当然で、平民も貴族でさえも駒のように思っていた。

「王太子」

「あ、あぁアルヴィス殿は？」

「ベッドに。とはいっても、ここではあまり衛生的にも良い環境ではありませんから、ただ横にしただけですが」

「……そう、だよな」

鋭い視線を向けられたが、ブラウが手伝ってくれなければ最悪の事態となっていたことは間違いない。ガリバースは頭を下げる。

「ブラウ、手を貸してくれて感謝する」

ブラウから息を呑《の》む音が聞こえた。

「まさか貴方から頭を下げられる日が来るとは思いませんでした」

わかっている。だが、今回ガリバースが牢から出てこられたのはブラウのお蔭だ。そして、遭遇しただけとはいえ、アルヴィスを救うことができたのも。人に頭を下げるなど考えたこともない。しかし、今はそうしなければならない。それだけはわかる。

「頭をお上げください」

「ブラウ」

「まだ貴方を許したわけではありませんが、他国の人間をこの国で傷つけるわけにはいきません。貴方を助けたことにしても、私はただ貴方を助けたいと望んだ部下の想《おも》いを汲《く》んだだけです」

冷たい視線を受けて、思わず怯《ひる》む。それだけブラウからの信用はない。助けてもらっただけで奇跡のようなもの。助けてほしいと望んだという人も、別にガリバースを思ってくれたわけではないと言っていた。この状況で王族が一人もいなくなるのはまずいと考えていただけだと。真にガリバースを想ってくれる人間は、この国にはいない。目頭が熱くなるのを、必死に堪《こら》えた。その資格が、今のガリバースにはないのだ。

「それでも、私を助けてくれたことには違いない。もう私にはその働きに報いることはできないが」

「己惚《うぬぼ》れもほどほどにしてください。誰が貴方にそのようなものをもらいたいと思うのか」

お前が一体何をしたのかわかっているのか。そう問われている気がしていた。

ブラウの職場でもあった近衛騎士団を解体に追い込んだのはガリバースだ。あれは只《ただ》の八つ当たりだった。瘴気《しょうき》が多発し、地方の傭兵《ようへい》団では回らなくなっているところから要請が来て、独断でそこに向かおうとしたから。自分の意に沿わない、勝手なことをする近衛なら不要だと、団長を解雇した。すると一人、また一人と去ってしまい、組織として維持できなくなった。

「私は何も、あの時は何も知らなかったんだ。本当に、知らなかった……」

全て宰相に任せればいい。彼が国を動かしていると言われても、気にもならなかった。それで構わないと。妹の件の事実を知り、己にその刃《やいば》が向くまでは。

「王太子という立場にありながら、知らぬというのは罪です。そのような戯言《たわごと》、通じると思っているのは貴方だけですがね」

「……そ、うだな。私は本当に愚かだ。知らぬままでいいと言われ、それを鵜呑《うの》みにし、言われるがままに行動した結果、妹と父を失った。何も考えたことなどなかった」

考える必要はない。全て任せればいい。できるのは、精々金をばらまくこと。そうすることで貴族たちの目を引き、楽しませること。それが王太子としての役目だと言われた。ただただ言われるがまま、己の望みが全て叶うことが当然だと。

「なるほど、確かにマラーナ王国の王太子は愚者だったのですね」

ここまで口を閉ざしていた男が納得したように頷《うなず》いた。そういえば彼は一体誰だろうか。アルヴィスと親しいように見えたが。

「お前は、一体誰なんだ？」

「……世の中の全てが貴方の知る世界ではないのですよ、王太子殿。それにしても……昨年のルベリア王国で開かれた建国祭に、共に出席していたはずなのですがね。覚えられていないというのは、流石《さすが》に心外です」

昨年のルベリア王国の建国祭は、多数の諸外国から王族も参加していた。その中の一人らしい。だがガリバースに見覚えはない。建国祭での記憶といえば、アルヴィスにエリナを奪われたことと、マグリアに嫌みを言われたこと。後は妹のことくらいだ。

本当に困惑していることがわかったのか、彼は呆《あき》れた様に溜息《ためいき》を吐《つ》いた。

「本当に覚えておられないとは……致し方ありません。ここでは一応協力者ということで、改めて名乗らせていただきましょう」

その瞬間、彼が纏《まと》う気配が凛《りん》としたものに変わる。アルヴィスとはまた違う、風格のようなものを感じた。

「ザーナ帝国皇太子、グレイズ・リィン・ザイフォードと申します。今後はお忘れなきように頼みますよ」

妃の身に起きたコト

それはあまりに突然だった。来賓の出迎えを終えたエリナが執務室へ向かおうと歩き出した瞬間、お腹《なか》から鋭い痛みを感じ蹲《うずくま》ってしまう。

「っ」

「エリナ様っ!?」

「妃殿下!? すぐに特師医様をお呼びします!!」

慌てて出ていくミューゼの姿が視界に入る。だが、その姿が消える前にエリナは瞼《まぶた》を閉じてしまった。

次に目を覚ました時、エリナはベッドの上で横になっていた。隣には、好々爺《こうこうや》然としたフォラン特師医がいる。

「フォラン様……」

「お目覚めになられましたか、妃殿下。ご気分はどうですかな?」

そう尋ねられてから、エリナは体調を確認する。気分は悪くない。お腹も、先ほどの痛みが嘘《うそ》のように引いている。問題なく起き上がれそうだった。

「はい、特に問題はありません」

「そう、ですか」

問題はないと告げたが、フォランの表情は優れなかった。それは却《かえ》って不安を煽《あお》る。エリナは、恐る恐る尋ねてみる。

「どうか、されたのですか？　もしやこの子に何か……」

「いえいえ。順調でございますゆえ、そのご心配はありませぬよ。ただ、少々お尋ねしたいのですが、何故《なぜ》お倒れになられたのかお聞かせ願えますかな？」

どうして倒れてしまったのか。エリナは、お腹に痛みを感じたことを説明する。すると、どういった具合だったのか詳しいことを教えて欲しいと言われた。でも、エリナにはそれ以上の説明をすることはできなかった。

「申し訳ありません、フォラン様」

「いいえ、妃殿下も建国祭の準備と本日のお出迎えとで、お疲れだったのでしょう。母子ともに健康ですからお気になさらぬよう」

確かに疲れが出たと言われてしまえば、そうかもしれないと思う。緊張していたこともあるのだろう。アルヴィスの代わりに頑張らなければならないと。

「あ……でも、あの時少しだけ」

「何か、気づかれたことでも？」

「……ほんの少しですが、お腹が熱かったような気も、します」

気のせいかもしれない。ただ改めて思うと、痛みを感じる前にそんな感覚があったような気がする。本当に気のせいかもしれないと念押しして、フォランへと伝えた。すると、フォランの表情が強張《こわば》る。だが彼は直《す》ぐに頭を横に振った。一体どうしたのかと怪訝《けげん》そうにフォランを見ていると、フォランはいつものように目元に皺《しわ》を寄せて笑みを向けてくれる。

「お子のマナのお力かもしれません。王太子殿下の子ですから、その力も大きいのでしょう。お子が母である妃殿下を守っているという証《あかし》でしょうな」

「そうだと嬉《うれ》しいです。ありがとうございます」

エリナの技量では、マナの大きさや強さを感じることは出来ない。ただアルヴィスは違う。その力を継ぐ子なのだから、きっとフォランの言う通り強い子が生まれるのだろう。エリナは優しく撫《な》でるようにお腹に触れる。

「建国祭のパーティーでは、あまり動き回らぬ方が宜《よろ》しいでしょうな。王女殿下とご一緒と伺いましたが」

「はい、リティーヌ様と共に動く予定です」

初めて王太子妃として参加する建国祭。だが、隣にいるはずのアルヴィスは不在だ。アルヴィスの代わりというのは大役ではあるものの、一人ではない。リティーヌが傍《そば》にいてくれるし、アルヴィスの侍従であるエドワルドもついてくれるという。そのことについて不安はない。

国民への顔見せと来賓の出迎えは終わった。本日はパーティーを残すのみ。それを終えれば、ひとまず安心できる。

「承知しました。何かありましたら、いつでもお呼びくだされ」

「わかりました。宜しくお願いします」

フォランが退出すると、傍に控えていたサラたちが安堵《あんど》したような表情を見せる。突然のことだったので、随分と心配させてしまったのだろう。

「心配をさせてしまってごめんなさい」

「いいえ、エリナ様。何事もなくて良かったです」

「えぇ、そうね……」

「エリナ様？」

良かった。それはエリナも同じだ。ただ、倒れる時の状況を伝えた時にフォランが見せた行動が少し気になる。フォランの中で解決したのか、何も言わなかった。言わなかったということは、言う必要性がなかったのだろう。だから気にすることではないのかもしれない。

『エリナ』

「……アルヴィス様？」

ハッとして、エリナは窓の外を見た。声が聞こえた気がしたのだ。アルヴィスがエリナを呼ぶ声が。今頃、アルヴィスはマラーナ王国で国葬に参加し終え帰路に就いた頃だろうか。それでも帰還はもう少し時間がかかる。会うことができるのはもう少し先だ。

「どうかされたのですか？」

「いいえ、アルヴィス様の声が聞こえた気がして……気のせいだとわかってはいるのだけれど」

「お寂しい、ですよね」

「……えぇ」

与えられた執務をして、リティーヌと話をして忙しい日々を過ごしている。否、忙しくしようとしているのだ。そうでなければ、きっと意識してしまうから。いないということを改めて突き付けられてしまうから。考えないように過ごしていれば、きっと日々はあっという間に過ぎていく。その方が、会える日が早く訪れる。そんな風にして、エリナは逸《はや》る気持ちに、募る想《おも》いに耐えていた。

「早くお戻りになられると良いですね」

「そうね」

「エリナ様、そろそろパーティーの準備を致しましょう」

特師医から許可は下りた。今夜のパーティーにも参加できる。無理は禁物だが、それでもエリナは参加したかった。身に着けるドレスは、事前にアルヴィスが用意してくれたもの。アルヴィスの色である水色を使ったドレスだ。この色を纏《まと》うと不思議と力が湧いてくる。見守っていてくれる気がするからだろうか。とは言っても、これはただエリナが勝手に思っているだけだろう。

「頑張りますね、アルヴィス様」

◆◆◆

一方、エリナの部屋から退出したフォランは、王太子宮のエントランスに控えていたエドワルドに声を掛ける。

「フォラン特師医様」

「侍従殿、至急確認をしていただきたい」

「……何でしょうか?」

「王太子殿下が無事であるかどうかを」

フォランの言葉にエドワルドが絶句した。己が一体何を言われているのかがわからない。そんな困惑が見て取れたのか、フォランはその腕を強く握った。その痛みでエドワルドが我に返る。

「無事であるとは思うのじゃが……だが、何か良からぬことが起きた。そんな気がするのでな」

「何故、そう思われるのですか?」

エドワルドの声は震えていた。努めて冷静であろうとはする。ここで取り乱すことは出来ないのだから。そんなエドワルドの様子に、フォランは強く頷《うなず》く。そして声を潜めるようにして、エドワルドに告げた。

「妃殿下のお腹の子……そのマナの力が膨れ上がった。妃殿下が気を失うほどに影響を受けた」

「それは一体どうして――」

「子は本能的な生き物でな。ここからは過去の結果に基づいた老いぼれの推測も混じるのじゃが……」

フォランは説明する。エリナからの話を聞いただけであり、確定ではない。けれど、時として妊婦の場合に起こるある事象が、エリナにも起きている可能性がある。子が親の危機を感じ取る第六感的な力を持っているというものだ。ただ、それは母親に対するものが多い。父親に対してもそれが生じる場合は、本当に稀《まれ》な事象らしい。少なくともフォランが診てきた中で、それが起こったことはない。

フォランが診察した上で、エリナに危機的状況は見て取れない。だが、お腹の子のマナが強まったのは事実。暴走とまではいかないまでも、何かしらの事象を子が本能的に感じ取った。恐らく母親であるエリナにそれを伝えようとしたのではないか。フォランはそう推測した。そしてその何かの事象というのは、恐らく父親であるアルヴィスに対するものではないかと。

「子は話すことは出来ぬし、自我があるわけでもない。何が起きたかも知っているわけではないじゃろう。ただ本能で何かを察しただけ、と思っておる」

「アルヴィス様……」

「まだ未確定の段階で、今の妃殿下にお伝えするのは酷とは思うのじゃが、その先の判断は侍従殿にお任せしよう」

「承知しました。お教えくださり、ありがとうございます。直ぐにでも確認をいたします」

エドワルドの答えを聞いて、フォランは難しい表情をしたまま去っていく。その後ろ姿を半ば呆《ぼう》然《ぜん》と眺めた。

「ハスワーク卿《きょう》」

「っ」

突然声を掛けられハッとする。見下ろせば、王太子宮に滞在中のハーバラが隣に立っていた。

「申し訳ございません、先ほどのお話が聞こえてきまして……」

「……そうでしたか」

フォランもエドワルドも、多少焦っていたのだろう。ハーバラが近くにいることを気づけなかった。こればかりは仕方ない。エドワルドも冷静でいるようにと言い聞かせるが、それでも不安が過《よぎ》ってしまう。

「アルヴィス様……」

「大丈夫ですわ」

不安な声が漏れてしまったエドワルドに、ハーバラはその背中に手を回すとそのまま抱き着いた。

「王太子殿下は無事ですわ。エリナ様のために、絶対に無事で戻ってきます。ですから、私たちはそれを信じて、エリナ様をお支えいたしましょう」

「ハーバラ様」

言い聞かせるようにハーバラは一つ一つの言葉を丁寧に伝える。絶対に大丈夫だと。その通りだ。

エドワルドが信じなくてどうする。

「ありがとうございます。少々取り乱してしまいました」

「お役に立てて光栄です。それに、確認するならば私もお手伝いいたします」

「ハーバラ様?」

「これでも色々な情報網を持っていますから。まずは兄に伝えましょう。きっと直ぐに動いてくれるはずですわ。他ならぬご友人のことですから」

ハーバラの兄であるシオディランは、アルヴィスの友人。確かに彼ならばすぐに動いてくれそうだ。エドワルドも伝手《つて》を使って動こうと思っていたが、下手に動けば周囲に知られてしまう可能性がある。

「お願いします」

「お任せくださいませ!」

今宵《こよい》は建国祭のパーティー。そこにシオディランも参加する予定だ。エリナにも、他の人たちにも怪しまれず、自然に伝えられる場所。そこでコンタクトを取ることとなった。

目覚めの時

落とされた。アルヴィスがそう気が付いた時には、既にその中に在った。目的が何かは未《いま》だ定かではない。力を返せと言っていたが、女神の力をということだろうか。それがここへ落とすことと何が繋《つな》がるのかがわからない。それに彼は一体誰だ。考えることは出来るのに、身体《からだ》が動かなかった。

『アルヴィス様』

水の中にいるアルヴィスの目の前に、微笑《ほほえ》むエリナの姿が見えた。水面は随分上に見える。その中に居て、エリナの紅の髪色がよく映えていた。王城を出てから数日、これほど長い間離れていたのは結婚してからは初めてのことだ。だからなのだろうか。焦がれるように手を伸ばしていた。

『私の想《おも》いはずっとお傍《そば》に』

(あぁ……わかっている。だから俺は、ここで終わるわけにはいかない……)

胸の中に温かいものを感じる。エリナから贈られたペンダント。そこに込められた祈りを決して違《たが》えてはならない。目を閉じると、全身が力に包まれていくのを感じた。エリナではないマナの気配。恐らくこれはメルティのもの。

(敵《かな》わないな……魔女殿……)

意識が闇に沈みながらも、アルヴィスはその手に何かを摑《つか》む。小さなそれは温かくて、どこか見覚えのあるような力だった。

『――』

何か声のようなものが届いた気がする。だがそれを認識する前に、アルヴィスの意識は完全に落ちてしまうのだった。

ふとアルヴィスは眩《まぶ》しい光を感じて、重たい瞼《まぶた》を開ける。

「…………」

何度か瞬《まばた》きを繰り返し、漸《ようや》く自分の置かれた状況を認識した。カーテンが引かれた一室の簡易なベッドに寝かされていたらしい。身体を起こすと、アルヴィスは自分の衣服が替えられていることに気づく。誰かが着替えさせてくれたのだろう。簡素なシャツ一枚とズボン。どれもアルヴィスのものではない。

そんな確認をしていると、ガチャリと扉が開く音が届いた。アルヴィスは入口へと顔を向ける。

「アルヴィス殿、お目覚めになられたのですね」

「……グレイズ殿？」

そこに立っていたのは、帝国皇太子のグレイズだった。上着を脱いではいるが、彼は正装のままだ。上着一枚ないだけで随分と印象は変わる。

「ご気分はいかがですか？」

問われてからアルヴィスは己の体調を確認する。水の中に落ちたはずなのに、倦怠感《けんたいかん》もないし、どこか怪我《けが》をしたということもない。

「いえ、特にこれということは」

「そうですか」

問うてきたグレイズの方が、よほど疲労感が見える。長髪を後ろで一つに束ね、グレイズはベッドの傍に置いてあった椅子へと腰を下ろした。

「何が起きたかは覚えていますか？」

「えぇ」

「私はアルヴィス殿のお陰《かげ》で、特に影響もありませんでした。感謝します。ですが私は何もできませんでした」

グレイズは只《ただ》一人、終始平常心を保っていた。アルヴィスの隣席に座っていたが、宰相がグレイズに目を向けることがほとんどなかったこともあり、あまり食事には手を付けずにいられたと言っていた。そのために影響も少なかったのだろう。しかし、そのような状況にありながらもグレイズは手を差し伸べることができなかった。落ちていくのを見ていることしか出来なかった。グレイズは深々と頭を下げる。

「本当に申し訳ありませんでした」

「グレイズ殿」

グレイズの所為《せい》ではない。むしろ動かないことこそ正解だ。あの場でグレイズが動いていれば、アルヴィスと同様に落とされていた可能性がある。事前に色々と用意していたアルヴィスだからこそ助かったのだ。グレイズならば、確実に命を落としていた。

「あの場では、あれ以上の行動を起こすことは難しかった。致し方なかったというべきでしょう」

「アルヴィス殿、しかし――」

「私だからこそ、恐らく戻って来られたのだと思います。たくさんの人の想いに守られてしまいましたが」

特師医の解毒薬に、メルティの力。そしてエリナの想い。どれ一つなくても、アルヴィスの生還は叶《かな》わなかった。そして傍にいたグレイズという友人の存在もその一つだ。

「知る者が共にいることだけでも、私は十分心強かった。だから感謝するのは私の方です。ありがとうございます、グレイズ殿」

「アルヴィス殿……全く貴方《あなた》という人は」

力ない笑みを浮かべたグレイズは、アルヴィスの前に右手を差し出した。

「では、この先も協力をお願いしますよ、アルヴィス。ついでに宰相殿にも退場していただきましょう」

呼び捨てにされたことで、アルヴィスは目を瞬《またた》く。当人であるグレイズはどこか決意を秘めた表情をしていた。セリアン宰相を退場させる。他国の人間としては内政干渉に値することだが、そのようなことは言っていられない。既にグレイズもアルヴィスも当事者だ。

「あぁ、これからも頼むよ、グレイズ」

「えぇもちろんです」

差し出された手を握り返す。これから先どう動くか、話し合わなければならない。だがその目的は一致した。マラーナをこのままにしてはおけない。あの宰相が誰であろうとも、宰相から降りてもらう。国としての形を維持できるかも危うくなるだろう。それだけのことをしたのだ。下手な遠慮は不要だ。

グレイズはアルヴィスのベッドへと腰を掛けて考えるように顎に手を添えた。

「まずは、来賓たちの状況ですが」

「あの後、彼らはどうなった？」

知り合いも巻き込まれている。ある種の洗脳状態にあったのは間違いないが、その記憶があるかどうか。記憶があろうともなかろうとも、彼らが行ったのは他国の王太子暗殺だが、その事実確認はしておきたい。

「放心状態となった後は私もあまり見ていませんね。宰相がいなくなった後で、私も身体が動きましたので、アルヴィスを助けるのに必死でしたから」

「そうか……」

「あの場を去る時には全員が倒れていたので、私が動けるようになったのと同時期に拘束は解除さ

れた、と見るべきでしょう」

アルヴィスとグレイズとは違い普通に食事を楽しんでいた彼らは、深く影響を受けていたと考えられる。それが解けて崩れ落ちた。今は、元の状態に戻ったのだろうか。

「摂取しなければどれくらいで元に戻るかわかりますか？」

「……俺は数時間かかった。ただ量的には多くない。ならば、それなりに時間はかかりそうだが」

あれから一夜が明けた。その後の動きはまだない。アルヴィスが救出されたことも、まだ気づいていない可能性もある。

「もし暗殺されたとでも公表されれば、どうなるかは考えるに容易《たやす》いですね。もし影響が抜けていないというのでしたら、始末するのも簡単です」

「あぁ」

証拠の隠滅ではないが、来賓たちは間違いなく殺される。現状を知るディンやリヒトたちを含めた関係者も巻き込まれるかもしれない。それは本当に最悪の事態だ。

「城に戻りたいが、問題はどうやって戻るか、だな」

まず先にすることは、身内の安全確認だ。次に来賓たち。マラーナ側で信頼できる人間はいない以上、まず味方同士で情報を共有しておきたい。そこでふと思う。ここは一体どこだろうと。王城の一角ではないのは間違いない。窓の外から見える景色が街中だということを証明している。では貴族街か。それとも……。

「お伝えするのを忘れていました。ここは貴族街の端にある屋敷だそうです」

「貴族の屋敷？　それにしては」

「えぇ、手入れもされていませんし、既に家人もいません」

聞けば、ここはカリアンヌ王女の元使用人の実家だったらしい。既に家人も含めて亡くなっている。王女と共に処分されたということだった。

「……そうか」

「聞くだけで嫌な気分になりますね。現実はもっと酷《むご》いようですが……」

カリアンヌ王女の処分について、他国の人間であるアルヴィスにはどうすることもできないことだ。王女が処されることはわかっていた。しかし、その使用人やその親類にまで影響が及んでいた。ここはそういう国なのだ。アルヴィスは目を伏せて、祈りを捧《ささ》げる。せめて、女神の下で安らかに眠っていることを願うことくらいしかできない。

「それでここを案内したのは？」

そこまで聞けば何となく予想はできる。ただ彼がアルヴィスを助ける理由がわからない。家人亡き屋敷なので、他人が利用することもあり得る。しかし、亡くなった理由が理由だけに、普通の人ならば近寄ることはしないだろう。

「ご想像の通りだと思いますよ。ガリバース殿です。湖の中から助けたのも、ここへ案内をしたのも」

「……でもどうして」

「そこまではわかりません。彼からすれば、恋敵でしょうし」

エリナに恋慕していたガリバース。アルヴィスを助ける理由などない。逆にいなくなれば、とでも考えそうだ。それを覆すような出来事があったのだろうか。

「本人に聞いてみるしかない、か」

「えぇ」

そのような機会があるかどうかは置いておいて。感謝だけは伝えたい。

「登場のタイミングといい、疑いたくもなる状況でしたが、言ってしまえば彼にそのような策略はできません。なので白だとは思います」

疑惑を払ったのが、彼の挙動によるものだとすれば皮肉だ。しかし、彼は建国祭でもそういう態度だった。カリアンヌ王女と違って、王族として相応《ふさわ》しいとは言えない。あのエリナでさえ呆《あき》れていたほどだ。

「この国で他国の王族を死なせることはできない。そう思ったのかもしれませんね。一応はまだ王族の身と言っていましたが、牢《ろう》に入れられていたことから推測するに、既に廃嫡されている可能性も否定できませんが」

牢に入れられていた。だから国葬には参加しなかった。その理由を聞けば、あり得る事情だと少しだけ納得してしまった。実際に、政務に参加することなく遊び惚《ほう》けていたのであれば、廃嫡されても文句は言えない。

「そのガリバース殿はどこに？」

「元近衛《このえ》騎士団長のブラウという方と共に、情報を集めるため市井へ出ています。朝方には戻ると言っていましたが」

まだ戻ってきていないらしい。屋敷の中を確認してくるかと、ベッドから起き上がったその時、窓際から気配を感じた。アルヴィスは反射的に窓際から離れ、姿勢を低くして戦闘態勢を取った。

「アルヴィス？」

「……この気配」

ベッドの上には投げナイフ、ではなくナイフを模した玩具《おもちゃ》が置かれていた。当たっても多少痛い程度でしかない代物。窓を見れば、ワンピース姿をしたアンナが部屋の中を覗《のぞ》き込んでいる。

「流石《さすが》殿下です。うまく避《よ》けられましたね」

窓を開けて、軽やかに室内へと入ってきたアンナは、ベッドに置かれた玩具を回収した。

「殺気を纏《まと》わせるのはやめてくれ、アンナ」

「殿下が動けるのか否かを確かめるには、手っ取り早いと思ったのですよ」

「全く……」

立ち上がってアルヴィスはベッドに腰を掛けた。ふとグレイズを見れば、呆気《あっけ》にとられたような顔をしている。

「グレイズ、彼女は俺の侍女なんだ」

「そ、うなのですか。申し訳ありません、武芸一般は不得手なので」

「申し遅れました。アルヴィス殿下の専属侍女をしております、アンナ・フィールと申します。そして殿下……」

グレイズへ挨拶をすると、アンナはアルヴィスの近くへ移動し、その場に膝を突いて頭を下げる。

「ご無事で何よりでした。本当に……報告をもらった時は、流石の私も動揺しましたよ」

「心配をかけてすまなかった」

いつもとは違い、アンナはゆっくりと首を横に振った。グレイズが傍にいるからなのか。アルヴィスと対峙《たいじ》している時は、大抵飄々《ひょうひょう》としていることが多いから、余計にその態度が気にかかる。

「アンナ？」

「いえ、何でもありません。あの子が、殿下の気配が消えたと怯《おび》えていました。ですが、殿下の気配が感じられたと、慌ててこちらに参ったのです」

アンナが突然現れた理由。どうしてこの場がわかったのか。それは、ウォズの存在だったらしい。

「ウォズ……」

『みこ』

アンナの肩の上に乗る淡い光。発行している姿はアルヴィス以外には見えない。ゆっくりとウォズがアルヴィスの膝の上へと移動した。

「すまない。何も、伝えられずに」

『神子《みこ》の声が聞こえなくなった時、我は怖かった。こうして神子の声が戻ってきたことが嬉《うれ》しい』

「あぁ」

ウォズを抱き上げると、アルヴィスは己の肩の上に乗せた。そのまま頭を撫《な》でる。

「お前がここにいないと、俺も寂しい」

『我もだ』

国葬が始まった時から、ウォズを傍に感じることはできなかった。いつでも傍に居る。本当にいることが当たり前の存在となってしまったのだと、強く感じた。

「あの……一体何が」

一方で一人状況がわからないのはグレイズだ。どう説明すればいいか。いや、グレイズなら嬉々《きき》として受け入れるだろう。

「ウォズ、グレイズに姿を見せてくれ」

『仕方あるまい』

光が収まる。これでグレイズにもウォズの姿が見えるはずだ。ウォズがグレイズの前に姿を現したのは二度目。一度目の時は、昏倒《こんとう》させてしまったので覚えていないだろうけれど。

「こ、これは狼《おおかみ》、でしょうか?」

『我は女神の眷属《けんぞく》であり、神子の傍に在るものだ』

「もしかして、これがアルヴィスの持つ加護の力の一つだと？」

以前もグレイズに尋ねられた。加護を得たことによる変化はないのかと。あの時は曖昧に答えるだけで、明確な言葉を告げるのを避けた。しかし、今はもうその必要はない。

「加護が何かはまだはっきりとわかったわけじゃない。だが、ウォズがルシオラが遣わした存在だというのは確かだ」

「なるほど。もしかして、ずっと傍に？」

「いや、国葬が始まってからは近くにいなかった。声もほとんど聞き取れなかったが」

『……阻まれたのだ』

ウォズはいつものように、姿を隠したままアルヴィスの傍に居るつもりだった。だが、大聖堂の中で突然追い出されてしまったという。

「説明できるか？」

『我にもよくわからぬ』

追い出されたことで、直《す》ぐにウォズはアルヴィスへと呼びかけたらしい。だが、その声はアルヴィスに届いていない。その後、アルヴィスから呼び掛けた時も、途切れ途切れで何を言っているのかわからなかった。

「……あの時言っていた。この国は女神の加護、その恩恵を受けられなかった。だから、その力を返せと」

『返せ、だと』

「あぁ」

アルヴィスへ向けて、供物だなんだと言っていたが、目的はルシオラの力を持つ者。アルヴィスは子孫でもあるため、贄《にえ》としてより相応しかったと言いたかったのだろう。

『女神の力が届かぬ地。我が弾《はじ》かれたのはそのためか？』

「わからない。今は大丈夫、なんだよな？」

『……神子の傍にいるゆえ、問題はない。離れている間はそうではなかったが』

「え？」

ウォズは眷属として存在しているが、マナそのものでもある。形を取れないほど、消耗していたらしい。それでも、何とかマナをかき集めてアンナを連れてきたということだ。

『我一人より、その方がいいと判断した』

「そうか」

アルヴィスは再びウォズの頭を撫でる。そのような状態でアンナに事を伝えるのは難しかったはずだ。それでもアンナを連れてきたのは、アルヴィスの無事を人間へと知らせるために他ならない。

「ありがとう」

『……神子、我は暫《しば》し力を溜《た》める。このままでは神子の助けとなれぬ』

「わかった」

そう言うとウォズは姿を消した。しかしその気配は傍にある。それがわかるだけで十分だ。

「アルヴィス殿下、レオイアドゥール卿《きょう》たちにも無事は知らせてあります。ただ……」

「何かあったのか？」

「アルスター殿は昨夜のうちに、貴賓室から飛び出してしまったようなので……詳細はわかりません」

リヒトが単独行動をしている。アルヴィスとグレイズは顔を見合せた。リヒトとグレイズはアルヴィスを通じ、顔を合わせている。研究者同士という意味では気の合う間柄という感じだ。

「彼が……」

「あいつ、一体何を考えて」

「アルヴィス殿下の無事を知らせようにも、彼がどこにいるのかわかりません。それより私は殿下の方が優先ですから」

専属侍女としても影としても当然の行動。リヒトはアンナにとって守る対象ではない。わかっている。黙っていられるわけがない。それでもリヒトのために行動を起こすことができないのが歯がゆかった。

「あの馬鹿がっ」

無謀にもほどがある。天才と馬鹿は紙一重というが、この場合は後者だ。せめてディンたちと共に居てくれたら、それだけで良かった。悪態をつきながら、アルヴィスは考える。リヒトならば、ありとあらゆる手段を以《もっ》て行動を起こすはずだ。学園でも多大な実績《迷惑》を挙げ《かけ》てきた。そう簡単に捕らえられたりはしない。そう信じることしかできない。

「今は、彼が無事であることを祈りましょう」

「あぁ」

頼むから無茶だけはしないでほしい。きっとそれは叶わないだろうが。

己に出来ること

時間が少し戻った昨夜のこと。

「くそっ」

リヒトは壁へ拳を叩《たた》きつける。昼の国葬が終わってから戻らない友人。そのことについてマラーナ側に尋ねても、明確な答えが返ってこない。どうしようもない苛立《いらだ》ちと、何も出来ない己に対しての怒りが収まらなかった。

「約束したってのに」

力になるという事も当然だが、リティーヌとも約束をした。アルヴィスと無事に帰ってくると。もし怪我《けが》を負っていたのならば、と思えば自然と手に力が入ってしまう。何も出来ない状況がもどかしい。せめて目の前にいるのであればどうとでも取り繕えた。だが、今アルヴィスはこの場にいない。

『感情のままに動くこと、それはお前に許されている権利でもあるだろう？』

ふともう一人の冷静過ぎる友人の言葉が過《よぎ》った。感情を表に出すことがないことに苛立ちを感じた頃に返された言葉だ。その友人シオディランは、侯爵家の次期当主。アルヴィスとは違うが、彼もまた様々な柵《しがらみ》の中で生きている。シオディランはリヒトを羨ましいと言ったことはない。アルヴィスもだ。そしてリヒトも彼らを羨ましいとは思わない。彼らは彼らの、リヒトはリヒトの道を歩んでいる。ただそれだけのことだから。

リヒトがどう動くべきなのか。否、どう動けるのかと言った方がいいだろう。部屋の外には侍女が控えている。ここまできたルベリアの近衛《このえ》隊士たちは別室だが、勝手に動くような真似《まね》はしないだろう。ここは他国なのだから。

（自由に動けるのは俺だけか……けど一応俺はアルヴィスの傍《そば》にいる人物という認識をされているだろうからな）

そういう認識をされていなければ、自由に動き回れた。かといって既に閉ざされた道の先を想像するのは、時間の無駄だ。であれば他の方法を考えるしかない。

「足りないのは情報だよな……あの侍女さんたちは口を割らないだろうし、ならここから出ないとどうにもできない」

リヒトが独り言を言っている間、ディンとレックスは難しい顔をして黙ったままだった。リヒトだけではない、彼らもこの状況には納得していない。いや、出来るわけがない。それでも動かないのは、近衛隊士として下手に動けば、逆にアルヴィスに迷惑がかかるというリスクを考慮しているからだ。リヒトは溜息《ためいき》を吐《つ》きながら、窓から外を見る。既に陽《ひ》は完全に落ち、闇が深い時刻になってしまった。今、アルヴィスはどこにいて何をしているのか。一瞬だけ過る最悪な結果を振り払うように、リヒトは勢いよく頭《かぶり》を振った。

「ディンさん……」

「……何だ?」

漸《よう》くレックスが口を開く。強張《こわば》った声に反応したのは、数時間ぶりに声を発したディン。腕を組みながら何かを考えている風だった彼は、アルヴィスが不在の中で唯一指示を出せる人だ。

「これからどうしますか？　いえ、どう動けばいいですか?」

「シーリング」

「ここまで待って何ももたらされないということは、マラーナ側が意図的に隠しているとしか考えられません。拘束しているのか、考えたくはありませんが戻れない状態にさせられているかどちらかでしょう」

本来なら予定通りに戻らなかった時点で、何かあったとすれば状況を報告するのが常識だ。ここへアルヴィスは国賓として来ており、その身に大事があればマラーナ側は責任を問われる。確かアルヴィスはここに来る前にそう言っていた。だからこそ、表立ってアルヴィスらを害することはないのだと。逆に言えば、裏――つまり人目がない場所であればその可能性はあるのだろう。

「国葬に参加したのは、招かれた貴族、そして来賓と宰相くらい。来賓から護衛が離れるのは、この時だけだったってことですよね?」

「その通りだ、アルスター」

護衛から離される。国葬なのだから当然かもしれないが、逆に言えば何が起きてもこちらは把握できない。最悪な状況だ。まさか死者を悼む場所で事を起こすような愚かなことを、国の政務を預かる宰相がする。そんな宰相がいるなんて誰が思うのか。リヒトは舌打ちをした。

「それ、どれだけ警戒したところで自ら罠《わな》に飛び込むだけこちらが不利ですね」

「例の件もある以上、警戒しないという国はなかっただろう。だが、死者を愚弄するようなやり方を本気で実行するとは……殿下を始め来賓方を最悪の形で裏切ったようなものだ」

「国王なんてどうでもいいからでしょうよ、悼む必要なんてないって」

死者に対して哀悼の意を感じる必要がない。そう思っているからこそ、実行に移した。臣下に敬われることなく亡くなったマラーナ国王には、そのような場すら必要ないと思っていたのかもしれない。結果としてただの餌場として使われただけ、ということだ。

「……他国の王族に対して、如何《いか》に身内だけとはいえ不用意な発言は慎んだ方がいい」

「他国だろうが何だろうが関係ない。この期に及んで、どんな理由だって意味はないです。ここにアルヴィスがいない。俺にはそれが全てだ」

礼儀とか作法なんてどうでもいい。今大事なのはそこじゃない。そう言えば、ディンもレックスも黙った。二人も同じなのだろう。ただ立場上、そういう行動を取れない。ならば動ける人間が行くべきだ。

「何をするつもりだ、アルスター？」

何か企《たくら》んでいると思われたのか、ディンが厳しい視線で問いかけてきた。リヒトは悪い笑みを浮かべながら、持ってきた鞄《かばん》を物色し始める。

「まさか役に立つとは思わなかったけど、色々と持ってきて良かった」

基本的にリヒトの役割は、薬師《くすし》のようなもの。何か異常が起きた時に対処できることが最優先だった。ただきな臭いという話も聞いていたので、余計なものも準備していた。アルヴィスが聞けば、あの端整な顔を歪《ゆが》める程度のものは。

「騎士といってもそこまで耐性がある人はいないはず。これと……この辺を混ぜればいい感じになるな」

鞄から瓶を取り出して、リヒトは勝手に調合を始める。まずはここから出て情報を集めるのが一番手っ取り早い。もたもたしてもいられない。ここまできたら遠慮はいらないだろう。

「ちょっと待てってアルスター、お前一人で行くつもりかよ!?」

「もちろん」

即答する。レックスは口を開けたまま固まり、ディンは頭に手を当てて緩慢な動作で首を横に振った。

「俺は平民なんで、守るべきものなんてたかが知れてる。国を背負っているつもりもないし、好きに動かせてもらう。ここにアルヴィスがいない以上、俺の行動を制限できる人間はいないんでね」

ここに来るに当たって肩書は与えられたが、それもアルヴィスがいないならばどうでもいい。万が一、ルベリア王国に不利になりそうなことが起きても、リヒト一人ならばどうとでもなる。

「それに……もしアルヴィスが無事ならたぶん、俺のこともまとめて良いようにしてくれるはずだ。あいつ、優等生の割に誤魔化すことは得意なんだよな」

「……お前らどういう関係築いてきたんだよ」

心底呆《あき》れて肩を落とすレックスに、リヒトは笑みを向けた。先ほどまでの昏《くら》い空気が変わる。一《いち》縷《る》の望みでしかないが、それでも少しだけ道が開けたことにレックスも心なしかほっとしたのかもしれない。

「アルスター」

「あとは任せます。俺のことはテキトーに逃げた、とでも。散歩に行ったとでも言っておいてください」

「そんなこと言うわけがないだろう。確かに私たちよりもアルスターの方が身軽に動けるのは確かだ。だが、君は殿下の大切な友人でもある。あの殿下が気の置けない様子で話す数少ない人物……であるがゆえに、君を失うことは出来ない」

そう話すディンは複雑な表情をしていた。彼が実直な人物というのはリヒトも理解している。リヒトが平民であることも彼の中では葛藤の一因なのだろう。それでも、リヒトが動くのがこの中では一番いい方法だということも理解している。

「気持ちだけ有り難く受け取っておきます。貴方《あなた》たちは、アルヴィスを守る人たち。それが最優先事項だ」

「あぁ」

「今の俺も同じってことで、納得してもらえればそれでいいんで」

会話をしながらも手は動いていた。準備はあらかた完了だ。学園でやってきた悪戯《いたずら》とは違い、今回は手を抜く必要がない。それはそれで面白い結果が出そうだが、見る余裕はないだろう。

「あとは頼みます」

「気を付けていけ、十分に」

「はーい、んじゃ」

軽く二人に手を振ってから部屋を出る。案の定、部屋の前に待機していた侍女と騎士が傍に寄ってきた。

「今は室内で待機をお願いします」

「あー……ちょっとお二人に渡したいものがあって」

「？」

二人が顔を合わせる間に、リヒトは鞄から瓶を取り出す。そして己の鼻を押さえてから、瓶を思いっきり振って蓋を開けた。

「なっ!?」

「きゃっ」

灰色の煙が二人を襲う。鼻を押さえているのに、それでも臭ってくる。これは我ながら酷《ひど》いなと思いながらも、バタっと倒れる二人を見てリヒトは口元を引き締めた。

「悪いな、暫《しばら》くおねんねしていてくれよ」

瓶の蓋を閉めてから鞄にしまうと、リヒトは周囲を見回した。この辺りの見取り図は頭に入っている。他の来賓たちが戻っているのかも気になる。特にアルヴィスを通じて懇意になった帝国の皇太子であるグレイズ。部屋の位置は把握しているので、向かうのは簡単だ。問題はどれだけの人に遭うか。

「まぁなんとかなるか」

足音を立てずにいるのは無理。ならば堂々と歩いていく。隠れて忍ぶよりも、堂々としていた方が却《かえ》って懐に入りやすいものだ。己の力量はわかっている。

「さぁて行くか」

ゆっくりと、だが人がいない場所では足早に。余裕を見せながら歩くことを意識して、リヒトは帝国の皇太子に用意された貴賓室へと向かった。

その部屋はさほど離れておらず、人に遭うこともなかった。それはそれで防犯上問題だが、細かいことを気にしてはいられない。帝国の皇太子に与えられた貴賓室。ノックもなしにリヒトは室内へと立ち入った。室内はどうやらアルヴィスに与えられた部屋と同じ作りになっているらしい。中を見回すが、マラーナ国の侍女や騎士らはいないようだ。安堵《あんど》の息を漏らしたリヒトは、出来るだけ小さな声で呼びかける。

「誰かいるか？　いたら返事をして欲しいんだけど」

その時だった。背中に冷や汗を感じ勢いよく振り返る。すると、そこには小さなナイフを持った小柄な少女。更に彼女は、リヒトの首に向けてそれを突き刺そうとしていた。

「……できれば、それを下ろしてもらえると」

「見知らぬ人が来たら、排除してもいいってグレイズ様から言われているので、それは出来ませんよ」

「グレイズ様って……あぁ、あんた皇太子の侍女、じゃないよな？　誰だ？」

皇太子の貴賓室で、尚且《なおか》つ名前呼びをしているということは、この少女はグレイズと親しい間柄なのだろう。

「まさかとは思うけど……あんたあれか？　アルヴィスと同じっていう契約者だっけ？」

「アルヴィス殿下を知っているんですか？」

「あぁ。俺はリヒト・アルスター、アルヴィスとは学園の同級生、つまりあいつの友達。一応、薬師ってことでここには来ているけどな」

この部屋に来た理由を彼女に簡単に説明する。グレイズがいるかどうかを確認しに来たのだが、どうやら空振りだったらしい。ナイフを下ろしてもらい、改めて挨拶をする。

「そうなのですね。私はテルミナ・フォン・ミンフォッグって言います」

「んで契約者の子？」

「はい。グレイズ様の護衛も兼ねてきているんですけど、昼から全然戻ってこなくて困っていたんですよ」

困っていた。気のせいか、テルミナの顔色が悪い気がする。服装もドレスとかではなく、ワンピースのような軽装だ。もしかして眠っていたのだろうか。

「あんた、体調悪いのか？」

「耐えられないほどではありません。それに、何か違うものも感じるから」

「ふーん」

テルミナが遠い目をしながら話す。その雰囲気はどこかアルヴィスに通じるものがあった。契約者同士だからなのだろうか。それとも、アルヴィスとテルミナだけが特別なのか。

「まぁいいや、細かいことは後回しにする。今は現状把握が先だ」

「どうするんですか？」

どうするのか。グレイズは不在だった。国葬の参加者である以上、アルヴィスと共にいることも考えられる。なら、他の来賓たちの場所へ出向いてみるか。

「他の貴賓室に行ってみる。何となく、グレイズ皇太子もアルヴィス側な気がするからな」

「グレイズ様も」

「だから別の来賓の様子が知りたい」

それで何かわかるかもしれない。一人だけでも戻ってきている人間がいるならば、何があったのか聞き出したい。

「なら私も連れて行ってください」

「なんであんたを……不調なんだろ?」

「それでも黙って待つなんてできませんから。こうみえて、私強いんですよ?」

悪いがテルミナは剣士には見えない。強いなんて言われても信じることは無理だ。庇護《ひご》される側。そんな印象しかない。

「契約者だって言いましたよね? 私は、帝国で誰よりも強いです。それはアルヴィス殿下も同じではないですか?」

「いや、さすがにそこまでじゃないと思うけど」

ルベリア王国で誰が一番強いか。そんなことリヒトは知らないし、そもそも騎士たちの強さなど判断できない。学園でいえば、アルヴィスは常に首席だったからトップと言えるけど。

「契約者なんですから、そうだと思います」

「その辺りは、俺も詳しく聞いていない。あいつ話さねぇし……」

そもそも契約者どうのこうのっていうのも、アルヴィス本人から聞いたことは一度もない。話せば無関係でいられなくなる。アルヴィスはそういうことを考える奴《やつ》だ。リヒトは友人だけれど、それでもアルヴィスはどこかで一線を引いている。恐らく誰に対しても。侍従であるというエドワルドや、己の妃《きさき》であるエリナにさえも話をしていないことはあるだろう。

それは優しさでもあるが、同時に残酷でもある。万が一の時に、知らないことが多すぎて動くことが出来なくなるのだから。だが、今はそのことを議論している時間はない。知りたいのならば、こちらから攻めればいいだけのこと。悪知恵だけならば、リヒトの方が上手なのだから。

「とりあえず強さ云々《うんぬん》は置いておいて……本当についてくる気か？」

「当たり前です」

一歩も引かない。テルミナは見た目に寄らず強い、ではなく頑固者だ。少なくともリヒトはそう認識した。

「わかったよ。仕方ない。けど無理はすんな」

「はい、わかってます」

既に深夜となっている。回廊も薄暗くなり、動くなら今がいい。テルミナの支度が終わるのを待ってから、リヒトは貴賓室を出た。

「……大丈夫そうだな」

とりあえず周囲には誰もいない。

「どこか隠れたりしないんですか？」

「そんなスキルは俺にはない。それに見つかったら、ちょっとおねんねしてもらった方が早い」

そっちの方が手っ取り早い。遠回りをしている時間はなかった。一刻も早く状況を知りたい。

「わかりました。その時は私も本気で殴ります！」

そっと槍《やり》を出してきたテルミナ。折り畳み式らしいが、伸ばせばかなりの長さとなる。その槍でもって本気で殴られたら、きっとこの世界とお別れするのではないだろうか。

「……せめて手加減をしてやってくれ」

「詰まんないですね」

「そういう問題じゃないんだよったく」

なんだか厄介な同行者を引き連れることになってしまった気がしたが、リヒトは気持ちを切り替える。この先は戦場だ。テルミナには手加減をしろと言ったが、リヒトは手加減をするつもりなど毛頭なかった。

◆◆◆

リヒトの件は気になるが、アルヴィスはアンナに城下がどうなっているのか確認することを命じた。それに伴って、ルベリア王国へ早馬を手配することも。この状況で早馬を出すことは、なかなかに難しい。しかし国王にアルヴィスの無事を伝えるのは、何においても優先される。偽りの情報など伝えられてしまえば、更に身動きが取れなくなる。多少手荒な手段を取ることになろうとも構わなかった。

「城下については、報告待ちですね。我々が城下に下りるわけにもいきませんし」

「そうだな」

ただ待つというのは、精神的にキツイ。動き回っている方が余計なことを考えずに済むのだ。

そうしていると、ふいに扉が叩かれた。グレイズと顔を見合せてから頷《うなず》く。

「どなたでしょうか？」

「ブラウです。入っても宜《よろ》しいですか？」

ブラウというのは先ほどグレイズの説明にも出てきた元近衛騎士団長だろう。マラーナ王国の人間。だが助けてくれた相手でもある。

「どうぞ」

グレイズがそう言えば、扉が開かれる。そこに現れたのは少しやつれ気味の男性だった。ルークよりは年上だろう。高い身長に鍛えられた身体《からだ》。元とはいえ近衛騎士団長というのは確からしい。

彼はアルヴィスを見ると、驚いたように目を見開いた。

「目が覚めたのですか」

「えぇ。彼がブラウ殿です」

グレイズがアルヴィスへとブラウを紹介する。これが初対面だが、運んでくれたのは彼だ。アルヴィスはベッドに座ったままで彼を見上げた。

「ルベリア王国王太子、アルヴィス・ルベリア・ベルフィアスです」

「ブラウ・ゾルティットです。元にはなりますが、近衛騎士団を束ねていました。今となっては、ただの飲んだくれです」

あくまで元であり、王城とは関係ない。敵ではないのだと言われているのだろう。それはアルヴィスを安心させるためでもあった。アルヴィスは笑みを浮かべながら軽く頭を下げる。

「私を助けて頂いたと聞きました。ありがとうございます」

「私などに礼は不要です。むしろ責められてしかるべきでしょう。他国の王族の方をあのような目に遭わせてしまいました」

「ブラウ殿は元、とおっしゃいました。であればあずかり知らぬことだったのでしょう。私が感謝するのは当然です」

責任があるかどうかは別問題だ。助けてもらったのであれば感謝する。それが誰であろうとも。助けられたことは当たり前ではないのだから。

「王太子殿下……ありがとうございます。ですが、この責は到底償いきれるものではありません」

「……そうですね」

ブラウが助けた程度ではマラーナ王国の罪が帳消しになることはない。既に抗議などでは済まない事態だ。

「責任というわけではありません。ですがこの国の民として、両殿下に協力は惜しまないつもりです」

「有り難く受け取ります。グレイズも構わないか？」

「ええ。結果は変わりませんがね」

既にマラーナ王国が辿《たど》る道はほぼ決まっている。どれほどの事が起きようとも、変えることは叶《かな》わないだろう。

「承知の上です」

そこまでの意志があるのならば遠慮なく使わせてもらおう。特に自由に動ける人間の存在は助かる。

「さしあたっては、城下の様子を知りたいと我々は思っているのですが、何か心当たりはありますか？」

「殿下方が出向くというのであれば賛成しかねます。特にアルヴィス王太子殿下は」

「理由を聞いても？」

アルヴィスはマラーナ王都を出歩いたことはない。アルヴィスの絵姿が出回っているという事も考えにくい。ならばどういった理由だろうか。

「その御髪《おぐし》が目立つのです」

「髪？」

「マラーナ王国ではアルヴィス王太子殿下のような髪色は珍しいのです」

アルヴィスの髪は金色だ。これはルベリア王家の血を引いている証《あかし》でもある。どういうわけか、ルベリア王家の血を引く男児は必ず金色を持って生まれてくる。尤《もっと》も色合いは個々で違っており、中には白銀に近い色となる者もいる。女児であっても金色を持つ子もいるので、男児に限ってというわけでもない。この件については、ただそういうものだと認識されているだけで理由はわかっていない。今更それについて論議している者もいないので、アルヴィスもこれ以上のことは知らない。いずれにしてもこれはルベリア国内に限った話だ。

他国に出ればそのような特別性はないし、意図的に染めるという人間もいるという。ただ、マラーナではほぼそういう人間はいないらしい。このまま外を出歩けば、確実に人目を引いてしまうということだ。

「ルベリアではどうされているのですか？」

「特に何かをしたことはないな」

「それではアルヴィスだと気づかれてしまうのでは？」

王都でもベルフィアス公爵領都でも、顔を隠したことは一度としてない。一人で出歩くことが少なかったのもあるが、アルヴィスが人を近づけさせない雰囲気を纏《まと》っていたというのもある。気づかれたとしても話しかけてくるような猛者《もさ》はいなかった。貴族であれば違ったかもしれないが、そもそも貴族が城下を歩くこと自体少ない。不便を感じたことはほとんどないと言っていい。

「今まで問題を感じたことはなかったよ。ただ他国においてはそうじゃないんだな。失念していた」

「ルベリア王国は、それほど治安がいい国だということですよ。誇れるべきところです」

「ありがとう、グレイズ」

グレイズはどうしていたのか尋ねれば、そもそも必要がないので城下には下りないらしい。専用の研究塔があるため、そこにいることも多いのだと。ただ容姿を隠したりすることは、帝国でもしていないという。

「いつか帝国にも来てください。歓迎しますよ」

「あぁ、それは楽しみだな」

そのためにも終わらせなければならない。

城下に下りるのは止《や》めた方がいいという結論となった。ただし、王城へ戻るのであれば姿を隠す必要がある。髪を染めるにも特別な道具が必要。ならば、隠すしかない。

「団の備品にはなりますが、外套《がいとう》なら恐らく」

「ならばそれを貸してもらえますか？」

「わかりました。殿下方の分を用意します」

ついでに城下の様子を見て来るらしい。ブラウはアルヴィスたちの朝食を用意すると、屋敷を出ていった。

「……ガリバース殿のことを聞き忘れたな」

「そういえば、どこに行ったのでしょうか？」

ここへ案内した後、ブラウと共に出ていってからそのままだという。ブラウも一人で戻ってきた。

城下で離れたのだろうか。それとも別の理由があるのか。

「少し素直過ぎると言いますか、ああいった輩《やから》は騙《だま》されやすいもの。牢《ろう》を出たという事は脱獄ということ。それなのに外を出歩くというのは、わざわざ捕まえろと言っているようなものだと思うのですが」

「……となれば、もしかすると」

「かもしれないな」

ガリバースがどこに行ったのか。ブラウと別行動をしていたとは思いたくないが、ブラウが何も言わないところを見ると、一緒ではなかったのだろう。ガリバースはアルヴィスとは違い、顔を知られた存在だ。見つかればどうなることか。

「手配されていないならば、無事であることもありえますか」

「それを願うしかないな」

アルヴィスたちの願いも空《むな》しく、既にこの時ガリバースは捕獲されてしまっていた。

国王へ伝えられたのは

「……それは本当か!?」

思いの外低い声が出た。ある程度、危険があることは想定していた。だが、実際に起こることを信じられなかった。まさか、というのが本音だ。

ここはルベリア王国の王城、国王の執務室。マラーナ王国で行われる国葬へとアルヴィスが向かい、帰路に就くときには連絡が来るようになっていた。だが、その連絡の代わりに届いたのが行方不明という最悪の一歩手前の報告だった。

「殿下に付いていた影からの報告によると御身の無事は確認済みとのことです」

「それだけが救い、だな」

「はい。それでも、あの国を無事に出るまでは安心は出来ません」

確かにその通り。あの国にいる以上、危険な場所にいる事実に変わりはない。国王は、深く溜息《ためいき》を吐《つ》くと執務机の椅子の背もたれへと身体《からだ》を預ける。

「セリアン宰相か。アルヴィスが調べていたようだが、未《いま》だ憶測の域を出ない状況だと言っていたな」

「足がつくような真似《まね》はしてこないということかもしれません。本当に恐るべきものが何か、彼は知っているのでしょう」

権力でも力でもない。セリアン宰相が恐れているのは、己を知る者。そういうことなのかもしれない。その意味するところが何か。恐らくそこには彼が知られたくない真実があるということなのだろう。いずれにしても、ここでは何かをすることは出来ない。出来るとすれば、ただアルヴィスが帰る事を信じて待つことくらいだろう。

「ともあれ、まだエリナに知らせることは止《や》めておいた方がいいだろうな。ラクウェルには話を通しておくべきか」

「……閣下にも黙っておくべきかと思います」

「宰相？」

否定されるとは思わず、国王はザクセン宰相を見上げた。ザクセン宰相はいつものように表情を変えていない。

「アルヴィス殿下は既に王族の身、親子といえどそこは切り離してよいかと。殿下自身も、閣下へ心配を掛けることは本意ではないでしょう」

「確かにアルヴィスならばそう考えそうだな。全てを知った時、ラクウェルには余が怒られるであろうが」

「それは致し方ありません」

即答されてしまった。国王という立場でも、弟であるラクウェルは容赦なく小言を伝えて来る。

特にアルヴィスの件については。今回の件も納得はするだろうが、それとこれとは別問題ということだろう。

「今は建国祭の最中です。陛下も表情に出さぬよう、お気を付けください」

「わかっておる」

まだ来賓との会食などが控えている。それはエリナとリティーヌにも出席してもらう予定だ。今回はアルヴィスが公務で不在なので、その代理をエリナに務めてもらっていた。妊婦であるということもあり、リティーヌはその付き添いも兼ねている。今回だけのイレギュラーな対応だった。頑張っている二人に、水を差すような真似はできない。それがアルヴィスのことであり、尚且《なおか》つ悪い情報なのだから。

「せめてこちらの建国祭だけは、無事に終わらせねばなるまいな」

「えぇ」

一年で最も賑《にぎ》わいを見せる数日間でもある。まだ始まったばかりだ。王都の賑やかさが、不安を打ち消してくれることを祈るしかない。

反撃の狼煙

その日の夕刻。アルヴィスは屋敷にてアンナから報告を受けていた。ちょうどブラウも戻ってきたところで、両名からの情報を突き合わせる。

「今のところ城下で変わりはない、か」

「このようなことをブラウ殿の前で言うのもなんですが、興味がないのですよ。この国の人々は」

アンナはそう判断した。他人事《ひとごと》。何が起きても知らぬ振り。極端な話、国がどうなろうとも気にしていない。国葬が行われたことを尋ねても「そういえば」という程度だ。来賓が来たことも、豪華な馬車が来ているから王太子がまた何か始めたのかと呆《あき》れていただけ。そんな言葉が聞こえてきた。

「その通りです。何をしても意味を成さない。変わらないこの国に、期待をもつことなんて無駄でしかない」

「ブラウ殿」

国に期待するだけ無駄。宰相が代わったとしても、結局表向きだけの変化。暮らしに変化はなく、むしろ差別が広まったと話す人もいるらしい。改革というのは、言葉で言うほど簡単なことではない。

「宰相がこの国に女神の恩恵がないと言っていたらしいですが、当然だと思います。この国は、そもそも神を信じていない。神様がいるならば、こんな生活をしていないと皆が口を揃《そろ》えて言います」

神は人々を助けてくれる。いや何もしてくれない。ならばいないということだ。信じたところで意味はない。そうして人々は信じることを止《や》めた。

「スラムで生まれた子どもたちは、奴隷として売られていきます。生きるためなら自らそれを選ぶ子どももいるのです。奴隷制度がなくなれば、その子たちは生きていけません。王都でもそうなのですから、他都市であればもっとでしょう」

「売る側だけでなく、そうせざるを得ない環境を変えなくては、解決にならないということですね」

「その通りです。見目がいい子であれば、貴族であろうと平民だろうと誘拐されて奴隷にされることもよくあります」

その言葉に、アルヴィスは過去を思い出す。ヴェーダの幹部に言われたことがあった。アルヴィスの顔であれば多少の傷があっても高く売れると。そこに身元など関係ない。国境も関係なかった。ヴェーダはルベリア側での誘拐に加担していた組織の一つだったのだろう。

「そのことは宰相も知っている、だろうな」

「アルヴィス殿下」

今の状況は置いておいて、奴隷制度を廃し改革を起こした張本人だ。その後の結果を調べることもあったはず。廃しながらも裏では奴隷を見逃していたとも言われているが、状況を知らなかったわけではあるまい。

「完全に廃止するとなれば、貴族の反発が強いでしょうから、ある程度の貴族には認めて、徐々に広げていくという手法も取れなくはありませんしね」

グレイズのいう事も一理ある。政務をする上で綺麗《きれい》ごとだけでは終われないのは、アルヴィスも理解できることだ。ただ共感はできないし、同情もしない。

「貴族たちも、自分たちに害がなければ動きません。国葬に参加した貴族もいますが、あくまで義理という形でしょう」

「彼らか」

来賓以外での参列者。国内の貴族であれば、国葬に参加するのも当然だ。だが今回の国葬は、国主の葬にしては規模が小さく思えた。それも、国民からの国王に対する評価だ。国民の心は、既に国から離れている。アンナやブラウの言葉を聞いて、それを確信した。

「グレイズ」

「いいと思いますよ」

「まだ何も言っていないんだが」

名を呼んだだけで、グレイズは同意を示す。何のことかなど一切話をしていないというのに。ブラウは混乱しているが、アンナに至っては良い笑顔を見せている。これはグレイズと同じということだろう。

「私も皇太子ですから。何をしようとしているのかはわかります。どんな結果になろうとも、皇太子として帝国の代表として、ルベリア王国王太子である貴方《あなた》を支持します」

「……わかった」

宰相側もそろそろ動くはずだ。このまま来賓たちを帰すはずがない。即刻という手段はとらないと思いたいが、ここはマラーナ王国。偽りの報告などいくらでも捏造《ねつぞう》できる。その証人を全て始末すれば簡単なのだから。

「一体、何をしようとしているのですか？」

まだ困惑し、アルヴィスたちの言わんとすることを理解していないブラウは、あたふたしている。その様子に申し訳なさを感じつつも、アルヴィスは告げた。

「マラーナ王国の歴史を終わりにさせてもらいます」

ブラウが息を呑《の》んだ音が聞こえた。これ以上思い通りにはさせない。そう決意を込める。


その日の夜。一つの報が王城より発せられた。

『ルベリア王太子殺害のため、以下の者たちを処する』

記された名前は、アルヴィスを落とした来賓たち。そしてアルヴィスと共にマラーナ入りしたディンとレックスの名前と、何故《なぜ》かガリバース王太子の名もあった。記された日時は明日の正午。場所は大聖堂。大聖堂のどこなのかは発表されなかった。明確な場所を伝えないのは、その日時に行わなくとも問題はないということか。隠蔽のためか。あくまでこれは、対外的に事前に通達したという事実を作りたかっただけだろう。その時間まで彼らが無事である保証はない。

「アンナ、先にディンたちのところへ行けるか？」

「お任せを」

「頼む」

大聖堂のどこにいるのか。もしくは今は別の場所にいるのか。正確な場所がわからなければ、助けることもできない。

「ブラウ殿、ここまでの助力感謝します。この先は――」

「いえ、私も行きます。折角助けたというのに、また捕まっている奴《やつ》もいるようですので」

それはもちろんガリバースのことだ。牢《ろう》に入れられていたということは、罪人扱いされていたという事。堂々と歩くなど、普通は考えられない。しかし、ガリバースは単独で城下を歩き、拘束されたのだろう。誰が見ているのかわからない場所を出歩くとは、警戒心の欠片《かけら》もないのか。

「ガリバース殿が、我らのことについて口を割っていなければいいのですけど」

「あり得そうなことを言わないでくれ」

うまいこと乗せられれば、簡単に口を割りそうだ。ならば、ここも急ぎ去るべきだろう。アルヴィスはブラウが持ってきた外套《がいとう》を纏《まと》い、フードを深く被《かぶ》った。同じくグレイズも外套を纏う。

「ブラウ殿、計画を練っている暇はなさそうです。夜のうちにここを出ます」

「出るって、どこに向かうのですか?」

「当然、王城に決まっています」

ここで城下に逃げてしまえば、王城への侵入が更に難しくなる。物理的な距離があるのは当然だが、明日だと宣告されているのならば、その前に居場所を突き止めなければならない。ここで無駄な労力を使うわけにはいかないのだ。

(ウォズ、聞こえるか?)

ブラウがいる手前、ここで名前を呼ぶわけにはいかない。アルヴィスは心の中でウォズを呼んだ。

『聞こえておる』

(グレイズを守っていてほしい)

『……またそのようなことを言うのだな。神子《みこ》はいつもそうだ』

顔は見ていないが、ウォズがどういう表情をしているのかは想像がつく。以前もエリナを守るように伝えた。その時のことをウォズは気に病んでいるのだろう。

(グレイズに戦闘手段はない。彼は研究者であり、騎士でもないから。テルミナ嬢と合流するまででいい)

『あの娘か……承知した』

テルミナがいれば、グレイズの傍《そば》を任せられる。それまではブラウとアルヴィスとで切り抜けなければならない。目的を果たすまでは、目立たないように動きたい。可能な限り人との接触も避けなければいけないだろう。

「ブラウ殿、王城へ繋《つな》がる道、可能ならば隠し通路などを教えてもらえると有り難いのですが」

「え……いや」

「近衛《このえ》騎士団長ならば、知らないはずはありませんよね？」

念を押せば、ブラウは頭をガシガシと掻《か》いた。半ばやけくそのようにも見える。アルヴィスは元近衛隊士。王族を守護する騎士だった。万が一の場合、王族を逃がすための通路や、隠れ家についても熟知している。己が王家の血を引くこともあって、まず先にそういうことは教えられた。全てルークからだ。団長という立場の人間ならば知っていなければおかしい。

「既に終わった国のようなものか。わかりましたよ。お教えします」

「感謝します」

「後宮へ続く通路は流石《さすが》に危ないでしょうから。その区画に近い通路へ行きましょう。貴賓室へも近い筈《はず》です」

貴賓室の近く。単独行動をしているというリヒトの事が脳裏に過《よぎ》る。名が記されていなかったということは、リヒトは拘束されていない。まだ王城で動いているはずだ。リヒトの気配なら、近くに行けば探ることも可能になる。

「わかりました。行きましょう」

こうしてアルヴィスたちは、警戒しながら屋敷を出た。まだ周囲に人の気配はない。気を抜かずに大通りではなく、裏通りや屋敷の塀の間を進む。その先に、古びた井戸と壊れかけの小屋が建っている。

「まさかここが?」

「手入れも随分とされていないし、もう使えない場所でしょう。こういうところは見向きもしなかった」

もしも、本当にその時が来ていたら、王城の外に逃げられたとしてもここでその命は終わる。そもそもこの国の王族には耐えられない。本当にただ隠れるだけの小屋なのだから。

「この奥に入口があります。最後に点検をしたのは、随分と前なので荒れていることは覚悟してください」

「大丈夫です」

「むしろそちらの方が好都合ですしね」

好都合と言ったのはグレイズだ。使われていないことの証明にもなる。ただここを通ったという形跡も可能な限り残さない方がいい。完全に偽装するのは難しいが、じっくりと見なければわからない入口ゆえに、直《す》ぐに見破られることはないはずだ。

入口の中は二人がようやく通れるくらい狭かった。広ければ追手にも見つかりやすく、また足音も響く。あくまで最低限、慎重に逃げるための道のようだ。ただし、追いつかれてしまえばそこで終わり。その場合、殿《しんがり》を務めた護衛たちが盾になり、逃がすという方法だ。誰かを盾にして逃がすという考え方は好きじゃない。それが必要にならぬようにしなければならないのだ。

「もうすぐですが、周囲に誰かがいないとも限らないので、まずは私が出ます」

「わかりました」

ブラウが先行する。その次にグレイズ、最後にアルヴィスの順だ。堅い扉をゆっくりと開けて、ブラウはその先を覗《のぞ》き込む。

「どうやら誰もいないようです」

「ありがとうございます」

ブラウに続いて、グレイズとアルヴィスも中へと入った。壁の雰囲気といい、間違いなくここは王城の中だ。

「ここは?」

「見た通り倉庫です。といっても、ただの物置でしょう」

ざっくばらんに箱などが置かれている。本棚もあるが、開いたままで置かれている書物や、床に投げられているものまであった。管理がされていないのは明白だ。

床に落ちている書物を拾うと、埃《ほこり》が被っていた。軽く触れるだけで手が白くなる。ここにあるものは、どれも同じ状態。人の立ち入りがないというのは、今のアルヴィスたちにとっては有り難い。

「ここからどうしますか？」

王城への侵入は果たした。ここからどう動くのか。

「リヒトとテルミナ嬢を捜したい」

「……あの子がジッとしているとは思えないですね」

テルミナの性格はアルヴィスも何となくわかっている。淑女というよりは快活な少女。理屈じゃなく感覚で動いている感じもする。アルヴィスは目を閉じて、精神を集中させる。ここは貴賓室の近くだと言っていた。どこまで行動範囲を広げているかはわからないが、ここが基点になっていることは間違いない。

「アルヴィス？」

「王太子殿下？」

強い力で探りをいれれば、誰かに気づかれてしまう。それほどマナに対する感応力が高い人間がここにいるかはわからない。だが、セリアン宰相ならばあり得ない事ではないだろう。そしてこうすれば、アンナにもアルヴィスが王城内にいることは伝わるはずだ。

「ここにはいない、か」

近くにはいない。もっと範囲を広げる。少しずつゆっくりと。その時、声が聞こえた。

『あれ？　アルヴィス殿下？』

『おい、どうした?』

ハッとしてアルヴィスは意識を戻す。見つけた。この声はリヒトとテルミナの二人。

「どうしましたか?」

「見つけた。どうやらリヒトとテルミナ嬢は共に居るらしい」

「ちょっ、ちょっと待ってください! そんなことどうしてわかるんですか?」

どうしてと言われると困る。アルヴィスにとっては難しいことをしたわけではない。ただマナの気配を探って、知り合いを見つけただけ。

「これがアルヴィスの加護の力ですか?」

「いや、これはその前から普通にやっていた。だが、あの後により強く感じられるようになった気はする」

「随分と不思議な使い方をなさりますね。貴方の使い方は、まるでマナが手足のようです」

本来伸ばせない場所まで手を伸ばす。それをマナで可能にしている。言われてみればそのような使い方をしていた。逆に、他の人が使わないことを不思議に思う。放出するだけが、マナの使い方ではないとアルヴィスは思っている。他の人に行ったところで、理解もされなければ、同じように使えた人に出会えたこともないけれど。

「そんな普通のことのように言わないでくれ。あんた本当に王太子殿下なのか? どこかの騎士とかじゃなくて?」

驚きで言葉遣いを取り繕うことも忘れたらしい。乱雑な口調になっていた。

「騎士としての訓練は受けています。なので、ガリバース殿とは同列にしていただきたくはないですね」

元近衛隊士というのは言う必要はない。その事実がどうであろうと、ブラウには関係がないから。だが、騎士の訓練を受けているという事だけでもブラウからしてみれば驚くことのようだ。

「いやいや、王太子殿下が強かったら近衛の立場が……」

「近衛隊士が守るのは、物理的な面だけではありませんから」

純粋な戦闘力だけで判断するならば、アルヴィスは近衛隊士の中でも強い部類に入る。剣技だけならば、アルヴィスよりも上の隊士は沢山いる。それでも実戦での強さはアルヴィスの方が上だ。しかし、近衛隊士が傍に居るのはそれだけじゃない。精神的な意味でも支えとなってくれている。

「私と近衛隊士たちは、主従というだけでなく同僚でもあり仲間でもあります」

「仲間、ですか。我々からすれば想像つきません」

「かもしれません」

この関係性はアルヴィスだけなのだろう。ジラルドの近衛隊士に対する接し方も、ガリバースと大差なかった。それでもアルヴィスはこの関係性を変えるつもりはない。

その彼らが今は拘束され、冤罪《えんざい》で殺されようとしている。ならばアルヴィスは彼らを助けるだけだ。彼らがいつもアルヴィスを守ってくれたように。アルヴィスも彼らを守る。

「……羨ましいですね、ルベリアの騎士たちが」

ポツリとブラウが呟《つぶや》いた。元近衛騎士団長。今は違うというが、それでも騎士を完全には捨てられない。そんな風にアルヴィスの目には映った。

気配を感じた場所へと急ぎ向かう。窓の外から見えた色が若干白くなってきている。直《じき》に夜明けがくる。夜通し動いているため疲労は感じているはずだった。それでも眠気はやってこない。全てが終わるまでは休むことなどできないと、身体《からだ》もわかっているのかもしれない。

「ここだ」

ついたのは、小さな扉の前。端にある小さな部屋と言えば相場は決まっている。物置だろう。

「開けます」

ブラウがドアノブへ手をかけて扉を開ける。すると、扉が開くと同時に槍《やり》が飛んできた。その槍の先がブラウの頬を掠《かす》める。アルヴィスとグレイズは、離れていたため無事だった。

「あー外れたって、グレイズ様!?」

「相変わらず思い込んだら突っ込む人ですね。私が開けていたら、間違いなく刺さっていましたよ」

「流石にグレイズ様なら、私も止めましたよ」

まるでこれまでも一緒に居たかのような雰囲気で会話を始めるグレイズとテルミナ。心配をしていたが、やはり無事だったようだ。そして、その奥に居るのは。

「リヒト、無事だったか」

「アル、ヴィス……お前」

「色々あってな。けど会えてよかった」

怪我《けが》をしている様子はない。薄汚れてはいるものの、いつものリヒトだ。思わず安堵《あんど》の笑みが零《こぼ》れた。すると、リヒトがアルヴィスに抱き着いてきた。らしくない行動に、アルヴィスも驚き目を見開く。

「おい、リヒト？」

「アルヴィス……無事で、良かった……お前」

小さな声だった。ここでアルヴィスの名前を呼ぶことが出来ないため、こういう行動に出たのだろう。だが、震える声からどれだけ心配をさせたのかが伝わってきた。

「ごめん……心配かけた」

「……あぁ。心臓に悪い」

顔を上げたリヒトは、いつものような笑みを向ける。アルヴィスは指でリヒトの頭を小突いた。

「とりあえずさっさと退《ど》け」

「感動の再会が水の泡だぜ？」

「うるさい」

いつもの調子が戻ってきたリヒトがアルヴィスから離れる。ともあれ、このままここにては見つかるかもしれない。アルヴィスたちはリヒトたちがいた物置へと入った。

ここも誰も使っていない場所だったようで、ところどころに埃が溜《た》まっている。

「ごほっ……ここも酷《ひど》いな」

「でもこれくらいじゃないと隠れる場所もない。我慢するしかないだろ？」

「確かにな」

空気の入れ替えをしたいところだが、外から見られでもしたら終わりだ。ならば耐えるしかない。

「とにかく、あまり長居したくない部屋なのは間違いありません」

「でもグレイズ様、このお城はこういう場所多かったですよ？　なんか必要じゃない場所は放置しているみたいな感じです」

「……テルミナに指摘されるようでは、この城の使用人たちはよほど仕事を疎《おろそ》かにしているのでしょうね」

帝国でも、そしてルベリア王国でもあり得ない光景だ。本当に一体どうなっているのか。宰相は何をしているのか。

「で、アルヴィス。次はどうするんだ？」

「俺たちだけで突入するのは厳しい。まずはルベリアの騎士たちを解放する」

少数精鋭とも言えない面子《メンツ》だ。ここでまともに戦えるのは、アルヴィスとテルミナ、そしてブラウのみ。三人だけで突入すれば、挟み撃ちにされるのが関の山だ。最悪、アルヴィスとテルミナはマナを全開にしてやり合えば勝ち目はある。ただ、その間ディンたちを守り切れるかと言われると別問題だ。セリアン宰相一人ならば立ち会いが出来るが、処罰すると言っている以上、マラーナ側も騎士を用意していると見るべきだ。

「なるほどな。それでも人数はそんなにいないんじゃないか？」

「そのために実戦重視で連れてきた」

起きることに対して出来得る準備をしてきたつもりだ。まずは彼らの場所へ行き、人数を確保する。

「グレイズ、そちらは？」

「帝国からも十人程度ですね。なんせ、テルミナ一人でも十分強いもので」

「人が多いと邪魔なんです」

味方を邪魔だと言うテルミナに、アルヴィスは冷や汗を掻いた。グレイズからすれば慣れたものらしく、肩を竦《すく》めるだけだ。確かにアルヴィスたちが剣を使うよりも、テルミナの槍は射程範囲が広い。間合いもそれだけ長くなるし、下手に周囲を騎士がうろつけば邪魔になってしまうのもわかる。ただ、令嬢が騎士よりも強いというのは複雑な気分だ。

『神子、何かが近づいてくる』

「!!」

ウォズからの警告。人差し指を立てて全員に静かにするように指示を出す。そして、扉の裏に姿を隠した。外を探れば、確かに人の気配がする。これは知らない人間の気配だ。

「本当にここか?」

「はい、昨夜に光が見えたんです。誰もいないはずなのに。まさか国王様の亡霊とかじゃ……」

「このようなさびれたところに亡霊だろうと来るわけがないだろう。馬鹿馬鹿しい」

男性二人のようだ。声色からしか判断できないが、一人は騎士でもう一人は文官が何かだろうか。

この距離で動くのはまずい。と思ったところで、カンと音がした。一斉にその音がした方を見れば、テルミナの槍が置いてある花瓶にぶつかった音だった。

「ごめ――」

謝ろうとしたテルミナの口をグレイズが右手で塞ぐ。声を出せば確実に誰かがいることがばれてしまう。と思ったが、既に遅かった。

「いま物音が!」

「誰だ！　そこにいるのは」

勢いよく扉が開かれる。アルヴィスは即座に動き、愛剣を手に騎士の背後へと回った。

「なっ!?」

「暫《しばら》く寝ていろ」

鞘《さや》から抜かずに、そのまま首の後ろへ一撃食らわせる。騎士は反撃する間もなく昏倒《こんとう》した。そして残された文官らしき男の前にはリヒトが立つ。

「え、な!!」

「おやすみ」

いつの間にか準備していた瓶の蓋を開けて、文官へと向ける。すると文官はそのまま目を回して倒れてしまった。

「リヒトそれ、容赦ないな」

「物理的に眠らせたお前には言われたくない」

そう言いながら、アルヴィスとリヒトは軽く拳を突き合わせた。その様子を見てグレイズは小さく手を叩《たた》く。

「お見事です、お二人とも」

「騒ぎになってはまずい、この二人は拘束してすぐに移動しよう」

ブラウが二人を拘束するのを待って、アルヴィスたちは部屋を出た。そのまま一旦アルヴィスたちが通ってきた隠し通路の入口へと戻る。ルベリアの騎士たちや帝国の騎士たちがいるのは、貴賓室がある区画だ。そこから移動した方がはやい。アルヴィスがもう一度気配を探り、騎士たちを探す。ルベリア王国の騎士ならばすぐにわかるが、問題は帝国の騎士たちだ。だが、いくら探っても騎士たちの気配がわからない。ならばと範囲を広げる。何度やっても王城内には気配がみえなかった。念のためにと大聖堂へ伸ばそうとすると、バチンと何かに弾《はじ》かれてしまった。

「アルヴィスどうした?」

「……」

ウォズが弾かれたと言っていたが、これはそれと同じなのだろうか。王城内に騎士たちはいない。であれば、と最悪な予想がアルヴィスの脳裏を過る。慌ててアルヴィスは首を横に振った。そんなことあるはずがない。

「アルヴィス！」

「あいつらの気配がない。王城内にないんだ……」

「どういうことだ、それは」

こっちが聞きたい。だがそれは事実だ。何度探っても気配は見えない。生きているとしたら、王城ではないどこかにいる。その可能性が最も高いのは、これまでの情報から推測するに大聖堂しかない。

「大聖堂だ。恐らく皆そこにいる」

「……この状況で大聖堂ですか。嫌な予感がします」

アルヴィスもグレイズに同感だ。最悪の予感。一番最悪なのは、既に亡くなっていることだが、ここまで急に事を運ぶと思いたくはない。次に考えられるのは、彼らが既に宰相の手に落ちているということだ。来賓たちのように。単に拘束されているだけであるなら、解放するだけだが、もしあの時の来賓たちと同様の状態であれば……。

「ブラウ殿、大聖堂へ急ぎます」

「は、はい」

一刻の猶予もない。アルヴィスたちはそこを飛び出して、大聖堂を目指した。その途中で、騎士らしき者たちに遭遇する。それをアルヴィスは鞘に納められたままの剣で、昏倒させていく。

「アルヴィス殿下、すごいです」

「……だからなんで王太子がそこまで強いんだって」

興奮するテルミナに、若干呆れているブラウ。アルヴィスは二人には目もくれず、ただ真っすぐに大聖堂を目指した。邪魔をするならば倒す。そのことだけに集中した。


道を塞ぐ連中を倒しながら到着したのは、国葬が行われた大聖堂。その正面入口だ。ここにも警備をしていた騎士がいたが、直ぐに気を失ってもらった。
(ウォズ)
『ここだ』

(この先に、行けるか?)

アルヴィスが探ろうとしても弾かれ、ウォズも退けられた場所。今も同じ状況であれば、ウィズにはここで待っていてもらうしかない。

『……すまぬ、恐らく無理だ』

（その原因はわからないのか？）

尋ねるとウォズはじっと扉を見つめた。その奥を視《み》ているのだろうか。やがてウォズは首を横に振る。

『負の力、神子らが瘴気《しょうき》と呼ぶその根源に近いようなものを感じる。女神の力はそれと相反する正の力。ゆえに、その眷属《けんぞく》である我を拒んでいるのかもしれぬ』

（つまり、俺もその影響を受けるということか？）

『加護を受けし者であるが、神子は女神ではない。しかし多少の影響はあるやもしれぬ。武神の娘も同様に』

チラリと後方に構えているテルミナを見る。視線に気づいたテルミナは任せろとでもいうように、満面の笑みを見せた。今のところ影響下にはない。それはアルヴィスも同じ。中にはいればどうなるかはわからない。

（わかった。ウォズは待っていてくれ。必ず戻る）

ウォズの気配が少し離れた。アルヴィスは剣を鞘から抜く。そして扉に手を掛けた。ゆっくりと扉が開く。

「な、何者だっ！」

中には数人の騎士たちがいた。服装からみてマラーナの騎士たちだろう。アルヴィスとテルミナが前に出て、彼らを排除する。ブラウも参加しようと剣を構えていたが、駆けだす前に終わっていたらしく、肩を落としていた。

「お嬢さんにまで後れを取るとは……」

「テルミナと比べてはいけませんよ。あの子は特別です」

グレイズに慰められるが、恐らくそういうことではない。アルヴィスもブラウの心境は理解できる。女性に負けることは、騎士として男として受け入れ難いことだから。

周囲を確認していると、全身に圧を感じてアルヴィスはハッとした。もしかしてと思いテルミナを見れば、大丈夫だという風に笑みを向けられた。彼女もわかっているのだろう。これが二人にだけ起きていることだと。下手にリヒトたちに知られたくはない。この程度なら動ける。アルヴィスは足を動かし前へと進んだ。

そうして辿《たど》り着いたのは、大聖堂の祈りの間。まさかここに居るというのだろうか。アルヴィスは扉を足で蹴り、中へと入る。そこには、拘束された状態のディン、レックス。そして来賓たちがいた。一方で、祈りの間を取り囲む騎士たちもいる。そこに見おぼえのある騎士がいることを知り、アルヴィスは最悪の状況であることを悟る。

「グレイズ」

「どうやらこちらも同様です」

「そうか」

ゆっくりと中へ入ると、取り囲んでいた騎士が襲い掛かって来る。ルベリア王国の紋章を身に纏った元同僚たち。彼らを助けたい。そんな想いが過ったのか、アルヴィスは背後から詰め寄って来る影に気が付かなかった。

「殿下っ」

呼ばれて振り返った時には、眼前に剣先が向けられている。躱《かわ》せない。そう思った時、彼の背中に上から人が落ちてきた。鋭い視線でもって、アルヴィスへ剣を向けた騎士を蹴り上げ、ナイフでもって肩を狙った。蹴られた勢いのまま壁にぶつかり、更には肩を負傷する。

「アンナ」

「殺気がない分厄介です。ただ、ここで殿下が怪我でもすれば、あの騎士は自ら死を選ぶでしょう。それならば、こちらが引導を渡すべきです」

話をしていると、直ぐに別の騎士が襲い掛かって来る。アンナと背中合わせになって、己の剣で受けた。

「レオイアドゥール卿《きょう》、およびシーリング卿はそういった類《たぐい》のものは受けておりません。ただ他の騎士たちは皆が術中にはまっています。帝国も同様です」

「そうか」

チラリとディンたちの方を見れば、動けない悔しさからか唇を嚙《か》み締めている様子が窺《うかが》えた。彼らを傷つけたくはないが、それでもこの状況を打開しない限りディンたちを助けることもできない。

「それと殿下、セリアン宰相はあちらです。上方、像の陰に」

アンナの指示にしたがってセリアン宰相を捜す。アルヴィスが見ていることに気が付いたのか、彼は口元に弧を描いた。まったくもって面白くない。

「わかった。とりあえず、全員倒せばいいということだな」

「それはそうですが、そう簡単には――」

「任せろ。テルミナ嬢っ」

アルヴィスはそう叫んで、前の騎士の腹を蹴り、剣の柄《つか》で顔を殴った。身の丈ほどの大きさもある槍を振り回し、容赦なく帝国の騎士たちを沈めているテルミナ。一気に騎士三人ほどを吹き飛ばすと、アルヴィスの下へとサッと移動する。

「お呼びですか？」

「……君はこういう時の方が令嬢らしいな、反応が」

「まぁ真剣ですからね」

きりりとしながらも、少し楽しそうだ。戦闘狂とまでは行かないが、それに近いものを感じる。これも武神に選ばれた理由の一つなのだろうか。

「一人一人と戦っていたら時間がかかる。その間に宰相が何かしないとも限らない。だから、一気に全員を戦闘不能にさせたい」

「どうするんです？」

「俺より君の方が間合いは広い。だから俺が君に力を送る」

「えっと、細かいことは苦手なんですけど……」

詳細はいらないと言われたらしい。やはりテルミナはテルミナだ。ならばとアルヴィスは簡潔に伝える。

「全力で全員を吹き飛ばしてもらえればいい。多少ここを破壊しても構わない」

「わかりました！」

「アンナ、ブラウ殿、避《よ》けろっ」

まだ戦闘中だった二人に声を掛ける。すぐさま反応するアンナと、何がなんだかわからないブラウ。アルヴィスはテルミナにマナの力を譲渡する。それなりの力を渡す。テルミナの中のマナの力が膨れ上がるのを感じた。

「ほわぁ！　すごいっ」

「いけっ」

「合点です！」

祈りの間の中央に置かれた台座へテルミナは飛び乗る。そしてマナを放出しながら槍を振り回した。その影響を受けないように、アルヴィスはその場を離れる。とはいえ、離れていてもテルミナを中心として広がっていくマナの暴力は凄《すさ》まじい。身を低くして、アルヴィスは剣を前に立ててから防御のため自分の周囲にだけマナを広げた。

バタン。ガコン。ボキッ。

様々な音を立てて騎士たちが吹き飛ばされて行く。自我がないような状態のためか、声を上げる者はほとんどいなかった。ところどころの柱にヒビが入っているが、崩れることはなさそうだ。

「ふぅ、こんなもんですか」

「まだ余力がありそうだな」

「ちょっともやもやしていたんで、スッキリしました。アルヴィス殿下もですよね？」

確かにテルミナがぶっ放したマナの流れが、幾分か感じていた圧を和らげてくれた気がする。

「あぁ。助かった」

「でも、まだです」

「そうだな」

剣を手に持ったまま、テルミナと並んでアルヴィスはディンたちの下へと向かう。彼らの前に来ると、剣を使って彼らを拘束している縄を切り刻んだ。

「無事か」

「……それはこちらの台詞《せりふ》です、殿下」

お互い様というやつだ。その場に座り状態を確認する。怪我は負っていないようだ。

「立てるか？」

「はい、なんとか」

力を入れて踏ん張ることでようやくディンは立ち上がることができた。レックスも同じだ。その様子から見るに、騎士たちだけでなくディンたちにも同じことをしようとしたのだろう。その証拠に、縄を解《ほど》いたはずの来賓たちは微動だにしない。まだ影響下にあるということか。

「我々は解毒剤をあらかじめ服用していましたが、この方々は」

「わかっている。だが、今はあれをどうにかするのが先だ。ディンとレックスはここで待機を」

戦力にならない。二人もそれがわかっているのか黙って頷《うなず》いた。

その様子を気味が悪いくらいジッと見ていたセリアン宰相。アルヴィスが目の前へ来ると、ようやく表情を変える。

「よもや生きておられたとは思いませんでした。あの湖からは絶対に這《は》い上がれないと聞いていたのですよ。特に女神の系譜である貴方ならと」

聞いていた、とセリアン宰相は言った。この前から気にかかっていた、セリアン宰相であってそうではない者。恐らくそれがセリアン宰相に知恵を貸したということだろう。

「他国の王太子を暗殺することが、どういう結果をもたらすのか。知らないはずはないと思うが？」

面と向かって殺すはずだった、と言われればいい気はしない。セリアン宰相は、ルベリア王国にとっては完全に敵だ。

「私にとってはこの国こそが最重要です。他国であろうと誰であろうと、利用できる者は利用します」

そう言ったセリアン宰相は、傍に置いてあった大剣を手に取った。テルミナの槍と同じか、それ以上の長さがある。槍とは違い、かなりの重量があるはずだ。セリアン宰相が構えた瞬間、アルヴィスは後ろへと飛んだ。

「ふんっ」

「っ」

避けたはずだが、大きな風圧は広い範囲へとおよびアルヴィスだけでなく、ディンやレックスたちをも巻き込んだ。まだ本調子ではない彼らは、吹き飛ばされてしまう。

「ディン、レックスっ」

「……だ、大丈夫、だ」

彼らに視線を飛ばしたその瞬間に、セリアン宰相は間合いを詰めてきていた。アルヴィスが殺気を感じ正面を向けば、既に目の前に迫ってきている。剣を構え、襲い掛かる大剣を受け止めた。しかし、その力は受け流せるようなレベルではない。

「ちぃっ！」

瞬時にマナを剣へ流し、大剣を受け取める。それでも受け止めているのがやっとだ。流石は元マラーナ軍に在籍し、そのトップまで昇った男だ。マラーナ軍は王都常駐の兵とは違い、魔物との戦闘を多く経験した実力者が多いという。ここの騎士たちなど遠く及ばない。桁違いだ。

「そのような細腕でよく私の剣を受け止めていますね。ですが、それも時間の問題です」

「アルヴィス殿下、はぁっ！」

するとその横からテルミナが槍の穂先をセリアン宰相へと向ける。当然彼も気づく。大剣でアルヴィスを押し、床を蹴ってテルミナの攻撃を避けた。

「むぅ」

「感謝する、テルミナ嬢」

「あの人は一人では無理です。私も一緒に……っ」

そう話すテルミナの姿に、一瞬甲冑《かっちゅう》姿の女性が重なった。テルミナも驚いているということは、恐らくテルミナにはアルヴィスの姿がルシオラの姿と重なっているのだろう。

「なるほど、共に戦ったことがあるということか。頼もしいな」

「……そういうことなのですか？」

「あぁ」

こういう現象が初めてなのか、テルミナはまだ納得いっていないようだ。しかしそうも言っていられる状況ではない。

「殿下っ！」

ディンの叫び声が届く。再びセリアン宰相がこちらへと向かってきた。あの大剣を受け止めても、攻勢に変えることはできない。つまり受け止めてはいけないということだ。だがそもそもこの場所は祈りの間。後ろには、ディンたち。そして扉にはグレイズやリヒトたちがいる。下手に動けば、彼らにも飛び火するかもしれない。かといって、ここから出るような道があるかどうか。

そんなことを考えているうちにセリアン宰相の大剣が届く。その場で跳び上がり、大剣の上へと乗っかると、アルヴィスはセリアン宰相の首元を狙って斬りつける。この期に及んで手加減などしていられない。同じようにテルミナも体勢を低くして、大剣を避けていた。見ていたわけではないが、どう行動しているのかが手に取るようにわかる。その先に何をしようとしているのかも。

「テルミナっ」

「わかってます！」

テルミナはひざ下を目掛けて槍を突く。アルヴィスはそのまま狙い通りに斬りはらった。ほぼ同時に行われたそれに、流石のセリアン宰相も避けることは叶《かな》わなかった。

「ぐっ」

「まだです！」

猛追とばかりに、テルミナは跳び上がり胸元目掛けて五月雨《さみだれ》式に突きを繰り返す。アルヴィスは、その間に大剣から跳び上がった。そうしてテルミナへ向けて大剣を振り下ろそうとしているタイミングで、剣にマナを膨大に込め大剣目掛けて斬りつける。

「はぁぁぁ！」

更にマナを込め、アルヴィスは大剣を真っ二つに破壊した。突然、浮遊感を覚えた大剣を持っていた手、それを確認するセリアン宰相の顔をアルヴィスは蹴り上げる。

「ふぐっ」

近くにある椅子たちをなぎ倒しながら、セリアン宰相が吹き飛ぶ。壁に激突し、吐血した。内臓にも影響があったらしい。傷だらけのセリアン宰相は、それでも動きを止めない。

「こ、こざかしいな……神の、加護にふんぞり返った力で……」

「それのどこが悪いんですか？　貴方も言っていました。利用できるものは利用するって。それと同じです」

『姿かたちは違うのに、考え方は同じなんて、本当に武神らしいよなぁ』

またセリアン宰相の口調が変わる。すると薄《う》っすらとセリアン宰相の身体と重なるように少年らしき人影が現れる。その姿を、アルヴィスはどこかで見たことがある気がした。

「貴様……また勝手に動かすつもりか」

『酷いじゃないか。僕が教えてあげたからこそ、だろう？』

以前とは違う様子だ。声が聞こえるのは、セリアン宰相からだが。その声色は二つある。

「これは一体何の芝居ですか？　二人で一人？」

「……テルミナ嬢、セリアン宰相の話し方、どこかで聞き覚えはないか？　テルミナ嬢というか武神バレリアンの方かもしれないが」

「うーん」

腰に手を当てながらテルミナは考える素振りを見せる。その間にもセリアン宰相と謎の少年らしき声との会話は続いていた。

『なにを躊躇《ためら》っているのさ。あそこにいるルシオラの血を飲ませて湖に沈めれば、この国の瘴気は消えるんだ。簡単なことじゃないか』

「言わんでもわかっている。口出しをするな、外道め」

『僕が外道なら、君も同じじゃないの？　ここまで普通はしないよ』

呆れた声が、徐々にセリアン宰相から離れていく。形作られた姿は、金髪の少年だ。それを見たテルミナが真っ直ぐに指をさして叫ぶ。

「あー！　アルティウムだ」

『……馬鹿だと思っていたのに覚えていたんだね、武神』

「え、なんでアルティウムが？　ルシオラ様を」

余計に困惑したテルミナがアルヴィスと少年を交互に見比べている。

『バレちゃったなら仕方ないな。でも、君が僕を知らないっていうことは、多少なりとも悪いと思っているということかな。ルシオラは』

「……」

アルヴィスは答えられなかった。知らないとも知っているとも言えない。だが、彼を見てどこか見覚えのある様な気がしたのは間違いなかった。

『全く興が削《そ》がれたよ。折角のチャンスだったのに』

「貴様、裏切るつもりか？」

セリアン宰相が冷静に問いかける。憤慨するでもなく、冷静過ぎる態度だった。だが少年は気にすることなく声を上げて笑う。

『もう君は終わりでしょう？　なら僕はここまでってこと。契約もこれで終わりだ。使えない駒に用はないよ』

「……」

空中へと姿を移動させた少年は、周囲を見回した後でアルヴィスへと視線を向けた。

『ルシオラ、僕は絶対にお前を許さない。もっと苦しめばいい』

憎しみの視線を向け、少年は姿を消してしまった。少年はアルヴィスを通して違う人物、ルシオラを見ているらしい。この少年とルシオラとの間に何があったのか。アルヴィスの予想が正しければ彼はきっと……。

考えてアルヴィスは首を横に振った。まずは目の前のことを片付けるのが先だ。

「セリアン宰相」

「……」

少年が去ったあと、セリアン宰相はその場に座り込んだ。肩で息をしているのが精いっぱいといったところだろう。そのままアルヴィスはセリアン宰相の足元まで近づく。

「アルヴィス殿下っ」

遠くからディンの叫ぶ声が聞こえた。アルヴィスは大丈夫だと、剣を握っていない方の手を上げる。

「セリアン宰相」

もう一度名を呼べば、彼は顔を上げた。

「聞かせてもらえるか？　貴方が何を成したかったのかを」

「……」

目を閉じたセリアン宰相は、天井を見上げてから目を開く。

「私はどうしても許せない者がいた。貴族や王族たち、自らの欲に溺れ他者を虐げる者たち。その所為《せい》で、私は大切な人々を失った。仲間も、家族も」

静まり返る祈りの間に、セリアン宰相の声が響く。アルヴィスの周囲にはグレイズを始め、リヒトたちがゆっくりと集まってきた。

「ある日、私は力を得た。他者を思い通りにする力。これを利用すれば、国を変えられる。邪魔な者たちも思うように動かせる。そう思った」

やがて国を越えて、他国へも広げていくつもりだった。ルベリア王国に手を出したのは、その様子見を兼ねてだったと。そこまで話をしてセリアン宰相は自嘲気味に笑った。

「狂っているのは我が国だけだった。情けない……」

そんな時、力を与えてくれた先の少年が教えてくれた。彼が語ったのは衝撃的な話だった。マラーナ王国が滅ぶことは、既に決められていることだと。王族が愚かなのも、貴族が愚かなのも、そのために神が与えたからなのだと。

「馬鹿馬鹿しい。何が神だ……と吐き捨てた。だが、それも女神ルシオラがこの地に加護を与えなかったからだと言い始めた」

『ルシオラの血を引く者をここに沈めればいい。そうすれば全てうまくいく』

「それで、ここに俺を呼んだのか」

「私は神など信じていない。神などいるわけがない。その恩恵にあるというルベリアも、聖国も信じていない。悪いが、貴方が亡き者になろうとも構わなかった」

「お前っ！」

怒りを表したリヒトが前に出ようとするのを、アルヴィスは横に手を広げて止める。

「最初から知っていた。やつが私を利用しようとしていたのは。だから私も利用したまで。いずれ滅びるというのならばとな」

カリアンヌ王女を唆《そそのか》したのも、国王を殺したのも。そしてガリバースを牢に入れ殺そうとしたのも、全てセリアン宰相の意思だと。

「カリアンヌは前から考えていたことだった。あのような王族は不要だ。ルベリアの件はどっちに転ぼうとも構わなかった。それでルベリアがどうにかなろうともな」

「身勝手な話だな」

「貴方からすればそうだろう」

フッと鼻で笑ったが、アルヴィスは不快感を覚えることはなかった。セリアン宰相は真実を話しているようで、その想いは別にある。そんな気がする。まるで全て自分だけが悪であるかのように。

「奴が話していたように、貴方が沈めばこの国の民が救われるのであればそれでいい。そうでなかったならば、いずれにしても国はいずれ無くなるだろう。まさか戻ってくるとは想定外であったが」

「俺が生きていようと生きていなかろうと、ルベリアはこの国を許しはしない」

「わかっている。既にマラーナは近衛騎士団を含め軍も弱体化させてある。まともに戦える人間など残ってはいない。安心して侵略するなり何なりすればいい」

宣戦布告をしかけても、抵抗する力はない。一国の宰相が話していいレベルではないだろう。それは、この国を侵略して欲しいと言っているようなものだ。

「最後に一つ……ガリバース殿はどうしている?」

処刑すると言った割に、この場には来ていない。今はどこにいるのか。

「脱獄でもしたのではないか？　そういえば二度目だな、あのバカ王太子が逃げるのは」

脱獄した、のではなくさせたのだろう。そう言いたかった。しかし、それはセリアン宰相が望むものではない。

「セリアン宰相、貴方は愚かだ。たくさんの人を巻き込み、意のままに操り、結果として多くの人々を不幸に導いた。誰の生も死も、貴方が決めることではない」

「覚えておくがいい、ルベリア王太子。世の中には、生きているだけで人を不幸にする、そんな愚者が沢山いるということを」

言いたいことが理解できないわけじゃなかった。セリアン宰相の言葉を真っ向から否定などできない。それでも、アルヴィスはセリアン宰相がしてきたことを認めるわけにはいかない。

アルヴィスは剣先をセリアン宰相の喉元へと向けた。

「セリアン宰相、いえ、シーノルド・セリアン……貴方が望む世界がどうであれ、これ以上思い通りにはさせません」

「……ならやってみるがいい」

弱々しく笑みを見せたセリアン宰相。アルヴィスの中に一瞬の躊躇いが生まれる。だが、こうすることはこの場に来た時から決めていたことだ。アルヴィスは後ろに控えていたグレイズへと目配せをした。彼は深く頷く。ザーナ帝国皇太子とルベリア王国王太子。二つの国が認めたのと同義だ。

「……さよならだ、セリアン宰相」

「ふっ」

口元から血が流れているがセリアン宰相は、安心したように笑った。それが何よりの証拠だ。これも全て彼が描いたシナリオだと。それでもアルヴィスは剣を止めることはしない。

剣を構えると、勢いよく彼の首を飛ばしたのだった……。

終幕と帰還

それから二日後。マラーナ王国の処遇については、アルヴィスとグレイズ各々が自国へと書簡を送り、周辺諸国へも事の事態を共有するようにと手続きを取った。各来賓たちは、影響下にあった時の記憶があるらしく、正気に戻って直《す》ぐにアルヴィスの下へと頭を下げに来た。その場で自死を図ろうとした人もいて、止めるのが大変だったほどだ。

「けどよ、実際どうなるんだ？」

「……その国の采配に任せる。俺がどうこう言うわけにはいかないだろう」

処分は免れない。そもそもルベリア王国としても、無罪放免という対処を認めることはない。ただの王族や来賓ならいざ知らず、相手は王太子だったのだから。

「利用されただけとはいえ、こればかりはな」

来賓たちは今日、マラーナを出立し国へ帰る。その後、経過報告を送ってくれるらしい。暫《しば》らくは、後ろ指差されることになるかもしれない。

「俺たちはもう出発するのか？」

「あぁ。ここにこれ以上いても、な」

事前に宰相は人数を最低限しか用意していなかった。それは計画を進める上で、邪魔だったからだ。真実を知る人間を少なくしたかったという点もあるかもしれない。もしかすると、来賓たちを含めて誰かが助けに来ることも想定済みだったのだろうか。グレイズを確保しなかったことといい、何か裏があったと思えてならない。

「アルヴィス？」

「いや、何でもない。そろそろ行くか」

用意された馬車まで行くと、包帯で傷だらけの騎士団員や近衛《このえ》隊士が動いていた。彼らは意識がある状態でアルヴィスとテルミナに倒された。まだ傷は癒えていないが、休めと言っても言う事は聞かない状態だ。彼らからすれば、そのような資格はないといったところだろう。守る立場でありながら、主君に剣を向けた。アンナが危惧したように、目が覚めた瞬間、己に剣を向けて自死を図ろうとした連中もいた。なんとか宥《なだ》めはしたが、彼らの中では一生消えない傷となるのだろう。

「でもお前さ、死ぬくらいならその命俺に預けろって言ってたじゃん？」

「まぁ、そうでも言わなきゃあいつら何をするか……」

「本当に一生ついてきたらどうするよ」

「それはそれで構わないんじゃないか？」

これを機に、騎士たちへも毒の耐性をつけることや、薬について知識を与えることなどをした方がいいだろう。そういう意味でも実体験をもつ彼らは役に立ってくれる。

「そういう事じゃないんだが、まぁお前がいいならいいよ」

た。

「そうか？」

話をしていると準備ができたらしい、それほど長い滞在ではなかったが、本当に疲れる滞在だった。

「アルヴィス」

「グレイズ」

そこへグレイズが現れた。帝国も同じく出立する。その準備が終わったらしい。

「そちらも終わったようですね」

「あぁ」

「何と言うか……色々ありすぎて、父への報告が多少億劫《おっくう》です」

「それはこちらもだ」

文面で報告はした。だが直接話をしなければならない。加えて、アルヴィスにはエリナへもどう伝えるべきか迷うところがあった。どの程度知らされているのかにもよるが。

「世話をかけましたね、アルヴィス。ですが、お互い無事でよかった」

「そう、だな。それが一番か」

「えぇ。また会いましょう」

手を差し出すグレイズに、アルヴィスも笑みを浮かべて手を出して握り返した。手を振り、グレイズとはここでお別れ。遠くにテルミナが頭を下げているのも見えた。彼女にも世話になった。本当に戦闘面ではかなりの心強さだった。

アルヴィスは馬車に乗る前に、もう一度王城を見上げた。

ここで為《な》すべきことはひとまず終わりだ。最初の目的であった無事に帰るということも果たせる。ただ、どこかで引きずった感覚があるのは、あの少年の言葉が気にかかっているからだろう。

『神子《みこ》』

「ウォズか」

『……気配は去ったようだが』

「そうか」

あの少年が去った後、ウォズは大聖堂へ入ることができた。もしかすると、国葬の最中にアルヴィスが痛みを感じたのは、セリアン宰相ではなくあの少年から発せられた何かだったのかもしれない。

「ウォズ、アルティウムという名前、知っているか？」

『……うむ。女神の……息子の名だ』

「そう、か」

既視感があるのはその所為《せい》だ。アルヴィスはルシオラの子孫。ということは、あの少年とも血の繋《つな》がりがあるということである。

「俺が視《み》た記憶では、幸せそうに笑っていた。ルシオラと大神ゼリウムと共に」

その後、何かが起きて大神ゼリウムが消えた。その後からは少年の姿は視ていない。

『神子は、それを視たのか』

「あぁ。墓所でな」

アルヴィスは目を閉じて、手を組むと祈りを捧《ささ》げる。どうしてかそうしないではいられなかった。

少しの祈りを捧げた後で目を開いたアルヴィスは、王城へと背を向けルベリア王国がある方へと身体《からだ》を向けた。これでようやく帰れる。ルベリア王国に。エリナの下に。アルヴィスは無意識に胸元に下げてあったネックレスを右手で握りしめていた。

馬車に乗り込んで四日。強行軍で進んだ所為か、ルベリア王国の王都はもう目の前だった。

ボーっとしながら、アルヴィスは馬車の中から外を眺める。アルヴィスの脳裏に過《よぎ》るのは、エリナのことだ。どうやって説明をしようか。既に聞かされていて、泣いているかもしれない。不安にさせているかもしれない。そもそもエリナも体調を崩しているかもしれない。顔を見るまでは安心できなかった。

徐々に近づいてくる王城。門の中に入り、漸《ようや》く馬車が止まった。到着したのだ。扉が開いて、アルヴィスは馬車を降りた。

「お帰りなさいませ、アルヴィス様」

「っ」

聞こえてきたのは、エリナの声だ。ただエリナは笑顔を向けて、アルヴィスを出迎えてくれる。ここはまだ王太子宮ではない、王城の入口だ。他の騎士たちの目もある。それでもアルヴィスは構わなかった。ゆっくりとエリナへ近づくと、何も言わずに抱きしめる。

「……エリナ」

「はい、私はここにおります」

帰ってきた。無事に戻って来ることができた。それを一番強く実感した。この腕の中に、エリナがいる。アルヴィスはエリナを抱く腕に力を込める。

「……アルヴィス様、ご無事でよかった。本当に……ほんとうに」

「あぁ」

エリナの手が背中に回される。ここがアルヴィスの居場所であり、帰って来る場所だ。少しだけ身体を離して、アルヴィスはエリナの額に己のそれをつき合わせた。

「ただいま、エリナ」

「おかえりなさい」

涙がこぼれそうになるのを、アルヴィスは必死に耐えていた。

過去への想い

アルヴィスを出迎え、たっぷりと抱擁を交わした後のこと。アルヴィスは王城へと戻っていった。国王への報告や、不在の間の確認作業などがあるという。エリナの意見としては、今すぐにでも休んでもらいたい。そう思うのと同時に、やらなければいけないことがあるというのも理解している。それに、エリナも王太子妃として報告しなければならないことがある。王太子妃としてアルヴィスの代理を務めた建国祭の件だ。エドワルドとも連携しながら既に報告書は作成済み。あとは、アルヴィスへ報告するだけである。

王太子宮へと先に戻ってきたエリナは、報告書を前にして溜息《ためいき》を吐《つ》く。

「はぁ」

「どうなされましたか、妃殿下？」

そんなエリナの前にティーセットを用意したのはイースラだ。心配そうな顔でこちらを見ている。エリナは慌てて首を横に振った。

「いいえ、何でもないの。ただ、私はいつも待っているだけだから……何かお手伝いでもできればいいのになと思ってしまって」

元々エリナはジラルドの妃《きさき》になる予定だった。その彼が自身の怠慢により執務を疎《おろそ》かにしたり、必要な勉学を怠ったりしていたことがあり、エリナは足りない部分を補えるようにと教育を受けてきた。帝王学は学んでいないけれど、ある程度の事務作業ならば手伝えるという自負がある。今でも王太子宮の財務管理については、アルヴィスではなくエリナに一任されているし、全く何もしていないわけではない。それでももっと手伝えることが何かあるのでは、と思ってしまう。

「妃殿下、元より妃という立場にあるお方であれば、内部の管理と社交界における婦人方のとりまとめのようなことが多いと伺っております」

「それはそうなのだけれど」

他国の貴賓たちとのやり取りは、それほど頻繁ではない。それ以外であれば、やはり内の管理。エリナの場合は王太子宮の管理が主となるのは当然だ。いずれは後宮と王城へも目をやらねばならない。ただそれはアルヴィスが王位についてからの話。加えて、今のエリナは身重の状況である。他に仕事があったとしても、アルヴィスは回してこないだろう。

そこまで考えて、エリナの脳裏に以前の婚約者、ジラルドのことが浮かんだ。どうしてエリナがこのように考えるのか。もっと力になりたい、力になれるという考えが浮かんだ理由は、恐らく元婚約者のジラルドとの関わり方が一因だと。

ジラルドはプライドが高い人だった。エリナの方が優秀だと知ると、それ以上の努力を重ねようとはしなかった。出来るならエリナがやればいいと、そういうスタンスだった。

反対にエリナは、彼が苦手な部分を率先して学ぶようになっていた。というよりも、ジラルドがエリナより得意なことといえば、芸術分野やマナ操作などといった実戦に関すること。他に得意なことがあっただろうか。失礼なことではあるけれども、思い当たることがない。否、恐らくエリナが知らないだけだ。ジラルドと共に過ごした時間など、それほど多くないのだから。

「どうされました？」

「あ、何でもないの。ただ以前、婚約していた方のことを思い出して」

「……ジラルド殿ですか」

口調は変わらないけれど、イースラの声が少し低くなった気がする。否、気のせいではないだろう。イースラからすれば、主人でもあり幼馴染《おさなな》兼弟《じみ》のような存在であるアルヴィスを、今の立場に追いやった人物。好ましいはずがない。

「イースラからすれば、思い出したくはない人よね」

「思い出すという以前に、私たちはあまりかの人を知りませんから」

「そうなの？」

これは意外だった。アルヴィスとも関わりがあるのだから、傍《そば》にいたイースラたちも当然よく知っているものだと思っていたからだ。

「かの人、ジラルド殿と会う機会があるのは王城だけです。ベルフィアス公爵領へ来ることはありませんでしたから。エドワルドも王城に行く時は同行することも少なかったようで、同行してたとしても別室で待機などをしていたようです。なので、顔を見たことがある程度だったと思われます」

「アルヴィス様とは何度も会っていたと聞いていたのだけれど」

「幼い頃のアルヴィス様は、あまり領地にいたくなかったのだと思います。王都にも何度も行かれていたはずです。私は同行しませんでしたので詳細はわかりませんが」

幼馴染といっても、イースラはあくまで使用人の子どもでしかない。当時は正式な侍女でもない使用人の子。当主子息と共に行動するなど確かに考えられない。

「ハスワーク卿《きょう》は、ご一緒していたこともあったのね？」

「弟はアルヴィス様のお傍にいるようにと、既にお役目を得ていましたから」

だからエドワルドとジラルドは面識があったかもしれない。しかし、イースラは一切面識がない。名前は当然知っている。自国の王太子の名と顔を知らぬ者などいない。ただそれだけのこと。

「私共は名前しか知らずとも、ジラルド殿については色々と思うところはあります。と同時に、アルヴィス様を表舞台に引き上げてくださったことについては、感謝もしているかもしれません」

「イースラ」

イースラが言わんとしていることが何か、エリナには想像ができた。アルヴィスからしてみれば、非常に不本意な出来事だったとしても、アルヴィスを想《おも》う人々からすればある意味で望んでいた道だった。騎士として在りたいと望む心を尊重したいと思いながら、それだけで終わらせてはならないという願い。国を背負うところまで想像はしていなくとも、主人として仕えたいとは考えていたはずだ。特にエドワルドは。

「とはいえです。それとこれとは別のお話ですから。かの人を許せることはないでしょう」

「そうね」

イースラがそう思うのは当然だ。だが、一方でエリナは自問する。ジラルドを許しているのか、それとも許せないのか。本音を言えばよくわからない。もっと正面から向き合えば変わったかもしれない。そんな考えがあるからかもしれない。

ジラルドの行動はあまりに非常識だった。何が常識であり、何が非常識なのかさえ判断がつかなかったのだろうか。いずれにしても、後の為政者となる人間がすべきことではない。己に心地よい言葉のみを信じる。そんな人間が国の頂点にいたのでは、その国に未来はないだろう。国は国王のものではなく、その地に生きる人々そのもの。それを守るのが国王の役割なのだから。

エリナでさえ知っていることだ。当然、ジラルドもそう教えられているはずだった。けれど、都合の良い言葉で忘れるようであるならば、ジラルドは初めから理解してなどいなかったということだ。生まれた時から王になる道が示されていたがために、深く考えることもなかったに違いない。その驕《おご》りがジラルドには間違いなくあったのだ。

「あの方にとっては、ただ自分の思い通りにしたかっただけだった。けれど、たった数分の出来事だったのに、本当に多くの人々の人生が変わってしまった」

「そうですね」

アルヴィスは当然として、その下で働くこととなったイースラやエドワルドたち。ジラルドと共に廃嫡された子息たちも、リリアンも。エリナの護衛となったフィラリータやミューゼも。それだけではなく、エリナが知らない場所でも沢山の人たちの人生が動いたことだろう。公的な発言は、それだけの重みをもつ。たった一言で人生を変えてしまうほどに。そしてこの先は、その立場にアルヴィスがいる。それを支えるのがエリナの役目だ。

改めてエリナは報告書へと視線を落とした。今、エリナがアルヴィスのためにできることは何か。それは一つしかない。

「……」

「妃殿下？」

「王城へ行ってきます」

エリナは手に報告書を抱きしめて、その場にゆっくりと立ち上がった。もちろんここで待っていてもいいだろう。帰還してすぐだというのに、動いているアルヴィスの邪魔になる可能性だってあるのだ。それでも、エリナは王城へ、アルヴィスの下へと向かうと決めた。

「私が行けば、アルヴィス様は休まざるを得ませんから」

そう言って微笑《ほほえ》めば、イースラは満面の笑みを返してくれた。

「それは良いお考えだと思います。お供します」

「ありがとう」

流石《さすが》に国王との報告の場を邪魔することはできない。とすれば、向かうのはアルヴィスの執務室だ。

王太子宮から王城へ向かい、エリナはフィラリータたちに先導されながら回廊を歩いていた。すると、前方から沢山の書物を両手で抱えるようにして持っていた青年がやってくる。彼はまだこちらに気が付いていない。エリナは足を止めて、回廊の端へと寄った。

「妃殿下？」

「前が見えていないのであれば、私たちが避《よ》けた方が早いでしょう？」

それでも王太子妃であるエリナが避ける理由にはならない。フィラリータは不満顔を隠さなかった。

「フィラリータ」

「……妃殿下がそうおっしゃるなら」

渋々といった風ではあるが、フィラリータも端へと動く。そうして青年がエリナたちの傍を通り抜けようとしたところで、青年は足を止めた。その瞬間に抱えていた書物がドサっと落ちる。

「痛っ」

「あ……」

抱えていた書物が足元へ一気に落ちたのだ。重量がどこまであるのかはわからないが、かなりの衝撃が襲ったのだろう。彼は痛みに悶絶《もんぜつ》し、その場にしゃがみこんだ。

「あの、大丈夫ですか？」

気遣うように声を掛けるが、彼は顔を上げない。それどころか言葉を発することもなかった。

「其方《そなた》、妃殿下に対して無礼が過ぎるぞ。顔を上げろ」

「いいのよ、フィラリータ。本当に痛いのでしたら、医室へとお連れしなければ――」

エリナの言葉に他意はない。彼がどこかの文官であることは服装を見ればわかった。ただ、あまり身分が高くないということもあって、誰でも利用できる医室を提案しただけだ。しかし、彼は肩を震わせながら何かに耐えているようだった。どうしたのかと、エリナは顔色を窺《うかが》おうとしてハッとなる。彼の髪は金色だった。アルヴィスとは違う色合いだが、金髪の髪色を持つ人間はルベリア王国において王家の血筋を意味する。この王城内にいながら金髪を持つ人間。それは国王とアルヴィス、そして……。

「まさか……ジラルド、様？」

「っ」

彼は肩を震わせた。そしてゆっくりと顔を上げる。エリナは驚きながらも、彼の顔を見る。

艶が失われている金髪は、エリナが知る頃よりも長かった。顔色は悪くはないが、あの時のような自信に満ちていた様相は欠片《かけら》も見当たらない。雰囲気が全く違っていた。きっとエリナと会いたくはなかっただろう。けれど、既に遅い。エリナは会ってしまった。ジラルドに。

「……」

「……」

顔を合わせる機会があるなど考えもしなかった。つい先ほどジラルドのことを考えていたからこそ、突然の顔合わせにエリナも驚きを隠せない。それはジラルドも同じはずだ。

エリナは心を落ち着かせるためゆっくりと息を吐くと、改めてジラルドへと正面から相対した。最後に会ったのは、学園の創立記念パーティーのあの場所。怒声を浴びせられ、鋭い視線を向けられた。だが、こうして相対したというのに、エリナは不思議と怒りも悲しみも何も感じなかった。だからだろうか、すんなりと言葉が出て来る。

「お久しぶりです。お元気そうで良かった」

「……っ」

「お仕事の邪魔をしてしまい申し訳ありません。私は失礼いたしますね」

軽く頭を下げてから、エリナはジラルドに背を向けて歩き出した。フィラリータたちも、エリナに合わせてその場から離れる。やがてジラルドの姿は見えなくなっていった。

「妃殿下、その――」

「さぁ、早くアルヴィス様の下に行きましょう」

フィラリータが何か言いかけるも、エリナはそれを遮る形で告げる。急ぐわけでもなく、これまで同じ足取りだ。

「あの人、元王子で妃殿下の元婚約者ですよね？」

「ミューゼ！」

「でもフィラ、みんなが知っているから今更じゃない？」

声は小さめだが、エリナにも共に同行しているイースラにも届く声だ。しかし、ミューゼの言葉は正しい。既に皆が知っていることだ。ジラルドが元王子であることも、エリナが婚約者だったことも。

「いいのよ、フィラリータ。ミューゼの言う通り、あの人と私がそういう関係だったのは事実だもの」

「ですが……」

「それにね、私は何も感じなかったの。悲しくもなかったし、怒りを感じることもなかったわ。ただ、私が知る人とは随分と変わってしまったとは思ったけれど」

だから特に思うところはない。そう説明すると、エリナ以外の三人は声を抑えるようにして笑い出した。

「どうしたの？」

「い、いいえ……妃殿下にとって、あの人はそれだけの存在なんだなと思ったらおかしくて」

「これはアルヴィス様にもお伝えしなければなりませんね。きっと安心されますよ」

イースラの言葉は、エリナがジラルドの件で傷ついているか否かということだろう。以前にもジラルドについてアルヴィスと話をしたことがあるので、彼は既に知っているとは思う。しかし、イースラがそう感じるということは、未《いま》だにエリナはあの件で傷ついたままだと思われているのかもしれない。

否、そうではない。誰もがエリナにジラルドの事を問うてはこなかったからだ。アルヴィスを除いて、誰かに聞かれたことはない。それだけ、周囲にタブー視されているということ。

「みんな、ありがとう。私はもう平気よ。だって、私にはアルヴィス様がいてくださるのだから」

もう大丈夫だ。既にジラルドは過去の出来事として昇華されているのだから。

「ご馳走様《ちそうさま》です、妃殿下。では、王太子殿下の邪魔をしにさっさと参りましょう」

「フィラ……貴女《あなた》はもう」

ミューゼが呆《あき》れるようにして額を押さえながら緩慢に首を横に振る。エリナとしては本気で邪魔をしに行くつもりではなく、休ませるという名目を持って向かうのだが。しかしこれでも、フィラリータなりにアルヴィスを案じているのだ。それがわかっているから、エリナもそれを注意はしない。微笑ましいやり取りだと、イースラと顔を見合せて笑い合った。

あとがき

皆様こんにちは。紫音です。この度は「ルベリア王国物語7　～従弟の尻拭いをさせられる羽目になった～」をお手に取っていただき、誠にありがとうございます。

今回の7巻ですが、実は作業に取り掛かったのが夏頃だったので、随分と長いこと作業をしていた気がします。また今回の物語は遂《つい》にといいますか、作業中にＷＥＢ版に追いついてしまいました。物語は大筋が同じであっても登場人物の関係性が違う本作において、同時に作業することで混乱してしまうことが多く、ＷＥＢ版への更新も今まで以上に作業時間がかかりました。それでも何とか、こうして全ての作業を終えることができて、本当に安堵《あんど》しています。

7巻では伏線回収の意味合いが強く、これまで出てきていた隣国マラーナの状況に一応の決着が付く形となります。結末は書籍版とＷＥＢ版では多少異なりますが、ここは何度も試行錯誤を重ねて出した結果です。そういう意味ではアルヴィスだけでなく、私にとってもマラーナ王国は越えるべき壁だったのだと思います。

そして今回はエリナとアルヴィスの物理的距離が開いてしまったので、どうしても恋愛要素が薄くなりがちとなってしまい、その辺りをどうするのかが一番苦戦したところでしょうか。離れていてもお互いを思いやる、そんな二人を見せられるように描いたつもりです。読者様にもそのように映っていたら嬉《うれ》しく思います。

あと見どころとしては、テルミナの戦闘ですね。アルヴィスと背中合わせで戦うシーン。これは結構お気に入りです。凪《なぎ》先生にも挿絵を描いていただけて、この目で見ることが叶《かな》って感無量でした。戦う美少女っていいですよね。強い女の子も好きなので、またテルミナには登場して活躍してもらいたいです。

全体を通して今回はシリアス寄りな展開だったので、次は少しアルヴィスとエリナにゆっくりしてもらいたいのと、二人の甘い姿を描いていくつもりです。ここで補給できなかった分まで頑張りたいと思います。どうかこれからもアルヴィスとエリナの二人を見守っていただけたら幸いです。


それでは最後にお世話になった皆様に謝辞を。

イラストを担当してくださっている凪かすみ先生。お忙しい中、対応していただき本当にありがとうございます。テルミナの戦闘シーンは楽しそうで、この一枚を見ながらニヤニヤしております。今回のお気に入りの一枚です（笑）。コミカライズ版を描いてくださっている螢子《けいこ》先生。体調はいかがでしょうか。現在休載しておりますが、先生が描くルベリア王国物語、一読者として楽しみにしております。どうかこれからも宜《よろ》しくお願いします。そして担当編集者H様をはじめ、出版に関わってくださった全ての皆様、本当にありがとうございました。今後の皆様のご多幸をお祈り申し上げます。

紫音

次巻予告

いくつもの想いに守られ
無事に帰ってきた
アルヴィス。

エリナとの休暇を楽しむが、
次なる公務としてアルヴィスの故郷――
公爵領の視察が待っていた。

離れがたく思うエリナは
ともに行くことを決める。
その地で二人は
家族の
絆を知る――。

ルベリア王国物語 ⑧
~従弟の尻拭いをさせられる羽目になった~

2024年冬発売予定

コミックス好評発売中!!
ルベリア王国物語
～従弟の尻拭いをさせられる羽目になった～
漫画：螢子　原作：紫音
コミカライズ最新情報はコミックガルドをCHECK！
https://comic-gardo.com/

OVERLAP NOVELS f

ルベリア王国物語 7
～従弟の尻拭いをさせられる羽目になった～

発行　2024年3月25日　初版第一刷発行

著者　紫音
イラスト　凪かすみ
発行者　永田勝治
発行所　株式会社オーバーラップ
〒141-0031
東京都品川区西五反田8-1-5
校正・DTP　株式会社鷗来堂
印刷・製本　大日本印刷株式会社

ISBN 978-4-8240-0771-1 C0093

【オーバーラップ　カスタマーサポート】
電話　03-6219-0850
受付時間　10時～18時(土日祝日をのぞく)

作品のご感想、ファンレターをお待ちしています

あて先：〒141-0031　東京都品川区西五反田8-1-5 五反田光和ビル4階　ライトノベル編集部
「紫音」先生係／「凪かすみ」先生係